IVAN IVANJI

Corona in Buchenwald

Gefördert von der Stadt Wien Kultur.

MIX
Papier aus verantwortungsvollen Quellen
FSC® C004378

Grafische Gestaltung: Dorothea Löcker, Wien
Umschlagabbildung: lq75/AdobeStock
Druck und Verarbeitung:
EuroPB, s.r.o., Tschechische Republik
ISBN 978-3-7117-2106-8

Informationen über das aktuelle Programm
des Picus Verlags und Veranstaltungen unter
www.picus.at

IVAN IVANJI

Corona in Buchenwald

ROMAN

PICUS VERLAG WIEN

Für Volkhard

Ihr Freunde, Platz! Weicht einen kleinen
Schritt!
Seht, wer da kommt und festlich näher
tritt! […]
Es gönnten ihr die Musen jede Gunst
und die Natur erschuf in ihr die Kunst.
So häuft sie willig jeden Reiz auf sich,
Und selbst dein Namen ziert, Corona,
dich.
Sie tritt herbei. Seht sie gefällig stehn!
Nur absichtslos, doch wie mit Absicht
schön.

Johann Wolfgang von Goethe,
Auf Miedlings Tod

Sind zwölf sehr alte ehemalige Häftlinge des Konzentrationslagers Buchenwald im April des Jahres 2020 nach Weimar gekommen, um dort zu Ehren aller ihrer ermordeten Kameraden und zur Feier des fünfundsiebzigsten Jahrestags ihrer Befreiung gemeinsam vom Corona genannten Virus angesteckt zu sterben? Haben sie sich heimlich verabredet, dieses Zeichen zu setzen? Tatsächlich verabredet oder unbewusst mit dieser Idee gespielt? Die Welt würde aufhorchen.

Was sich tatsächlich im Frühjahr 2020 in Weimar und auf seinem Ettersberg, in Europa, nein, auf der ganzen Welt, abgespielt hat, grenzt selbst ohne fantasievolle Zutaten schreibender Zeitgenossen an Horror, ist viel zu absurd, um wahr zu sein. Gemeint ist der Sprung eines altbekannten Virus vom Tier auf den Menschen. Erfundenes lebt manchmal ziemlich lange, Erlebtes verändert sich als Erinnerung oder gerät für alle Ewigkeit in Vergessenheit. Aber an doppelter Lungenentzündung zu ersticken ist raue, sehr raue Wirklichkeit.

Hoffentlich kann man sich mit einiger Willenskraft ausmalen, was im Hotel Elephant, in dem im Laufe der vergangenen Jahrhunderte vielerlei Ewigkeit Verdienendes, Wunderbares, Verrücktes, Unvorstellbares, allerdings auch Böses geschehen und vom Balkon aus dem Volke zugebrüllt worden ist, Neues passiert zu Corona-Zeiten. Wobei nicht die Schauspielerin Corona Schröter gemeint ist, die hier mit Goethe häufig Wein getrunken hat, leider handelt es sich keineswegs um die Schöne. Warum also sollten dann nicht auch alte Buchenwaldianer mit ihrer jungen Begleitung dem im Moment so furchtbaren, hoffentlich schnell vergänglichen Virus auf eine neue, absurde, ihre eigene, absonderliche Weise trotzen? Hat doch bereits der soeben genannte Geheimrat einst festgestellt: »Alles Vergängliche ist nur ein Gleichnis, das Unzugängliche, hier wird's Ereignis.«

Ja, das ist es, was versucht werden soll: das Vergängliche beiseitezuschieben, Unzugängliches als Gleichnis darzustellen, das Unvermögen der Tagträume zu überwinden. Und welch besseres Bühnenbild wäre dafür denkbar als das Hotel Elephant?

Machen wir uns also auf den Weg, so gut man seine Reise planen kann. Wissen kann man nie, was einen am Ziel erwartet.

Wären wir tapferer, viel tapferer gewesen, hätte Nachfolgendes geschehen können. Vielleicht. Wieso nicht?

ANKUNFT

Obwohl die neunundvierzig ehemaligen Häftlinge des Konzentrationslagers Buchenwald und ihre Begleitpersonen längst ihre Einladungen und sogar die Flugtickets und Reservierungsbestätigungen für ihre Zimmer im Hotel Elephant in Weimar erhalten hatten, teilte man ihnen plötzlich mit, dass wegen des Gesundheitsrisikos infolge der Ausbreitung des von der Weltgesundheitsorganisation SARS-CoV-2 genannte Virus, das zu einer Virenfamilie gehört, die die Wissenschaftler, die sie entdeckt hatten, freundlich Corona getauft haben, wie auch die Schröter hieß, die die Iphigenie der Uraufführung auf der Ettersburg auf dem Ettersberg gegeben hatte, der fünfundsiebzigste Jahrestag der Befreiung nicht mehr wie geplant stattfinden könne. Alles müsse leider abgesagt werden. Daraufhin schrieb einer der betroffenen alten Herren, er habe mit mehreren Kameraden Kontakt aufgenommen, sie würden gerne auf eigene Rechnung kommen, ob es möglich sei, die Flugtickets und Zimmerbuchungen nicht zu stornieren, die Kosten werde man gern aus eigener Tasche rückerstatten. Sie kämen aus Ländern, aus denen die Einreise nach Deutschland zumindest derzeit noch nicht verboten sei, allenfalls müssten sie an der Grenze zurückgewiesen werden. Sie wollten ihren toten Kameraden noch einmal die Ehre erweisen und ihnen Rechnung darüber ablegen, wie der Eid, den sie unmittelbar nach der Befreiung aus dem KZ Buchenwald auf dem Ettersberg geleistet hatten, befolgt worden sei. Oder eben nicht. Nicht vollständig. Sie seien alle über neunzig und sich des Risikos für sich selbst durchaus bewusst, es würde sich jedoch zu ihren

Lebzeiten kaum mehr eine weitere solche Gelegenheit bieten. Gedenktage seien zwar nur Meilensteine auf einem Wege, aber man halte an ihnen an, um ein wenig über das Ziel der Reise zu reflektieren.

Die zuständigen Herren, der Ministerpräsident, der Oberbürgermeister, der Direktor der Gedenkstätte Buchenwald und Mittelbau-Dora konferierten mit dem Direktor des Klinikums und weiteren Ärzten. Es gab Bedenken. Allerdings war man besorgt, die hartnäckigen alten Leute könnten eine Absage oder ein Anreiseverbot medial verwerten, als Verbot, sich vor den Toten zu verneigen deuten, ja als Leugnen der Nazigräuel. Nach einigem Zögern gaben die Veranstalter also nach. Wenn die Herrschaften schon kämen, wären sie natürlich Gäste, der Hintergedanke war wohl auch, so würde man mehr Argumente haben, sie zu kontrollieren. Die betagten Herren sollten allerdings eine eidesstattliche Erklärung abgeben, dass sie im Bewusstsein des Risikos die volle Verantwortung für sich und ihre Begleitung übernähmen.

Es waren am Ende zwölf Überlebende, die vier Tage vor dem vorgesehenen Tag der Gedenkfeier anreisten. Der sollte ohnehin sechs Tage vor dem wirklichen Jahrestag stattfinden, am 5. April, das Lager war an einem 11. April befreit worden. So war der Kalender ohnehin schon in Unordnung geraten, denn der 11. April des Jahres 2020 fiel auf den Samstag zwischen Karfreitag und Ostersonntag, auf den Tag, als Gott tot war und seiner Auferstehung am nächsten Tag entgegensah. Wenn sich Jesus Christus mit Gott, dem Vater, und dem Heiligen Geist in heiliger Einigkeit befand, waren mit seinem Tod auch Gott der Vater und der Heilige Geist tot. Das war im frühen Christentum ein großer Disput gewesen, auch für Nietzsche … Vor solchen theologischen Überlegungen und ganz besonders vor den großen Philosophen schreckten die Veranstalter allerdings zurück und wichen diesen Fragestellungen oder gar Argumenten einfach aus. Hochbetagte Menschen schwafeln nun einmal mitunter vor sich hin.

Zwölf Überlebende, teils von ihren Gattinnen, teils von Kindern oder Enkelkindern und deren Lebensgefährten oder von jungen Freunden begleitet, würden also im Hotel Elephant ihre schönen Zimmer beziehen. Die Hoteldirektion hatte nach der Absage der Feier und der Stornierung aller Zimmer keine neuen Reservierungen mehr angenommen, die Zimmer waren ja glücklicherweise schon bezahlt gewesen, das Personal in Urlaub geschickt. Nun musste zumindest ein Teil der Leute wieder in den Dienst zurückgerufen werden. Wunderbar. Der sterngeschmückte Chefkoch freute sich ganz besonders, dass es weniger Gäste geben würde, so konnte er seine Kunst mit besonderer Aufmerksamkeit beweisen.

Einer nach dem anderen kommen sie an, die Trotzigen, die sich der Naturgewalt nicht haben unterwerfen wollen. Vor dem Hotel werden sie von einem Mitarbeiter der Gedenkstätte empfangen, dem der Fahrer im Voraus angekündigt hat, wer wann ankommen würde. Polizeibeamte in Zivil begrüßen sie. Weitere uniformierte Polizisten gehen schweigend vor dem Hotel auf und ab.

Als Erster ist der Serbe Alexander Mihályi-Mihajlović, genannt Sascha, am Flughafen abgeholt worden, den sein Sohn und dessen Lebensgefährtin begleiten. Der Fahrer bittet sie, noch einige Minuten zu warten, gleich komme ein weiterer Flieger an, mit dem ein Herr aus Amerika erwartet werde – auch wenn der eigentlich Italiener sei. Als er eintrifft, machen die Herren sich bekannt, umarmen einander fast, obwohl sie sich nicht von früheren Veranstaltungen hier aneinander erinnern können, sie sehen dann aber davon ab. Das blöde Virus. Die Begleiterin des amerikanischen Italieners Franco Miculetti ist seine sehr gut aussehende, kreolisch anmutende Enkeltochter Galilahi.

»Was für ein schöner Name! Den habe ich noch nie gehört. Hat er eine Bedeutung?«, fragt Saschas Sohn Marko, er duzt jedermann, wie das in seiner Generation üblich ist.

Sie antwortet verschnupft: »Es ist ein indianischer Name, drei meiner Großeltern sind Navajo. Der Name bedeutet ungefähr ›Sie ist ein hübsches Mädchen‹. Man könnte ihn auch mit ›die Attraktive‹ übersetzen. Passt das zu mir? Was meinst du?«

»Ich finde, er passt. Ich heiße übrigens Mila, das bedeutet, ich sei lieb«, mischt sich Markos Freundin ein. »Wer hat dir diesen Namen gegeben, wie konnte er wissen, wie du einmal aussehen wirst?«

»Mein Urgroßvater mütterlicherseits. Er war ein großer Medizinmann.«

Der Fahrer mahnt die Herrschaften höflich zur Eile und alle nehmen im Kombi Platz, Sascha und die Seinen auf der hinteren, der Italoamerikaner nebst Enkelin auf der mittleren Bank. Während der langen Fahrt spricht keiner. Am späten Nachmittag kommt die kleine Gesellschaft im Hotel Elephant an. Franco und Sascha sind schon öfter hier gewesen und wundern sich ein wenig, weil die Renovierung die Lobby stark verändert hat. Sie sollte wohl gediegen wirken, es ist jedoch reinster Kitsch geworden.

»Entschuldigt«, sagt der Italiener mit etwas rauer Stimme. »Ich habe mich gar nicht vorgestellt. Ich bin Franco Miculetti. Und wie heißt du, Kamerad? Ich kann doch Kamerad sagen und dich duzen, unter alten Buchenwaldianern? Der Fahrer hat dich als Herr Mihályi angesprochen, der Beamte hier vor der Hoteltür als Herr Michailovitsch, deine Schwiegertochter hat Sascha zu dir gesagt, wie heißt du nun wirklich?«

Sascha und sein Sohn lachen, der Serbe erklärt: »Zugegeben, es ist kompliziert, aber gleich kommt es noch schlimmer. Es ist ein Durcheinander, fast ein wenig peinlich, aber es war lebensrettend. Also: Mein Großvater hieß Mandelbaum. Er wohnte im Banat, das gehörte damals zum ungarischen Teil von Österreich-Ungarn, und es war unter Juden Mode, ihre Nachnamen zu magyarisieren. So nahm er den Namen Mihályi an. Mein Vater und ich wurden als Mihályis geboren und ich sollte eigentlich Sándor Mihályi heißen. Aber mein Vater wollte ein guter Bürger des neuen jugoslawischen Staates sein und ließ seinen Namen amtlich auf Mihajlović ändern. Sándor ist Alexander, auf Serbisch Aleksandar, also war mein Name nun Aleksandar Mihajlović. Beschnitten nach jüdischem Ritual wurde ich nicht, meine Eltern waren Atheisten. Als Hitlers Bewegung immer mächtiger und Österreich heim ins Reich beordert wurde, ließ mein Vater mich bei einem befreundeten reformierten Pfarrer taufen. Der stellte mir einen Taufschein mit rückdatiertem Taufdatum aus, auch den Schülerausweis fälschten wir: Jetzt war ich Sándor Mihályi. So kam ich während des Krieges in den von den Ungarn besetzten Teil Jugoslawiens, in die Batschka, und konnte mich ohne Weiteres als Ungar ins Gymnasium einschreiben …«

Galilahi muss lachen, sie begreift das alles nicht ganz, es ist wie aus einem schlechten Film. Franco stützt sich auf die Lehne eines großen Sessels, er sieht tatsächlich abgespannt aus, sie unterhalten sich stehend und er hat ja selbst den Redeschwall angezettelt, nun muss er durchhalten. Der serbische Jude mit den vielen Namen bemerkt seine Unruhe gar nicht, sondern setzt fort.

»Aber 1944, als die Pfeilkreuzler in Ungarn an die Macht kamen …«

»Was sind Pfeilkreuzler?«, will Galilahi wissen. Marko springt ein:

»Bitte, darüber ein anderes Mal. Weiter, Papa, aber komm bitte zum Schluss!«

»Gewiss doch. Also, ich flog 1944 auf und zu meinem Glück wurde ich als Jude nach Auschwitz gebracht, aber als arbeitsfähig nicht sofort vergast, sondern weiter nach Buchenwald geschickt, nicht wegen Urkundenfälschung als Kommunist angeklagt und erschossen. Und als ich zurückkam und in Titos Kommunistische Partei eintrat, passte mir dieses Mihályi nicht mehr und ich wechselte den Nachnamen zurück auf Mihajlović. Moment, noch bin ich nicht fertig. Inzwischen habe ich auch die österreichische Staatsbürgerschaft und einen legalen Pass, in dem Alexander Mihályi als Pseudonym des Schriftstellers Mihajlović angegeben wird. Ich muss nur immer aufpassen, wenn ich wo unterschreibe, besonders auf Verträgen, Geldüberweisungen und so, in Serbien unterzeichne ich außerdem in kyrillischer Schrift, sonst natürlich in lateinischer. Dein Sascha zu Diensten, Franco. Natürlich sind wir Kameraden.«

Nach und nach treffen weitere Gäste ein. Die alten Buchenwaldianer erhalten Kennkarten, die sie sich anheften. Verwirrt nicken sie einander zu, kennt man einander von früher, von Feiern zu anderen Gedenktagen? Betagte Menschen sind nun einmal vergesslich. Zeit für Umarmungen und erste Gespräche findet sich jedenfalls nicht. Bevor man ihnen die Zimmerschlüssel überreicht, werden sie einzeln in einen kleinen Salon gebeten, in dem sie die Ärztin, Frau Doktor Gerda Meier, erwartet. Sie entschuldigt sich, dass diese Formalität notwendig sei, man sei ihn liebevoller Sorge um das Wohl der verehrten Gäste. Vorerst füllt sie jedoch nur einen Fragebogen aus, der die Krankengeschichte der Gäste, insbesondere ihre Beschwerden im Laufe des letzten Jahres erfasst. Am liebsten würde sie sie gerne alle gleich untersuchen, erklärt sie, zumindest das

Fieber messen, aber sie seien sicher müde von der Reise. Sie wolle sie aber so bald wie möglich, bei aller Rücksicht auf ihre Bequemlichkeit, reihum in ihren Zimmern besuchen, um das nachzuholen. Sie stehe zudem täglich von neun bis siebzehn Uhr bereit und sei zu jeder Tages- oder Nachtzeit telefonisch erreichbar. Abschließend verteilt sie ihre Visitenkarten und eine Liste mit wichtigen Telefonnummern verschiedener Behörden, der Unfallstation und der Polizei.

Sascha und Marko wollen gleich eine Tour durch die Stadt machen. Franco, der Italiener, will nicht mehr ausgehen, sondern lieber gleich im Hotel speisen. Also ermuntern die beiden Serben Galilahi, doch mitzukommen, weil sie noch nie in Weimar, ja nie in Europa gewesen ist. Sie blickt ihren Großvater fragend an, und als er kopfschüttelnd verneint, zuckt sie nur folgsam die Achseln. Sie tut das auf entzückende Art. Man verabredet sich also für nach dem Frühstück im ehemaligen Rauchersalon neben der Lobby.

Nachdem sie sich frisch gemacht haben, machen sich die Serben, die Zimmer auf der eleganten vierten Etage mit Blick auf den Markt bezogen haben, auf in die Stadt, um etwas Leichtes zu essen und gut zu trinken. Über den Platz, auf dem nur einige Polizisten herumstehen, spazieren sie zur Crêperie du Palais, ein wenig in Sorge, ob die trotz der Corona-Hysterie, wie Sascha die Situation nennt, geöffnet sein wird. Sie ist zu.

»Dabei ist doch sonst alles normal!«, sagt Sascha.

»Das ist es nicht«, antwortet sein Sohn. »Mach dir nichts vor, Papa.«

»Ich habe das Lager jetzt schon fünfundsiebzig Jahre lang überlebt, das ist eine Tatsache, sag du mir, ob das normal ist, und du siehst ja, dass es mir hier leichter fällt, zu Fuß zu gehen als sonst in der letzten Zeit. Die Straßen sind so leer …

Nun, Weimar war ja auch sonst am Abend ausgestorben, wenn nichts Besonderes los war.«

MEIN OPA WAR KERNGESUND

Am Morgen kommt Sascha als Erster zum Frühstück. Er wacht immer zu früh auf, dagegen ist kein Kraut gewachsen. Die Hausdame und Leiterin des Restaurants, in dem das Frühstück serviert wird, kennt er von früheren Besuchen. Sie eilt freudig auf ihn zu, macht einen kleinen Knicks, was der älteren Frau gar nicht so gut steht, bemerkt es wohl selber und sagt ein wenig verwirrt: »Die Hand darf ich Ihnen ja nicht reichen. Wegen dieser blöden Infektionsgefahr. Ich freue mich, Sie zu sehen.«

»Ich mich auch.«

»Tee wie gewohnt, Earl Grey?«

Es ist schön, wenn man in einem Hotel persönlich bekannt ist und eine besondere Behandlung erfährt, es sind oft nur kleine Gesten. Das Angebot ist reichlich wie in den Vorjahren, auch Sekt gibt es auf Wunsch. Die Tische sind angenehm weit voneinander entfernt, das war hier immer so. Der Blick aus den großen Fenstern geht auf den einsamen Garten. Noch will es nicht Frühling werden hier oben im Norden. Norden? Ja, aus Belgrader Perspektive.

In der Lobby nahe an der Tür steht ein schlanker blonder junger Mann in gutem Anzug, weißem Hemd und Krawatte, ein ziemlich ungewöhnlicher Aufzug für sein Alter, Sascha schätzt ihn auf höchstens fünfundzwanzig. Er kommt sofort auf ihn zu, deutet eine knappe Verbeugung an, die hat er wahrscheinlich in Filmen bei preußischen Offizieren in Zivil gesehen: »Ich bin Patrick von der Gedenkstätte, ich wohne auch im Hotel und stehe Ihnen jederzeit zur Verfügung, darf ich Ihnen meine Karte geben ...«

»Das ist nett. Alles schläft …«, witzelnd fährt Sascha fort, »einsam wacht, einsam wachen wir zu zweit, na ja, und die Frühstücksdame, die Küchenbrigade, die Rezeption. Wollen wir uns nicht setzen, Patrick?«

Dazu kommt es nicht. Die Tür des Aufzugs geht auf, und hustend auf seine Enkelin gestützt wankt Franco in die Halle, lässt sich zum ersten Sessel führen, fällt auf das weiche rote Leder, setzt dazu an, etwas zu sagen, winkt mit der Hand, aber es überfällt ihn ein solcher Hustenanfall, dass er schließlich ermattet und zitternd in sich zusammensinkt und Galilahi, unfrisiert, ungeschminkt und dabei noch hübscher als sonst, ruft:

»Help!«

Sie beugt sich über den alten Mann und streichelt sein weißes, aber noch volles Haar.

»Was hast du?«, fragt Sascha besorgt, aber er ahnt es, weiß es.

Patrick schreit in Richtung Rezeption:

»Wasser! Wo ist die Frau Doktor …«

»Kommt erst um acht …«

Aus der Bar läuft ein Kellner mit einem Glas Wasser auf einem silbernen Tablett. Patrick ruft die Rettung an. Franco winkt ab, dass er nicht trinken könne, der Hustenanfall geht von selbst vorüber. Schwach sagt er: »Ich scheine mich ein wenig erkältet zu haben …«

Schon hört man die Sirene der Rettung. Ein Arzt und zwei Pfleger stürzen herein.

»Zu viel Aufwand …«, versucht Franco abzuwehren, aber er muss neuerlich husten.

Die gerade noch so nette Stimmung in dem vornehmen Hotel ist in eine Horrorszenerie gekippt.

»Gehören Sie zu dem Herrn, Fräulein?«, fragt der Arzt, während er Francos Blutdruck misst, und als sie es bejaht, bohrt er weiter, »Von wo sind Sie angereist?«

»Aus Phoenix, Georgia, über die Schweiz. Auf dem Flughafen Zürich haben wir uns mit alten Freunden getroffen, die extra deswegen aus Italien gekommen sind …«

Der Arzt nickt, als hätte er so etwas geahnt.

»Ich möchte Sie sofort in die Universitätsklinik in Jena bringen lassen.« Francos Versuch, etwas einzuwenden, lässt er gar nicht zu. »Darauf muss ich bestehen …«

»Gibt es denn in Weimar kein Krankenhaus?«, fragt Sascha.

»Selbstverständlich haben wir auch hier ein Klinikum, aber für diesen Fall sind wir nicht so gut gerüstet …«

»Sie meinen das Virus, Herr Doktor?«

»Das müssen wir noch abklären …«

»Und ich?«, fragt Galilahi dem Weinen nahe.

»Sie vorerst nicht. Bitte holen Sie, was der Herr mitnehmen möchte, Schlafanzug, Toilettzeug. Es gibt natürlich alles in der Klinik, aber …«

»Muss er dortbleiben?«

»Das weiß ich nicht, das wird man dort feststellen. Aber wir sollten mit allem rechnen und möglichst wenig Zeit verlieren. Bitte, beeilen Sie sich.« Die beiden Pfleger schnauzt er an. »Habt ihr die Masken mit? Na, worauf wartet ihr, setzt sie auf …« Erst jetzt besinnt er sich, dass er selbst es unterlassen hat, und holt schnell eine chirurgische Maske aus seiner Arzttasche, stülpt sie über Nase und Mund.

Die junge Ärztin Gerda stürzt ins Hotel: »Um Himmels willen, was ist los?«

»Auf ein Wort, Frau Kollegin …«

Die beiden Ärzte flüstern miteinander. Auch Gerda holt eine Maske aus ihrer Tasche und setzt sie auf. Die Pfleger haben eine Bahre geholt, Franco wehrt sich nicht mehr und wird auf ihr festgeschnallt. Sirenenheulend saust die Rettung mit dem Patienten ab, Gerda bleibt an der Rezeption stehen. Der Aufzug surrt, die Türen gehen auf und Marko und Mila steigen fröhlich, frisch, munter, bestens gelaunt aus: »Du wieder unter den Ersten, Papa? Gestern Abend haben wir keine Palatschinken, Crêpes oder wie sich hier das Zeug nennt, bekommen ...«, will er erzählen, unterbricht sich aber, als er die Ärztin mit der Maske auf dem Gesicht bemerkt. »Ist etwas passiert?«

Sascha berichtet. Marko seufzt: »Du hast gestern Abend behauptet, alles sei wie immer, Papa. Wer hat jetzt recht gehabt? Ich hoffe, wir dürfen trotzdem im Saal Anna Amalia, falls er noch so heißt, frühstücken. Womöglich für einige Zeit zum letzten Mal ...«

Patrick, der näher gekommen ist, um sich vorzustellen, hat zugehört und berichtigt:

»Der Saal wird jetzt einfach AnnA genannt. Mit großem A am Ende. Übrigens, Patrick mein Name ...«

Aus dem Aufzug kommen nach und nach andere ältere Herren, einige mit Damen, die wohl ihre Gattinnen sind, oder mit junger Begleitung, alle mit den Kennkarten als Gäste der Gedenkstätte. Man nickt einander zu und begibt sich zum Frühstück. Platz gibt es ja mehr als genug, Abstand halten ist kein Problem. Sascha setzt sich zu seinem Sohn und dessen Freundin, bestellt sich noch einen Espresso.

»Es ist doch alles ziemlich normal, oder?«, besteht er auf seinem Standpunkt.

Patrick stellt sich in die Mitte des Saales, hebt ein Glas hoch, jedoch nicht um zu trinken, sondern um mit einem Kaffeelöffel darauf zu schlagen.

»Meine Damen und Herren, ich hoffe, mich Ihnen allen schon vorgestellt zu haben. Ich sage Ihnen noch einmal im Namen der Gedenkstätte, wie herzlich Sie willkommen sind, wie sehr wir Ihren Mut bewundern, und dass wir natürlich alles für Sie tun wollen, was in unserer Macht steht. Die Landesregierung und die Stadt Weimar haben mich beauftragt, Sie auch in ihrem Namen zu begrüßen, Sie werden sicher verstehen, dass die meisten leitenden Verantwortlichen zurzeit mit der Bewältigung der Pandemie beschäftigt sind. Ich darf jetzt eine Liste mit den Namen aller Gäste und einigen Angaben zu ihnen austeilen, damit Sie schneller und leichter miteinander in Kontakt treten können, obwohl sich einige von Ihnen sicher nicht zuletzt von früheren Veranstaltungen hier kennen. Und dann möchte ich Sie herzlich bitten, noch ein wenig hier im Saal zu bleiben, alle ihre Bestellungen gehen selbstverständlich auf unsere Rechnung.«

Mehrere der ehemaligen Häftlinge haben die Absicht gehabt, vor die Hoteltür zu schauen, ein wenig spazieren zu gehen, sie alle kennen Weimar, waren schon zu früheren Gedenkfeiern in der Stadt, auch in dem Hotel sind sie schon gewesen, aber einige der jungen Begleitpersonen noch nie, ihnen würden sie gerne das Goethe-Schiller-Denkmal zeigen, wenn das gute Wetter halten sollte, den Park an der Ilm und wenigstens aus der Ferne das Gartenhaus Goethes. Nun nehmen sie die Bitte, im Hotel zu bleiben, achselzuckend zur Kenntnis, studieren die Liste und werfen Blicke nach allen Seiten, um festzustellen, wen sie erkennen.

Stiftung Gedenkstätten Buchenwald und Mittelbau-Dora

Liste der Überlebenden und ihrer Begleitpersonen, die auf eigene Verantwortung trotz entsprechender Warnungen zum 75. Jahrestag der Befreiung der Konzentrationslager Buchenwald und Mittelbau-Dora am 1. und 2. April 2020 angereist und im Hotel Elephant in Weimar untergebracht sind.

Es wird das Land angeführt, aus dem die Überlebenden in ein Konzentrationslager verbracht worden sind beziehungsweise aus dem sie heute angereist sind, sowie der zuletzt ausgeübte Beruf, weil alle Pensionisten beziehungsweise Rentner sind.

Italien/USA, Franco Miculetti, Chemielaborant, in Begleitung seiner Enkelin, Galilahi Wilson, Studentin;

Jugoslawien/Serbien, Aleksandar Sascha Mihályi-Mihajlović, Schriftsteller, in Begleitung seines Sohnes, Marko Mihajlović, Journalist, sowie dessen Lebensgefährtin, Mila Klandić, IT-Technikerin;

Griechenland, Jorgos Vargas, Sportlehrer, in Begleitung seines Enkelsohnes, Manolis Vargas, Deutschlehrer;

Serbien/Israel/USA, Leon-Leo Gutmann, Diplomingenieur, in Begleitung seines Sohnes Amos Gutmann, Diplomingenieur;

Frankreich, Botschafter Philippe Pharoux, Diplomat, in Begleitung seiner Gattin Dominique, Tänzerin, Choreografin;

Ungarn, Hugo Braun-Barna, Journalist, in Begleitung seiner Gattin Noémi, Schauspielerin;

Tschechoslowakei/Tschechien, Viktor Weisz, Professor für Slawistik, in Begleitung seines Sohnes Perun-Peter Weisz, Professor der Komparatistik;

Deutschland, Michael Jung, Gastwirt, in Begleitung seines Enkelsohnes, David, Apotheker, und dessen Ehefrau Simonida, Blumenhändlerin;

Spanien, Rodrigo Rosales Rosales, Schriftsteller, in Begleitung von Raphael Delacroix Diaz, Journalist;

Niederlande, Stefan Seliger, Kaufmann, in Begleitung seiner Enkelin Anne, Diamantenschleiferin;

Dänemark, Nils Jensen, Polizeibeamter, in Begleitung seines Enkelsohnes, Bent Jensen, Schiffskapitän;

Sowjetunion/Russland, Oberst Igor Iwatschew, Berufsoffizier.

Der Kaffee, den die meisten bestellt haben, ist ausgetrunken, die Gäste schweigen oder tuscheln, rätseln, wie lange sie werden warten müssen, blicken aus den Fenstern. Die Wolken haben sich zurückgezogen, Sonnenschein überzieht den Garten, um diese Jahreszeit in Weimar eine Seltenheit.

Iwatschew wird es langweilig, ein hagerer, hochgewachsener, trotz seines hohen Alters gut aussehender Mann mit kahl geschorenem Kopf steht auf und geht zur Tür, aber ein Kellner stellt sich ihm in den Weg und bittet: »Wir warten auf eine wichtige Mitteilung, mein Herr, ich ersuche Sie höflichst …«

»Vorbeilassen«, knurrt der ehemalige hohe Offizier und geht an dem schmächtigen, um einen Kopf kleineren Hotelbediensteten vorbei. Er kommt jedoch nicht weit, denn vor dem Saal stehen mehrere vermummte Männer in seltsamer gelber Schutzkleidung, mit weißen Masken vor Mund und Nase und bilden eine undurchlässige Barriere.

»Was seid ihr denn?«, herrscht sie der Russe an. Er spricht ein gutes Deutsch, wenn auch mit dem unvermeidlichen slawischen Akzent. »Seid ihr eine neue SS? Seid ihr aus euren Löchern gekrochen?«

Von der Rezeption eilt ein gut gekleideter Zivilist herbei, die Maske lose um den Hals gehängt.

»Nein, ganz im Gegenteil, Herr Oberst«, er weiß augenscheinlich, mit wem er es zu tun hat. »In Ihrem und im Interesse Ihrer Kameraden bitte ich Sie, sich wieder auf Ihren Platz zu begeben, ich erkläre gern, worum es sich handelt.«

»Wenn es so ist …«, murmelt der Russe und folgt der Anweisung. Der Zivilist kommt nach und stellt sich an die Wand vor dem Tischchen mit Blumensträußen, spricht laut, aber langsam, er ist ein geübter Redner:

»Meine Damen und Herren, liebe Gäste des Landes Thüringen, der Stadt Weimar und der Gedenkstätte Buchenwald und Mittelbau-Dora. Ich bitte um Ihre Aufmerksamkeit.

Mein Name ist Kork, ich bin von der Landesregierung beauftragt, die Maßnahmen, die leider notwendig geworden sind, zu koordinieren. Sie haben alle eine Erklärung unterzeichnet, dass Sie die Verantwortung für die Lage, die durch die weltweite Epidemie, die sich auch hierher ausgebreitet hat, soweit es Sie betrifft, übernehmen. Deshalb bestehe ich darauf, dass Sie den leider notwendigen Anweisungen, die ich Ihnen bekannt geben muss, unbedingt Folge leisten. Ich muss anfangs die bedauerliche Mitteilung machen, dass Herr Franco Miculetti, der gestern hier angekommen ist, heute Morgen in die Universitätsklinik eingeliefert werden musste. Es wurde mit einer großen Wahrscheinlichkeit festgestellt, dass er sich mit dem Virus SARS-CoV-2 angesteckt hat, jedenfalls hat er schwere Atemprobleme und wird zurzeit künstlich beatmet, eine endgültige Diagnose wird hoffentlich bis zum Abend feststehen …«

Galilahi springt auf und ruft unbeherrscht: »Ich! … Mein Opa war kerngesund …«

»Ich komme gern noch auf Sie zu, Miss Wilson, sobald ich alles Notwendige für alle Gäste erläutert habe. Meine Damen und Herren, Sie alle sind nun dem medizinischen Verdacht ausgesetzt, sich ebenfalls mit dem Virus angesteckt zu haben, Sie alle könnten Träger des Erregers sein. Deshalb werden Sie aufgrund der Gesetzeslage und Ihrer Unterschriften in Quarantäne gestellt und ärztlich untersucht. Das ist keine Empfehlung, sondern eine Anordnung. Die Botschaften der Länder, aus denen Sie angereist sind und, falls es sich nicht um dasselbe Land handelt, dessen Staatsbürger Sie sind, werden noch im Laufe des Tages amtlich verständigt. Selbstverständlich steht es Ihnen frei, die diplomatische Vertretung, die für Sie zuständig ist, zu kontaktieren. Lassen Sie mich jetzt, bitte, erklären, wie das für die nächste Zeit ablaufen wird …«

»Was bedeutet nächste Zeit?« Sascha ist der Neugierigste oder Vorlauteste.

»Das kann ich Ihnen leider nicht genau sagen. Ich nehme jedoch an, für mindestens zwei Wochen, falls die Corona-Tests für Sie alle negativ ausfallen, was ich und wir alle sehr hoffen, allerdings ...« Sein Ton ist skeptisch. Sascha und seine Angehörigen sind im selben Auto mit Franco gereist. Sie sind also besonders gefährdet. Man wird sehen.

»Allerdings muss ich Sie bitten, sich nach dieser Unterredung unverzüglich auf Ihre Zimmer zu begeben und dortzubleiben ...«

Selbstverständlich könnten sie alles, was sie wünschten, über den Zimmerservice bestellen, die Menüs für die Hauptmahlzeiten würden täglich aktualisiert. Das Personal werde anklopfen und die Bestellung vor die Zimmertür stellen. Im Laufe des Tages werde eine Videoschaltung zwischen allen Teilnehmern eingerichtet, sie könnten sich über ihre mitgebrachten Laptops oder Telefone alle zusammen oder einzeln unterhalten, vorerst kostenlos. Sollte einer der Gäste kein Gerät mitgebracht haben, gebe es Leihgeräte vom Hotel. Im Laufe des Tages, wahrscheinlich am Nachmittag, würden Ärzte vorbeikommen, um jeden Gast zu untersuchen. Sollten diese Untersuchungen und Tests keine positiven Ergebnisse erbringen, die Herrschaften also nicht infiziert sein, könne man die Situation im Hotel nach und nach erleichtern. Sollte, Gott behüte, doch der eine oder andere angesteckt sein, würden die Ärzte je nach konkretem Fall entscheiden, was zu tun, ob eine Einlieferung in die Universitätsklinik unumgänglich sei. Man werde alles, aber auch wirklich alles Mögliche tun, um die Bequemlichkeit in diesem zur Quarantänestation gewordenen Hotel zu fördern, aber die Gesundheit der Anwesenden habe selbstverständlich absoluten Vorrang. Frau Doktor

Meier habe sich bereit erklärt, im Hotel ein Zimmer zu beziehen, und sei daher Tag und Nacht zu erreichen. Auch der junge Kollege Patrick werde im Hotel wohnen und jederzeit zur Verfügung stehen.

Herr Kork ist augenscheinlich ein erfahrener Politiker, er hält seine Rede ohne zu stocken und ohne Zettelchen, er hat sich gut vorbereitet. Einige klatschen nach der geschickten Darstellung, ohne zu bemerken, was sie damit begrüßen. Alle Achtung, denkt Sascha, zufrieden ist er aber keineswegs: »In der langen und nicht immer glorreichen Geschichte dieses Hotels wird das eine interessante Episode sein!«

»Ich freue mich, dass Sie den Humor nicht verloren haben Herr …«, Kork muss nur kurz überlegen, »Herr Mihályi.«

Die meisten stehen verlegen und dem Schicksal ergeben auf, der Russe steuert auf Sascha zu:

»Wir sind die Einzigen, die sich bemerkbar gemacht haben, ich habe versucht, die Barrikade zu brechen, du hast dich wenigstens zu Wort gemeldet, die übrigen haben gekuscht.«

»Dir ist ja auch kein Durchbruch gelungen.« Sascha mag es nicht so stehen lassen, wie der Mann verächtlich über alle anderen spricht und ihn dabei vereinnahmt.

»Na ja, wenn ich ein besonders hartnäckiger Mensch wäre, hätten mich die Deutschen schon damals umgebracht. Vor stärkerer Gewalt muss man zurückstecken, das wissen die Klugen, die Unklugen werden Helden der Sowjetunion …«

»Ja, und du?«

»Ich wäre es um ein Haar geworden. Übrigens sind wir beide einander vor fünfundsiebzig Jahren begegnet.«

Jetzt ist Sascha doch perplex. »Was? Wieso?«

»In Langenstein-Zwieberge, im Lager in den Malachitbergen. Du warst doch mit diesem Adler zusammen, nicht wahr?«

»Ja …«

»Ich gehörte zu denen, die am 12. April als Erste das Lager verlassen haben. Wir sind mit Kaninchen zurückgekommen und haben euch eines zum Braten überlassen.«

»Ja, ich erinnere mich. Du warst das?«

»Ja.«

Sascha fasst sich: »Hat es dir nachher in der Sowjetunion eigentlich geschadet, dass du am Leben geblieben bist?«

»Gute Frage. Mir nicht. Anderen schon. Ich war jung genug, dass man es mir nicht besonders übel genommen hat, dass ich am Leben geblieben bin. Mein Onkel war ein mittelhohes Tier in der Partei. Und ich habe im GRU Karriere gemacht.«

»Deshalb sprichst du so gut Deutsch?«

»Umgekehrt, weil ich Deutsch kann, hat mich der GRU genommen. Molodjetz!«

Sie gehen auseinander. Mila, die zufällig mitgehört hat, fragt: »Wer war Adler, wieso Langenstein-Zwieberge, was ist der GRU?«

»Adler war ein deutsch-tschechisch-jüdischer Dichter und Soziologe, Langenstein ein Außenlager von Buchenwald. Erkläre ich dir später genauer …«

»Und der GRU war und ist der sowjetische, jetzt russische militärische Geheimdienst«, fügt Marko hinzu.

Die lieben Gastgeber sind also Überwachungspersonal geworden. Die ehemaligen Häftlinge stellen unwillkürlich Vergleiche mit der Lage vor fünfundsiebzig Jahren an. Das sollte man nicht tun, wirklich nicht, das ist sinnlos, aber wie kann man gegen spontane Einfälle kämpfen? Logisch müssen die nicht sein. Dieses Hotel gleicht keiner Lagerbaracke, nicht im Mindesten. Herr Kork und Patrick sind keinen SS-Offiziere und sie sind freiwillig gekommen, mussten sich durchsetzen, um überhaupt kommen zu dürfen … Und jetzt? Ist das Freiheit? Ja, was haben sie sich eigentlich vorgestellt, dass die Infektion vor ihnen zurückschwappen würde wie das Rote Meer vor Moses, der seine Leute aus der Sklaverei führte? In die Freiheit? Zunächst gerieten sie ja erst einmal in die Wüste. Das war wohl Absicht des biblischen Herrn. Aber sie, die zwölf mit ihrer Begleitung? Sind sie nicht mit der unausgesprochenen Absicht gekommen, hier zu sterben? Zumindest haben sie damit kokettiert. Ein Fanal wollten sie setzen? Ja oder nein?

Die jungen Begleiter denken anders, ärgern sich, dass sie die Alten nicht von dieser Reise abgebracht haben, sie können sich die Begrenzung auf vier Wände, auch wenn sie noch so schön mit frischen Tapeten überzogen sind, nicht vorstellen. Wochenlang? Unbegrenzt? Das wird ja fürchterlich langweilig werden. Zu Hause – je nachdem, woher sie gekommen sind – knospt schon der Frühling.

Alle gehen folgsam in die Zimmer hinauf. Nach einem kurzen Auftritt der Sonne bewölkt sich der Himmel wieder und Regen beginnt gegen die Hotelfenster zu trommeln, als wäre es ein Trost, dass jetzt ohnehin niemand durch die Straßen und Gassen schlendern könnte, ohne nass zu werden und zu frösteln. Die Unterkunft ist bequem, da von den neunundneunzig Zimmern und Suiten nur einundzwanzig für die Überlebenden und ihre Begleiter benötigt werden, haben sie die besten in den oberen Stockwerken bezogen. Betten und Sessel sind neu und komfortabel, jede Menge Hand- und Frottiertücher, Bademäntel und Pantoffeln stehen zu ihrer Verfügung, die Fernsehschirme sind groß, Schreibtischchen stehen für die Laptops bereit, in den Schränken ist viel Platz, in den kleinen Kühlschränken befindet sich eine anständige Auswahl von scharfen Getränken, Bier, Wein und Knabberzeug, auch Schalen mit Obst hat die Hoteldirektion als Gruß auf die Zimmer stellen lassen. Erst einmal wird es sich hier aushalten lassen. Muss man aushalten. Erst einmal …

Fußgetrappel auf den Fluren. Wer vor die Tür schaut, sieht mehrere hin und her huschende Gestalten, wie Astronauten gekleidet, aber auch normal gekleidete Männer und Frauen mit Masken vor Mund und Nase. Kabel werden gelegt. Bald wird es wieder still. Auch wenn sich noch kein großer Hunger eingestellt hat, bestellt jeder das Mittagessen aufs Zimmer, um die Zeit zu vertreiben. Beginnt jetzt das große Warten? Glücklicherweise wird das Warten erst einmal fast im Stundentakt unterbrochen, an eine richtige Siesta ist nicht zu denken, aber für die Abwechslung ist jeder dankbar.

Zuerst kommen Techniker, bringen nun doch allen Gästen neue Laptops, installieren sie und legen Betriebsanweisungen für die Videoschaltung dazu. Ab siebzehn Uhr werde man die Schaltung ausprobieren.

»Jetzt ist Ihr Zimmer videokonferenzfähig.«

Der Mann trägt einen bis unters Kinn zugeknöpften blauen Kittel, eine weiße Maske, über der nur seine kleinen blauen Augen und die buschigen Brauen zu sehen sind. Kann man sich so kennenlernen? Sascha fehlt es sehr, Gesichter zu sehen. Trägt dieser kräftige Techniker vielleicht einen gepflegten Schnurrbart, der jetzt verborgen bleibt? Einen kleinen wie Hitler, einen spitzen oder gar einen gezwirbelten?

Später erscheint Frau Doktor Meier in Begleitung eines Pflegers reihum in allen Zimmern, misst Temperatur, Blutdruck, nimmt Virustests ab, füllt neue Formulare aus und bittet um Unterschriften.

»So einfach ist das?«, wundert sich Noémi Barna.

»Ist ohnehin Quatsch«, meint ihr stets skeptischer Mann.

Michael Jung wehrt sich zuerst und will seinen Mund nicht aufmachen, gibt aber schließlich nach und lässt sich testen. Über so etwas steht nichts in der Heiligen Schrift.

Als die Mediziner sein Zimmer wieder verlassen haben, sagt

Botschafter Pharoux: »Man erlebt allerlei in diesem Leben, Dominique. Insbesondere, wenn man lange genug lebt. Das ist jetzt auch wieder eine unerwartete neue Erfahrung.«

»Wann erhalten wir die Ergebnisse?«, fragt Sascha. Wie die Ärztin ohne Maske aussieht, weiß er glücklicherweise, sie hat ein hübsches Gesicht.

»Kann ich leider nicht sagen«, antwortet Frau Doktor Meier ein wenig ungeduldig. »Sobald wir sie bekommen, teilen wir sie Ihnen natürlich mit.«

»Könnten Sie bitte später einmal, wenn Sie mehr Zeit haben, noch einmal zu mir kommen?«

»Selbstverständlich«, die Ärztin ist an der Tür stehen geblieben. »Dafür bin ich doch da, aber wenn Sie sich unwohl fühlen, sagen Sie mir bitte sofort, worum es geht.«

»Mir geht es gut, danke. Ich wollte ein paar ziemlich allgemeine Fragen mit Ihnen besprechen, wenn Sie gestatten ...«

Sie nickt und weg ist sie.

Kurz vor fünf klopft es wieder, es ist aber nicht die Ärztin, sondern Patrick.

»Darf ich?«

»Aber selbstverständlich. Nehmen Sie doch Platz. Können Sie nicht diese blöde Maske abnehmen?«

»Tut mir leid. Darf ich eigentlich nicht ...«

Um sich per Videoschaltung gruppenweise miteinander oder alle gemeinsam unterhalten zu können, erklärt Patrick, müsse ein Moderator bestimmt werden. »Und da Sie, lieber Herr Mihályi, ja nicht nur einer der Initiatoren dieses Besuchs trotz der Absage sind, sondern auch bereits spontan begonnen haben, für die Gemeinschaft zu sprechen ...«

Das hat man davon, wenn man zu vorlaut vorprescht, denkt Sascha: »Sie können mich Sascha nennen, ich soll Sie doch auch mit dem Vornamen ansprechen.«

»Ja, aber der Altersunterschied! Und überhaupt, Sie sind … Nun, gut, Sascha, also wir wollten Ihnen vorschlagen, dass Sie der Moderator werden.«

»Das ist keine gute Idee, ich bin ziemlich ungeschickt mit diesem Zeug, aber mein Sohn könnte das machen, er ist es als Redakteur gewöhnt, Konferenzen zu leiten, und seine Freundin ist IT-Spezialistin, sie kann ihm bei Problemen helfen.«

»Wunderbar. Welches Zimmer hat er?«

»Gleich nebenan, rechts. Darf ich mitkommen?«

»Also …« Patrick zögert. »Eigentlich gibt es diese Schaltung ja, damit sich die Herrschaften nicht im selben Raum aufhalten.«

»Ich werde mich ohnehin nicht daran halten, wenn gerade keiner von euch Wächtern im Flur aufpasst.«

»Ja. Verstehe. Das wird schwierig werden. Für uns alle. Ich meine das Durchhalten, die Maßnahmen durchsetzen. Ich bin doch nur der kleinste Fisch im Teich. Allerdings wussten wir das im Voraus. Dass es Schwierigkeiten geben wird, nicht wahr … Bitte, weil es Ihr Sohn ist, aber setzen Sie sich doch bitte die Maske auf.«

Marko ist begeistert von der Idee. Als Patrick gegangen ist, holen sie sich etwas aus der Minibar. Er habe sich ihren ersten Besuch in Weimar anders vorgestellt, meint Sascha zu Mila. Da wird ihr Gespräch von einer angenehmen Frauenstimme aus der Lautsprecheranlage unterbrochen.

»Hier spricht Ihre Rezeption. Liebe Gäste, wir wünschen Ihnen vor allem, dass Sie sich in unserem Hause wohlfühlen. Mit Ansagen wie dieser werden wir Sie so selten wie möglich belästigen, und aus diesem Grunde machen wir sie darauf aufmerksam, dass wichtige Benachrichtigungen auf Ihrem Fernseher unter der Programmnummer null erscheinen werden. Bitte, schalten Sie Ihren Fernseher ein, Sie werden eine erste Nachricht und eine Frage vorfinden …«

Marko schaltet sofort ein. Nach einer Ansicht des Hotels vom Marktplatz aus gesehen und weiteren Willkommensgrüßen folgt die Botschaft: »Wir werden Ihnen eine Liste der eingetragenen Gäste mit der jeweiligen Zimmernummer zur Verfügung stellen, damit Sie sich auch per Haustelefon miteinander unterhalten können. Die Zimmernummern sind die Anrufnummern, die Gespräche sind selbstverständlich kostenfrei. Wenn Sie nicht wünschen, dass Ihre Zimmernummer bekannt gegeben wird, klicken Sie bitte auf Nein, wenn Sie einverstanden sind, auf Ja.«

»Na dann gehe ich Ja sagen«, erklärt Sascha, »sonst merken sie, dass ich nicht brav in meiner Kammer stecke.«

Tatsächlich erscheint bald auf dem Bildschirm die Liste, alle Teilnehmer haben zugestimmt, die Angereisten sind also auf einundzwanzig Zimmer verteilt, die Begleitung der meisten ist getrennt untergebracht, nur die Ehepaare sind natürlich zusammen. Der Russe ist allein gekommen. Weitere Nachrichten sind, dass man sich von der Rezeption einen Drucker ausleihen, den Bücherbestand der Hotelbibliothek einsehen und bis zu drei Bücher auf einmal ausleihen kann. Zudem wird das Abendmenü angeboten, drei warme Speisen oder eine kalte Platte, eine Speise ist koscher, eine zweite vegan – also nur eine einzige »anständige«, ärgert sich Sascha. Er weiß, dass keiner der anwesenden Juden hier religiös ist, dass man aber außerdem in einer normalen Hotelküche gar nicht richtig koscher kochen kann, dazu wären getrennte Küchen, Kühllager, Geschirr, Bestecke nötig gewesen. Deshalb bringen tiefgläubige Menschen überallhin ihre eigene Speisen und auch ihr eigenes Essbesteck mit. Das hat er bei einer Gedenkfeier in Niederorschel erlebt, einer der ehemaligen Häftlinge des dortigen Buchenwalder Außenkommandos ist chassidischer Rabbiner in Israel geworden, er hatte alles für mehrere Tage im Gepäck.

Die Frau des Bürgermeisters wunderte sich, als er erschrocken zusammenzuckte und einige Schritte zurücktrat, als sie ihm die Hand reichen wollte, denn fromme Juden sollen kein weibliches Wesen berühren außer ihrer Ehefrau. Das alles müsste man dem Chefkoch mitteilen. So einer sollte zumindest theoretisch wissen, was als rein gilt, koscher bedeutet »tauglich«. Die Einhaltung der Regeln ist wahnsinnig kompliziert. Auch mit »halal« sollte er sich auskennen, in diesem Hotel könnten mitunter auch reiche Araber absteigen. Ob einer von ihnen vegan isst? Vielleicht der Deutsche, der Zeuge Jehovas. So ein Quatsch, wichtig ist, was wie schmeckt.

Die vier kostenpflichtigen Spielfilme, die auf dem Fernsehprogramm stehen, sind ausnahmsweise auch gratis. Auf Pornografie hat Sascha keine Lust. Er bestellt die kalte Platte, Tee und eine Flasche Vodka, beschließt, später Igor anzurufen, um ihm telefonisch zuzuprosten. Der hat also in Langenstein-Zwieberge die Kaninchen gebracht, an die er sich so gut erinnern kann, das erste gebratene Fleisch nach … Die Welt scheint mitunter ziemlich klein. Der Russe ist ihm in jeder Hinsicht sympathisch.

DIE BIBEL UND DIE PEST

Eine neue Nachricht flimmert auf dem Bildschirm, die Videoschaltung wird morgen ab zehn Uhr in Betrieb sein, man werde sie heute noch ausprobieren, denn eventuell werde sich der Herr Ministerpräsident von Thüringen an die Gäste wenden.

Bisher war ja allerlei los, jetzt aber beginnt für Sascha ein langweiliger Abend. Wie so oft in Belgrad. Daran hat er sich gewöhnt. Sandwiches und Schnaps und ein dummer Film. Die Hotelbibliothek braucht er nicht. Noch nicht. Nicht lange überlegend, was er mitnehmen soll, hat er sich in Belgrad einige Bücher aus dem Regal gegriffen, in dem Werke stehen, die er sich vorgenommen hat wieder zu lesen. Zufällig war darunter auch Boccaccios »Decamerone«. Gibt es Zufälle? Dieser Zufall bringt ihn auf eine Idee.

Man muss die Zeit nützen, grübelt Sascha. Jede Zeit. Die Zeit, die uns auf Erden gegeben ist. Wenn wir jung sind, denken wir nicht so, allenfalls nur: Habe ich noch Zeit zu lernen, bevor ich zu meinem Date gehe? So nennen die jungen Leute heutzutage ein Rendezvous. Zeit misst man, um etwas zu tun, nicht um ihr Vergehen aufzuhalten. Was tut man sinnvoll, was sinnlos? An Vergangenem ist nichts zu ändern, aber möglicherweise kann man aus vertrödelter Zeit im Nachhinein doch noch etwas lernen? Oder sich unterhalten. Halten unter was? Gibt es auch »oberhalten«, das wäre doch logisch, oder? Ach, die Wörter. Wird die Zeit durch Unterhaltung sinnvoll? In meinem Alter soll man jedenfalls haushalten mit der Zeit. Sparsam mit ihr umgehen. Wieder halten, nicht unterhalten oder oberhalten, sondern sein Haus halten? Ja, mit Sparsamkeit hält man sein Haus fest, das ist wenigstens logisch.

Führe ich Selbstgespräche? Kann ich nicht mehr nachdenken, ohne Sätze zu bilden? Was ist der nächste Schritt, wenn ich mir selber laut sage, was ich gerade denke? Wie die Leute, die auf der Straße vor sich hin brabbeln und die wir deshalb für ein wenig plemplem halten? Denkt eigentlich jeder so oder fassen andere ihre Gedanken, ohne sie in Worten ausdrücken zu müssen? Vor fünfundsiebzig Jahren habe ich sicher nicht mit Worten darüber nachgedacht, ob ich überleben werde, das war ein Gefühl, ein Sein, und als wir, der Adler und der Tscheche und ich, in Langenstein durch das Lagertor hinausgegangen sind, einfach hinaus, habe ich nicht gedacht: Ich bin jetzt frei. Aber ich war es. War ich es? Wie frei war ich, zu tun, was ich wollte? Damals? Welche Zwänge waren geblieben, verändert, aber für das ganze Leben? Und jetzt, da ich im Hotelzimmer mit Blick auf den zurzeit leblosen Weimarer Markt sitze, wie unfrei bin ich als Verdächtiger, verdächtigt, eine Krankheit mitgebracht zu haben, mit der ich andere anstecken, töten kann oder werde? Oder will? Will ich unbewusst Leute anstecken, weil man mir verboten hat herzukommen und ich mich über diesen Wunsch hinweggesetzt habe?

Stopp. Was sagt Google über meinen Zustand? Autokommunikation heißt das wissenschaftlich, auch Ich-Ich-Modell, ist an und für sich nicht krankhaft, ein bestimmtes Ausmaß kann jedoch ein Krankheitsanzeichen sein, zum Beispiel für Depression. Den Verdacht, dass ich an einer Depression leide, habe ich schon öfter gehabt. Oder mit Worten gedacht: Ich bin depressiv.

Moment, wovon sind wir bei diesem Selbstgespräch ausgegangen? Auf einmal denke ich im Plural. Wir? Wir sind von etwas ausgegangen? Wer sind wir? Ich und ich? Richtig, haushalten mit der Zeit! Dazu muss uns etwas einfallen. Jawohl, uns, nicht mir allein. Die Zeit vertreiben. Gefällt mir nicht, aber so heißt das auf Deutsch, eigentlich will ich aber die Zeit nicht vertreiben, im Gegenteil, ich will sie festhalten, um sie für etwas zu nutzen.

Ich muss später nachsehen, ob es in der Hotelbibliothek etwas über Autokommunikation gibt, darf mich nicht auf die Google-Suche verlassen, ich mag auch nichts Längeres auf dem Bildschirm lesen, ich brauche Gedrucktes.

Die Videoschaltung funktioniert auf Anhieb. Offenbar haben alle Teilnehmer die Gebrauchsanweisung gelesen und auch begriffen. Marko stellt sich vor, erklärt, man habe ihn gebeten, als Moderator zu wirken, er wolle jetzt reihum alle aufrufen, um festzustellen, dass jeder die anderen sieht und selbst gesehen wird, und bei dieser Gelegenheit auch jeden einzeln fragen, ob er damit einverstanden ist, dass er diese Aufgabe ausübt, denn es hat keine Gelegenheit gegeben, vorher darüber abzustimmen.

Reihum meldet sich folgsam jeder Teilnehmer und dankt Marko für die Mühe, nur Galilahi fragt erschrocken mit unsicherer Stimme: »Habe ich die richtige Taste gedrückt?«

Sie sitzt in einer feinen, bunt bestickten Bluse vor der kleinen Kamera ihres Geräts, hinter ihr das Zimmer in größter Unordnung, viele Kleidungsstücke und sogar Schuhe liegen auf dem Bett verstreut.

»Das hast du!«, sagt Manolis. »Hübsch bist du heute!«

»Das bin ich immer.«

»Dieses Gespräch könnt ihr über eure Handys oder was ihr mithabt fortsetzen. Danke trotzdem für den Zwischenruf, jetzt haben wir euch beide im Dialog gehört und wissen, dass alles funktioniert.«

»Ist ja kein Kunststück«, brummt Igor im Pyjama. In einem gestreiften Nachtanzug, der ein wenig an die sogenannten Zebras, die Häftlingskleidung erinnert. Zufällig? Kaum vorstellbar, also absichtlich?

»Ist auch jemand von den Veranstaltern, der Hoteldirektion oder der Gedenkstätte dabei?«

»Ja. Ich. Patrick.« Er trägt einen blauen Anzug und hat einen roten Schlips umgebunden.

»Ja, ich sehe Sie. Sie hätten sich als anwesend melden können.«

»Ja. Entschuldigen Sie. Ist alles auch für mich neu.«

»Wann erfahre ich mehr über meinen Großvater?« Galilahi ist eingefallen, dass es Wichtigeres gibt, als mit dem Griechen zu flirten. Diese neue Art der Kommunikation hat sie alle irgendwie überrumpelt.

»Ich werde Sie alle jetzt reihum besuchen, ich war mir vorher nicht sicher, ob Sie schon bereit dafür sind.« Auf dem Bildschirm Frau Doktor Gerda Meier im weißen Kittel.

»Sie sind ebenfalls dabei?« Markos Stimme klingt ein wenig ärgerlich. »Wir wissen also nie, wer sich eingeschaltet hat. Falls auch irgendein Geheimdienst dabei ist, grüße ich die Beamten herzlich. Das ist nun einmal der Unterschied zur Veranstaltung in einem Saal, dort sehen wir, wer uns Gesellschaft leistet ...«

»Quatsch!«, sagt Igor. »Auch dann sind die dabei, und wenn sie nicht wollen, seht ihr sie nicht. Glaubt mir, ich war seinerzeit selbst für so etwas verantwortlich, als es noch viel primitivere Werkzeuge dafür gab.«

»Haben wir zur Kenntnis genommen, Genosse Oberst«, das war von Marko natürlich ironisch gemeint. »Ich bitte trotzdem darum, dass sich von nun an bei der Eröffnung jeder Videokonferenz jeder anmeldet, dafür müsst ihr nur die grüne Taste unten links drücken. Wenn jemand dabei ist, der nicht möchte, dass wir wissen, dass er uns die Ehre gibt, wird er es freilich nicht tun. Wir haben keine Saalwächter, die ihn rauswerfen könnten.«

»Nun, man könnte es schon so einrichten, dass der Moderator sieht, wer angeschlossen ist. Dann müsste sich keiner extra melden.« Igor wäre es zu langweilig, wenn er nicht immer etwas beitragen könnte. Marko verbeißt es sich, darauf einzugehen.

»Wenn wir in einem Saal wären, könnte jeder, der etwas sagen will, die Hand heben, ohne gleich zum Rednerpult zu kommen. Wer sich bei der Videokonferenz zu Wort meldet, erscheint aber mit seinem Bild, das ist, als wäre er zum Mikro gegangen. Die meisten von euch haben sich nicht geäußert, ich hoffe, das bedeutet Zustimmung. Gibt es Wortmeldungen?«

»Ja. Ich möchte eine Idee vortragen!« Es ist Sascha im grauen Rollkragenpullover. »Ich habe zufällig Boccaccios ›Decamerone‹ mitgebracht. Zufällig? Tja, ich glaube, der Zufall ist stets eine Folge von Ursachen, die wir nicht kennen …«

Marko fällt aus der Rolle:

»Papa, bitte die kürzere Version …«

»Geht diesmal nicht, Herr Moderator. Wenn es jemanden nicht interessiert, kann er ja aussteigen.«

»Mich interessiert es sehr«, meldet sich der Botschafter. »Ich bin neugierig, in welche Richtung das jetzt gehen soll.«

»Ich auch«, schaltet sich Barna ein. »Gibt es eine Taste, mit der man beifälliges Auf-den-Tisch-Klopfen andeuten kann?«

Die gibt es. Marko erklärt, wo man hinklicken muss. Er überlegt, wie er jetzt seinen Vater angemessen anreden soll, und findet zu einer neutralen Lösung.

»Wenn es keine weiteren Zwischenrufe gibt, wollen wir fortsetzen. Bitte sehr!«

»Allein die Bibel erwähnt die Pest vierundneunzigmal, dort ist sie stets eine Strafe Gottes. Wie viele Pandemien es seither gegeben hat, kann man gar nicht aufzählen. Vielleicht ist es diesmal nicht Gott, sondern die Natur, wir Menschen sind ja dabei, sie zu vernichten, nun will sie mit dieser Krankheit unser übles Geschlecht ausrotten, um sich ohne den Homo sapiens in aller Ruhe weiterzuentwickeln. Als ihr die Dinosaurier auf die Nerven gegangen sind, hat sie diese Spezies ja auch aus der Welt geschafft. Mit uns Menschen wird ihr das zumindest mittelfristig nicht gelingen, wir sind zwar viel kleiner, aber um vieles gescheiter als die Urechsen. Danke, Marko, freundlich, dass du mich nicht unterbrichst, ich komme schon zur Sache.

Im Jahr 1383 brach in Florenz, in Italien, die Pest aus. Boccaccio hat diese Epidemie dazu inspiriert, seinen Novellenband ›Das Decamerone‹ zu schreiben und damit als Erster so etwas wie eine Erzählung zu schaffen. Decamerone bedeutet eigentlich Zehntagebuch, Boccaccio begrenzte die Quarantäne seiner Helden auf nur zehn Tage, obwohl natürlich das Wort Quarantäne von vierzig kommt. In Dubrovnik kam es übrigens nur einmal zum Ausbruch der Pest, weil ... Ja, Marko, ich schweife wieder ab, aber wirklich nur kurz, ich muss ...«

Philippe Pharoux schaltet sich ein: »Bitte, mach nur weiter so. Selbst wenn einem das nicht neu ist, ist es interessant, wie du es darlegst. Wir haben doch ohnehin nichts anderes zu tun. Also, was ist mit Dubrovnik?«

»Dubrovnik, also die Republik Ragusa, hat 1377, noch vor der Tragödie in Italien, die Boccaccio zu seinem ›Decamerone‹ inspiriert hat, beschlossen, dass jeder, der die Stadt von außerhalb betreten wollte, sich zuvor für dreißig Tage auf einer der kleinen Inseln vor der Stadt in einem Kloster in Quarantäne begeben musste. Das galt auch für Bürger Dubrovniks. Dubrovnik war ja damals eine wichtige Hafenstadt, ein Konkurrent Venedigs. In Venedig wütete die Pest mindestens zwanzigmal, in Dubrovnik, wie gesagt, nur einmal vor dieser Verordnung, das war 1348 bis 1349, ein Viertel der Bevölkerung kam damals ums Leben. Venedig organisierte seine Quarantäne auf einer Insel erst 1423, das gilt als die erste Quarantäne in Europa. Dabei ist das falsch. Dubrovnik hat das fast ein halbes Jahrhundert früher bereits eingerichtet. 1590 errichtete die Stadt eine Reihe von Quarantänehäusern vor den Stadtmauern, dort musste man nun vierzig Tage bleiben, nicht mehr dreißig. Diese Häuser wurden noch zur Zeit der österreichisch-ungarischen Besatzung im 19. Jahrhundert genutzt, heute befinden sich dort Künstlerateliers, Gaststätten ...«

»Wir befinden uns jetzt aber in Weimar, Towarisch«, Igor ist es zu langweilig geworden. »Ich schlage vor, wer von uns Geld genug hat, fliegt von hier aus direkt nach Dubrovnik und dort reden wir weiter über die Geschichte der Pest. Willst du einen Vortrag halten? Ich dachte, du hast eine Idee.«

Sascha seufzt: »Richtig. Also, es herrscht die Pest in Florenz, zehn junge Menschen, sieben Mädchen und drei junge Männer, entkommen in ein Landhaus unweit der Stadt. Sie verabreden sich zu einem Spiel: Jeden Tag wird unter ihnen eine Königin oder ein König gewählt, der oder die dann ein Thema vorgibt. Jeder muss dann etwas zu diesem Thema erzählen, das kann über die Pest sein, über Sultane, über Liebschaften. Im Laufe der zehn Tage kommen so hundert Kurzgeschichten zusammen. Es sind sehr junge Menschen, daher überwiegen sexuell freizügige Geschichten, die in der katholisch geprägten Gesellschaft unerhört waren. Von Boccaccio abweichend, auch weil die meisten von uns deutlich älter, selbst unsere jüngsten Begleiter älter sind als diese Leute, schlage ich nicht das Gleiche, aber etwas Ähnliches vor. Wir sind zu zwölft, wenn Franco bald zurückkommt, was ich sehr hoffe, sonst elf, wir wählen für jeden Abend einen von uns, der sein Thema selbst bestimmt und seine Geschichte zum Besten gibt, etwas Wahres über das Überleben in den Lagern, etwas aus seinem eigenen Leben oder etwas Erfundenes, wie er will, Hauptsache, er unterhält uns damit. Was meint ihr? Jeden Nachmittag um fünf?«

»Ich finde das gut«, erklärt Weisz.

Alle Anwesenden klicken auf Zustimmung, als trommelten sie mit den Fäusten auf den Tisch.

DIE URENKELIN EINES GEHENKTEN KRIEGSVERBRECHERS

Wie verabredet beginnt die Frau Doktor ihre täglichen Visiten. Sascha freut sich auf die Abwechslung. Wahrscheinlich geht es den anderen Hotelgästen nicht anders. Hotelgäste? Oder zur neuen Freiheitsstrafe verurteilte Buchenwaldhäftlinge?

Die Handgriffe der jungen Ärztin, natürlich mit Maske und Handschuhen, sind sicher, die Stimme freundlich.

»Sie machen das ausgezeichnet, Frau Doktor«, sagt Sascha. »Sie scheinen so jung, seit wann praktizieren Sie?«

»Zugegeben, erst seit zwei Jahren. Vielleicht ist es eine Talentfrage, oder einfach nur mein großes Interesse, obwohl ich die erste Medizinerin in der Familie bin.«

Offensichtlich ist sie bereit, sich auf ein längeres Gespräch einzulassen, sie scheint nicht in Eile.

»Wollen Sie nicht Platz nehmen? Mir fällt es schwer, lange zu stehen.«

»Mir macht es nichts aus, stehen zu bleiben. Aber setzen Sie sich doch. «

»Ich kann nicht sitzen, wenn eine Dame steht. Erziehungssache, das steckt mir in den Knochen.«

Gerda Meier lacht und nimmt in einem bequemen Sessel Platz. »Bitte, was wollten Sie fragen?«

»Wie geht es Franco?«

»Er ist leider viruspositiv und hat eine doppelseitige Lungenentzündung, er muss künstlich beatmet werden, aber im Großen und Ganzen ist er stabil, das heißt in keiner unmittelbaren Lebensgefahr.«

»Das haben Sie sicher seiner Enkelin mitgeteilt?«

»Natürlich.«

»Ich habe noch eine ganz andere Frage, Frau Doktor. Haben Sie sich freiwillig gemeldet, für uns zur Verfügung zu stehen? Sie konnten ja nicht wissen, dass einer von uns Träger des Virus ist. Und Sie sind auch noch zu uns ins Hotel gezogen. Haben Sie keine Familie, der Sie abgehen?«

Die junge Frau streckt die Beine aus. Sie hat lange, wahrscheinlich hübsche Beine, soweit es ihre Jeans erkennen lassen.

»Bitte nicht so förmlich, sagen Sie Gerda zu mir …«

»Unter der Bedingung, dass Sie Sascha zu mir sagen.«

Sie lacht wieder. Das ist kein Kichern, nichts Falsches, es klingt nicht belustigt, eher fröhlich, offen.

»Das wird für mich schwieriger. Nicht nur wegen des Altersunterschieds, auch wegen Ihres Schicksals. Ja, aber um auf die Frage zu antworten. Ich habe niemanden in Weimar, zwar stamme ich aus einer Großfamilie, aber meine Eltern leben in Hannover, meine Geschwister, Tanten, Onkel, Cousinen und Cousins in der ganzen Bundesrepublik verstreut. Aber ich habe mit keinem Kontakt, ich bin das schwarze Schaf … Oder eigentlich sind sie alle schwarze Schafe, ich bin das einzige weiße Lamm. Also ja, ich habe mich freiwillig gemeldet, weil ich eine Lebensaufgabe …« Sie verheddert sich, weiß augenscheinlich nicht, wie sie diesen Satz weiterführen könnte, und sagt nach einer kurzen Pause mit veränderter, jetzt härterer Stimme: »Ich bin sehr froh, dass mir das vergönnt ist.«

»Möchten Sie mir das erklären, Gerda?«

»Ich will es versuchen. Es wird für mich ein wenig peinlich werden, aber vielleicht ist es gut, wenn ich es vor jemandem wie Ihnen ausspreche. Vielleicht hilft es mir.«

»Sie können mir vertrauen. Mein Beruf ist es zwar zu schreiben, über Menschen zu schreiben, ich bin kein Arzt oder Psychotherapeut und schon gar kein Rechtsanwalt, die zur Verschwiegenheit verpflichtet sind, aber ich habe auch meinen Freud gelesen. Und ich bin absolut diskret.«

»Gut. Dann kann ich mit Ihnen also reden, als ob Sie Professor Freud wären«, die junge Frau lehnt sich schmunzelnd zurück. »Als Kinder lebten wir in einem Bauernhaus in Hemmingen, mit den Großeltern, den älteren Brüdern, sogar meine Urgroßmutter hat meine Geburt noch erlebt, an sie kann ich mich freilich nicht erinnern. Als einziges Familienbild im Speisezimmer, dem einzigen Raum, den wir gemeinsam benützten, hing in vergoldetem Rahmen die vergrößerte Fotografie eines hübschen blonden jungen Mannes. Auf meine Frage, wer das sei, sagte Oma, es sei mein Urgroßvater. Unter einem Urgroßvater stellt man sich natürlich keinen Jüngling vor, ich fragte also, ob es denn keine Fotos aus späteren Zeiten gebe. Die gebe es schon, sagte Oma, aber sie liebe nun einmal dieses, so wolle sie sich an ihren Vater erinnern. Auf meine weitere Frage, wann er gestorben sei, erklärte sie ausführlich, er sei im Krieg gefallen, er sei ein guter Deutscher gewesen, habe auch das Ritterkreuz erhalten und sei sogar einmal dem Führer vorgestellt worden. Ich war ein Kind und nahm das so zur Kenntnis, erst viel später erinnerte ich mich, auf welch ehrfurchtsvolle Weise sie das Wort ›Führer‹ ausgesprochen hatte, aber ich bohrte damals nicht nach. Oma starb, als ich schon ins Gymnasium in Hannover ging. Am Abend nach ihrem Begräbnis ging ich in ihr Zimmer, wollte sehen, ob ich irgendetwas zur Erinnerung an sie finden und mitnehmen könnte. Ich habe sie sehr geliebt, wie man eben eine Großmutter liebt, wenn die viel beschäftigte Mutter nie genug Zeit hat. Oma erzählte ich meine ersten kleinen Liebesgeschichten und sie hörte mit viel Geduld zu. Auf dem Toilettentisch, so einem schönen, altmodischen Möbelstück, lag ein Pappkarton. Den habe ich neugierig aufgemacht. Ganz oben lagen einige Orden, darunter Fotos eines SS-Offiziers, auch Gruppenfotos mit Offizieren, die mit Hitler und Himmler zusammenstanden. Ich rannte mit einem der Bilder in die Küche, wo meine Mutter gerade das Abendessen vorbereite, und fragte, ob das mein Urgroßvater sei. Ja, sagte sie. Warum habe man mir nie diese Fotos gezeigt, nie gesagt, dass er bei dieser Bande gewesen ist? Das sei keine Bande gewesen, belehrte mich meine Mutter streng, das seien die besten Soldaten gewesen, die das Volk und das Reich beschützten. Ich könne stolz auf meinen Urgroßvater sein. Dann stotterte sie ein wenig herum, man hätte mich nicht verwirren wollen, sie habe vorgehabt, mich nach meinem Abitur aufzuklären. Aufklären? Was für eine Wortwahl! Weiß es Papa? Selbstverständlich. Und die Brüder? Aber ja. Und ihr seid alle stolz auf ihn? Wieso nicht? Ich soll also stolz auf diesem SS-Mann sein? Freilich, wenn du ein gutes deutsches Mädel sein willst, sagte sie. Das will ich nicht, schrie ich, rannte in mein Zimmer, zerriss dort das Bild in Fetzen und warf es schließlich ins Klo. Aber ich blieb im Haus wohnen, wo sollte ich damals hin? Ich bewarb mich für das Medizinstudium in Hannover, zog hin und versuchte herauszufinden, wer mein Urgroßvater gewesen war, wo er gedient hat. Das war gar nicht so schwer, weil er ja Ritterkreuzträger war. Er ist nicht an der Front gefallen. Er war Lagerkommandant eines KZ, ist kurz nach dem Krieg zum Tode verurteilt und gehenkt worden … Mein Urgroßvater!« Sie macht eine ziemlich lange Pause, ihre Fröhlichkeit ist verschwunden. Ist es Verzweiflung, die sich auf ihrem Gesicht spiegelt? Sascha ringt nach Worten. »Können Sie das verstehen? Nein, das kann niemand verstehen, aber deshalb wollte ich für Sie arbeiten hier, deshalb!« Sie weint.

»Ich glaube, ich kann Sie verstehen, Gerda«, Sascha versucht, ganz ruhig zu bleiben. »Es ist sicher viel schwerer, einen Ahnen zu haben, der ein Verbrecher war, als Nachfahre eines Opfers zu sein.« Er steht auf und fährt Gerda über den Kopf, wie einst seiner Enkelin, als sie wegen ihres ersten Liebeskummers weinte. Nach einigem Zögern fügt er hinzu: »Nicht weinen, Gerda. Ego te absolvo. Du könntest ja meine Enkelin sein.«

Unwillkürlich hat er sie geduzt.

Am zweiten Tag, seit elf ehemalige Häftlinge, die sich, wie es Jorge Semprún einmal vorgeschlagen hat, Buchenwaldianer nennen, im Hotel Elephant in Quarantäne festsitzen, schalten sich tatsächlich alle, die elf und ihre Begleiter, insgesamt vierundzwanzig Personen, in die Videokonferenz zu. Marko begrüßt sie.

»Alle sind dabei. Selbst Igor gibt uns die Ehre.«

»Es gibt ja nichts Gescheiteres zu tun …«

»Als Erstes müssen wir einen wählen, der unsere Erzählabende leitet, unser Decamerone.«

»Sascha selbstverständlich«, sagt Professor Weisz aus Tschechien. »Es war ja seine Idee, dass wir uns auf diese Art und Weise Geschichten erzählen. Sicher sind alle damit einverstanden.«

»Ich bin nicht einverstanden, lieber Kamerad«, der ehemalige Botschafter Philippe Pharoux schaltet sich ein. »Ich glaube, das sollte keiner von uns machen. Wir werden ja reihum vorzutragen haben. Ich meinerseits schlage unseren jungen Marko vor. Er hat gezeigt, dass er solche Gespräche geschickt leiten kann und er ist unseren Geschichten gegenüber neutral, wenn es notwendig sein sollte, kann er eingreifen, er ist mit dem Programm vertraut.« Es entsteht eine Pause, sodass Pharoux fortsetzen muss. »Wer einverstanden ist, möge, bitte, die entsprechende Taste anklicken.« Das tun alle, manches hat sich als selbstverständlich eingespielt. Und da niemand das Wort ergreift, setzt der erfahrene Diplomat fort. »Marko, nimmst du die Wahl an?«

Marko bemüht sich, nicht zu zeigen, wie geschmeichelt er sich fühlt. »Ich nehme die Wahl an, Herr Botschafter.«

»Rede mich hier nie mehr mit Herr an, und schon gar nicht mit Herr Botschafter. Ich bin Philippe. Wir sitzen alle im gleichen Boot. Also leg los. Ich bin schon richtig neugierig.«

Allgemeine Zustimmung, der entsprechende Button leuchtet auf. Marko räuspert sich.

»Ich will es versuchen. Falls ich Mist baue, können Sie mich ja wieder abwählen … Pardon, ich sollte Sie ja alle duzen. Wird mir nicht leichtfallen. Ich habe zu viel Respekt vor euch. Aber ich werde mir vorstellen, Sie seien … nein, ihr seid wie mein Papa. Fein. Nun müssen wir uns allerdings auch darüber verständigen, wer beginnt. Der Erste wird es am schwersten haben, das Eis zu brechen.«

Keiner meldet sich.

»Keine Freiwilligen? Dann spiele ich den Ball weiter, das soll der Herr Botschafter, nein, das soll Philippe machen, als ehemaliger Botschafter hat er ja vermutlich entsprechende Erfahrung. Wenn ich nicht irre, war er in der Delegation bei der Gründungskonferenz der UNO dabei.«

»Das war zwar nicht ich, sondern mein verstorbener Freund Stéphane Hessel, aber ich bin einverstanden zu versuchen, euch am ersten Abend ein wenig zu unterhalten.«

»Dann nichts wie los!«, ruft der russische Oberst. »Los! Los! Das Wörtchen kennt ihr Alten doch ganz gut!«

»Also bitte …« Marko schluckt. »Bitte, Philippe!«

DER ERSTE ABEND – EINE SCHÖNE FRAU

Philippe Pharoux spricht. Man sieht ihm, wenn nicht den ehemaligen Spitzendiplomaten, so doch jedenfalls den französischen Großbürger an, das ist schon bei der ersten Begrüßung in der Lobby nicht zu übersehen gewesen. Er war den Deutschen als Kommunist und Mitglied der Résistance in die Falle gegangen. Ist das ein Widerspruch, weil er kein Arbeiterkind ist, sondern aus einer wohlhabenden Bankiersfamilie stammt? Hager, glatt rasiert, auch jetzt in seinem Zimmer im maßgeschneiderten Anzug mit Weste und Seidenschlips, wirkt er keineswegs overdressed, sondern als wäre ihm so ein Aufzug einzig angemessen. Er benützt einen Gehstock aus schwarzem Holz mit Silberknauf, auf den er sich so elegant stützt, als brauchte er ihn nicht als Gehhilfe, sondern als Accessoire seiner Garderobe. Selbstbewusst ist er zweifellos, doch seine ungekünstelte Höflichkeit, die wie aufrichtige Freundlichkeit wirkt, lässt ihn keineswegs überheblich scheinen. Sein Deutsch ist perfekt.

»Ich werde es mir so einfach wie möglich machen. Ich werde eine Geschichte aus Boccaccios ›Decamerone‹ nacherzählen, so gut ich mich erinnere, in der Hoffnung, dass wenige von euch sie kennen. Ich wähle eine, die ein wenig schlüpfrig ist, ich wollte, ich könnte sie als Film vorführen, als Pornofilm, dann müsste keiner später auf das vermutlich öde Angebot des Pay-TV zurückgreifen. Tja, schlüpfrig für die damalige Zeit. Eure Fantasie ist gefordert.

Es handelt sich um den achten Tag und die Königin, also die Person, die sowohl Markos als auch meine Rolle hat, ist

Laurette. Ich stelle sie mir ungefähr zwanzigjährig vor, ziemlich frech und nachlässig gekleidet, ihre Bluse zeigt viel von ihren jungen, prallen Brüsten. Strengt eure Fantasie an, stellt euch vor, wie die Kamera das von oben zeigt. Schwarze Locken, Stupsnase, voller Mund. Beschrieben wird anfangs das aufgehende Tageslicht Italiens. Es ist nicht so düster wie Anfang April hier in Weimar, aber was kümmert uns Weimar, der Schauplatz unserer Geschichte ist Mailand. Nein, nicht Florenz, zwar befindet sich dort die Gesellschaft der jungen Leute, die sich vor der Pest gerettet haben, aber die Geschichte, die in der hübschen Villa vorgetragen wird, spielt in Mailand, das wird ausdrücklich betont, ich habe das nicht erfunden, weil es unserer Tage in dieser Stadt, was Corona betrifft, so schrecklich zugeht. Aber es passt. Zufällig passt es, dass wir uns nach Mailand vor fast sieben Jahrhunderten begeben.

Ich will nicht zu viel Geschichte treiben, auch habe ich nicht alle Daten im Kopf. Wesentlich ist, Florenz war die wichtigste Handelsstadt jener Zeit, das muss man für unsere Erzählung berücksichtigen, sie war eine Art Republik und wurde vom Consiglio del popolo regiert. Mailand dagegen war ein Herzogtum. Die jungen Florentiner des ›Decamerone‹ hegten deshalb eine gewisse Verachtung für die Mailänder Geschäftsleute.

Mailands Wappentier war übrigens ein ziemlich magerer schwarzer Adler, der mich ein wenig an den Adler erinnert, der hier der Bundesrepublik in derselben Rolle dient. Ob das ein Zufall ist? Ich bin kein Heraldiker, Adler kommen auf vielen Wappen vor, aber diese Ähnlichkeit finde ich doch bemerkenswert. Ist ja egal und tut nichts zur Sache, der Held meiner Geschichte ist jedenfalls ein Deutscher im Italien des 14. Jahrhunderts. Wieso? Das müsste man Boccaccio fragen.

In Mailand lebt ein reicher Händler, heute würde man sagen ein Tycoon, namens Guasparruolo Cagastraccio. Wahrscheinlich eine altmodische Schreibart von Gasparello. Strengen wir unser Casting an. Dick und abstoßend sollte er nicht aussehen, das würde zu früh zeigen, dass er der Bad Boy ist, aber streng, groß, wie heute solche Leute in amerikanischen Filmen aussehen, nur eben im damaligen Kostüm. Natürlich ist er mit einer schönen Frau verheiratet, Typ Vamp, lange schwarze Haare, nicht mehr ganz schlank, aber immer noch verführerisch, man nennt sie Madonna Ambruogia, heute wäre das Ambrogia. Und dann haben wir Guilfardo, den Deutschen. Ich glaube, der hieße heute einfach Josef. Um es einfacher zu machen, will ich den Deutschen einfach der Deutsche nennen, die Gattin des Tycoons die schöne Frau und Gasparello den reichen Mann, die Bezeichnung »reicher Mann« verwendet ja schon die Bibel. Ich möchte nicht ständig über diese Namen stolpern und auch ihr, meine lieben Zuhörer, könnt so leichter dem Strang der Erzählung, den Ereignissen folgen.

Der reiche Mann betreibt vielerlei Handel en gros und en détail, und da er sehr viel Geld hat, verborgt er es auch gerne. Er behauptet stets, er handle als Wohltäter, aber einerseits verpflichtet er sich auf diese Weise Menschen, das ist immer nützlich, andererseits nimmt er Zinsen. Heute ist es nicht anders, die Reichen werden immer reicher. Unser reicher Mann aus Mailand musste geschäftlich viel reisen. Seine Frau blieb dann allein mit dem zahlreichen Personal in ihrem großen Palast. Sie langweilte sich nie. Sie hatte viel Sinn für Zeitvertreib. Und sie hatte stets im Sinne, was ihre sinnlichen Genüsse befriedigen konnte. Das war stadtbekannt, wie üblich wusste jedermann von ihrer Freizügigkeit, nur ihr Ehegatte nicht. Manchmal versuchte jemand ihm zuzutragen, was sie hinter seinem Rücken trieb, doch er wies solches Gerede stets empört zurück. Dass sie vor der Ehe leicht zu haben gewesen war, wusste er natürlich, war jedoch überzeugt, sie sei ihm ewig dankbar, weil er sie und ihre Ehre gerettet hatte und ihr ein Leben im Wohlstand ermöglichte.

Die Sitten waren formal streng, die allgegenwärtige Kirche noch strenger. Mädchen hatten ihre Unschuld, Frauen Keuschheit zu bewahren, selbst wenn die Wahrung dieser Tugenden mit dem Tode bedroht sein sollten. Andererseits gab man seinen Begierden im Geheimen und in gewissen Kreisen gar nicht so geheim nach. Ich möchte es nicht weiter ausmalen, das könnt ihr selbst. Ich jedenfalls glaube, dass man in freien Gesellschaften sexuell weniger aktiv ist als in Diktaturen. Die Kommunisten hatten, bevor sie an die Macht kamen, den Beischlaf noch mit dem Trinken eines Glases frischen Wassers beschrieben, wie die meisten von euch wohl wissen. Lenin war wohl ein guter Liebhaber, aber unter Stalin wurde man sehr, sehr sittenstreng. Kamerad Igor weiß sicher ein Lied davon zu singen.«

Igor fühlt sich angesprochen, lange genug ist er still gewesen, sofort klinkt er sich ein: »Obwohl es heißt, dass die Russen gut singen können, muss ich gestehen, dass ich kein guter Solosänger wäre, aber was Philippe sagte, möchte ich bestätigen. In meiner Jugend war es allerdings ein Problem, dass man nicht wusste, wo man zu zweit zur Sache kommen konnte. Draußen war es meistens zu kalt, in den Grünanlagen war man außerdem vor der Polizei nie sicher, und Wohnraum …«

Marko unterbricht ihn: »Bitte, heb dir die Beschreibung der sowjetischen Verhältnisse für deinen Auftritt auf, Oberst. Setzen Sie … pardon, setz deine Geschichte fort, Botschafter.«

Die Anrede mit dem militärischen Rang und dem Titel kommt ihm geschickt vor, so muss er die Respektspersonen nicht mit dem Vornamen ansprechen.

»Was die schöne Frau aus unserer Geschichte trieb, könnt ihr euch wohl ausmalen. Und stellt euch das Treiben damals vor, wie es eure Fantasie euch gönnt, wie ihr es selber gerne hättet. Ein Filmemacher würde die Szenen heute wohl mit gewagten Szenen und Schnitten darstellen. Stellt euch das so vor, während ich rede. Vor Kurzem las ich übrigens im Internet, die Stadt New York habe angesichts der Pandemie empfohlen, sich selbst als sichersten Sexpartner zu nehmen. Masturbieren sei jedenfalls weniger riskant als küssen, denn man könne ja nie wissen, ob der oder die andere nicht auch ohne Symptome ansteckend sei …«

All das trägt der ehemalige Botschafter ruhig und sachlich vor, als erklärte er ein Non-Paper seiner Regierung. Dann macht er aber doch eine kleine Pause, bevor er fortsetzt: »Boccaccio deutet das alles natürlich nur an, für seine Zeit ist bereits das viel zu viel. Ich zitiere nicht sein ›Decamerone‹, sondern benütze nur die Figuren und Handlung einer seiner Erzählung.

Der Deutsche also ist jung, hübsch, klug, macht mal da, mal dort Geschäfte. Er würde in Hollywood von einem der Stars gespielt werden, die in den romantischen Komödien mit erotischem Einschlag auftreten, Brad Pitt oder so einer, da kenne ich mich weniger aus. Er sucht noch einen endgültigen Aufenthaltsort. Obwohl er ein Fremder ist, wirkt er vertrauenserweckend, er hat schon die eine oder andere kleinere Summe ausgeliehen und jedes Mal pünktlich mit Zinsen zurückerstattet. Schon zweimal war er beim reichen Mann eingeladen. Der Gastgeber mag den netten, weltgewandten, wohlerzogenen und gut gekleideten jungen Mann, der Unterhaltsames ins Gespräch einbringt, das Ehepaar hat sich in der letzten Zeit wenig zu sagen, wenn es allein ist.

Da der Deutsche sich ihm gegenüber sehr respektvoll verhält, meint der reiche Mann, er könne den jungen Signore für einige seiner zweifelhaften Geschäfte benützen. So weit, so gut, aber der Deutsche verliebt sich unsterblich in die Hausherrin. Ist das ein Problem? Er hat sich schon häufig unsterblich verliebt, auch die Liebe genossen, um dann einfach weiterzuziehen, aber so eine Unnahbare … So einer ist er bisher nicht begegnet. In der Stadt hört er, dass sie gar nicht so unnahbar ist.

Als der reiche Mann wieder einmal wegmuss, schickt der Deutsche eine vertrauliche Nachricht an die schöne Frau, er sei bereit, alles auf der Welt für sie zu tun, wenn sie bereit sei, seiner Liebe günstig zu sein. Mit diesen Worten beschreibt Boccaccio sein Werben. Die Frau ist nicht abgeneigt: für zweihundert Dukaten und unter der Bedingung, dass niemand es erfahren dürfe. Ich weiß nicht, was der Wert des Dukaten damals war, aber es war wohl eine hohe Summe und sie konnte es sich offensichtlich leisten, so einen Preis zu verlangen. Als der reiche Mann dem Deutschen mitteilt, er müsse sich auf eine neue längere Reise begeben, sagt dieser: ›Wohlgeborener Herr, es ergab sich für mich soeben die Aussicht auf ein sehr gutes und sicheres Geschäft, aber ich muss zweihundert Dukaten einsetzen und bin im Augenblick nicht flüssig. Könnten Sie sich vorstellen, mir freundlicherweise diese Summe zu leihen?‹

›Dir gerne, ich vertraue dir uneingeschränkt. Zehn Prozent Zinsen im Monat nehme ich.‹

Kaum ist er weg, meldet sich der Deutsche bei der schönen Frau an. Er kommt, wie damals üblich, in Begleitung eines livrierten Dieners, den er allerdings bloß für diesen Anlass engagiert hat. Die Hausherrin empfängt ihn mit einer Zofe, einem jungen, aber hässlichen Mädchen, dessen Funktion es wohl ist, die ästhetischen Vorzüge der bereits alternden Dame hervorzuheben. Noch im Beisein seines Dieners überreicht er der Hausherrin den geforderten Geldbetrag mit den Worten:

›Madonna, ich überreiche Ihnen diese zweihundert Dukaten mit der Bitte, sie für Ihren verehrten Gatten aufzubewahren.‹

Als sie schließlich allein sind, lobt sie seine Umsichtigkeit. Es seien genau die richtigen, vorsichtigen Worte vor den Bediensteten gewesen, sagt sie. Die zweihundert Dukaten zählt sie sorgsam und verschließt sie in einer schön gearbeiteten Holzschatulle und der vereinbarten Liebesnacht steht nichts mehr im Wege. Die verläuft so erfreulich, dass er bald jede Nacht kommen darf. Dafür fordert sie keinen zusätzlichen Lohn. Ihr könnt euch gern ausmalen, was der junge Deutsche so alles von der erfahrenen Dame lernt. Sein ganzes Leben lang wird er davon zehren. Das indische Kamasutra war im Mailand des späten Mittelalters wohl noch nicht bekannt. Oder vielleicht doch? Vielleicht hat Marco Polo das Werk mitgebracht, in Venedig ins Italienische übersetzen und auf den Markt bringen lassen und die schöne Frau hat sich ein Exemplar beschafft. Alles ist in solchen Erzählungen denkbar, wieso nicht? Vielleicht hat sie die hundert dort beschriebenen Stellungen auch einfach aus eigener Intuition entdeckt. Ihr Ehegatte wird längst zu müde für diese Art von Gymnastik gewesen sein, ein junger Liebhaber schafft das schon eher.

Schließlich kommt der reiche Mann nach Hause. Er wurde länger als geplant in Genua aufgehalten, der Handel hat in der Stadt im Gefolge der Kreuzzüge einen großen Aufschwung erlebt, Handelsprivilegien und gute Verbindungen selbst bis ans Schwarze Meer und nach Afrika sind entstanden. Er ist mit sich und der Welt sehr zufrieden. Schon am dritten Tag nach seiner Rückkunft lädt er den Deutschen zum Mittagessen ein. Der engagiert wieder denselben Diener und sagt nach der kurzen Begrüßung: ›Von dem Geschäft, für das Sie mir die zweihundert Dukaten freundlicherweise geliehen haben, musste ich zurücktreten, und so habe ich das viele Geld sofort zurückgebracht und in Ihrer Abwesenheit Ihrer Gemahlin übergeben. Nun bitte ich Sie, den Schuldschein vor meinen Augen zu zerreißen. Zinsen werden wohl keine anfallen, weil das Geld ja nur eine Nacht lang in meinem Besitz gewesen ist.‹

Verwundert blickt der reiche Mann seine schöne Gattin an. Die Zofe würde gerne für sie lügen, da ist jedoch dieser verfluchte Diener als Zeuge, dass der Deutsche die Wahrheit sagt. Also schlägt sie sich theatralisch an den Kopf und erklärt:

›Ach, das habe ich ganz vergessen dir zu sagen, mein Liebling. Es stimmt, ich habe die Summe verwahrt und bringe sie dir gleich. Ist doch eine Lappalie.‹

Der reiche Mann und der Deutsche lassen sich das üppige Mittagsmahl schmecken, die schöne Frau klagt, sie habe irgendwie den Appetit verloren. So hat also der kaltblütige Deutsche seine Eroberung gemacht, ohne dafür zu zahlen, und zieht bald weiter seines Weges.

Liebe Kameraden, ein schlauerer Mensch als ich hätte vielleicht diese Handlung auf unser heutiges Leben übertragen können, für mich war es einfacher, das Original bloß ein wenig auszuschmücken. Ihr könnt bei euren Beiträgen ganz anders vorgehen, ganz andere Themen wählen, sie müssen auch nicht erotisch sein. Ich erinnere, dass Boccaccios Heldinnen und Helden zum Beispiel auch Geschichten über die Pest erzählt haben, auch wir könnten etwas über die Nazipest, über unsere Erlebnisse in den Lagern erzählen. Ich bin schon neugierig und vor allem erleichtert, dass ich meine Pflicht erledigt habe und mich nun bequem zurücklehnen kann.«

Igor hat lange genug ohne Zwischenruf ausgehalten:

»Auch deinen Schlips könntest du lockern, du alter Diplomat.«

Die Erwiderung folgt prompt: »Der Schlips ist Teil meiner Dienstuniform, wir liefen nicht wie Admirale oder Nachtportiere verkleidet herum, wie es eure russischen Diplomaten bis heute tun. Ich wette, die würden bei so einer Gelegenheit keinen Knopf ihrer Kleidung öffnen, und du, Oberst des GRU, du erst recht nicht.«

Um diese Privatdiskussion nicht weiter ausufern zu lassen, übernimmt Marko als Moderater schnell das Kommando.

»Ich danke dir in unser aller Namen, Kamerad Pharoux, für diesen wunderbaren ersten Beitrag. Ich freue mich, dass alles funktioniert, auch dass Zwischenrufe und kleine Diskussionen wie soeben möglich sind. Nun müssen wir entscheiden, wer morgen spricht. Wenn keiner von euch einen Vorschlag hat, so habe ich einen. Ich schlage Igor vor, der hat ja bewiesen, dass er nicht nur gerne spricht, sondern auch sprachgewandt ist. Seid ihr einverstanden?«

Alle drücken auf die Taste, die für Zustimmung steht. Auch der russische Oberst selbst, ihm ist klar, dass er sich das selber eingebrockt hat.

»Wir könnten doch alle drei gemeinsam essen«, Marko ruft seinen Vater nach der Videositzung auf dem Handy an. »Komm zu uns ins Zimmer, sonst bist du die ganze Nacht so allein.«

»Das bin ich in Belgrad ja auch«, nickt Sascha. »Aber sehr gern, ich mache mich nur etwas frisch und klopfe dann bei euch an.«

Vorsichtig lugt er den Flur hinauf und hinunter. Kein Mensch. Es macht ihm Spaß, heimlich von einer Hoteltür zur anderen zu huschen. Das erzählt er auch gleich, nachdem er sich in Markos Zimmer auf einem Sessel niedergelassen hat.

»Richtig schlüpfrig kam es mir vor«, sagt er, »wie bei Boccaccio, als wollte ich heimlich zu einer Geliebten.«

»Ja, schade, dass so wenige junge Menschen da sind«, der Sohn nimmt gleich den Faden auf. »Die meisten von uns Begleitern sind ja auch mindestens um die fünfzig. Also, wer wird zu dem Indianermädchen gehen? Wetten wir, Papa, auf wen setzt du?«

»Auf den jungen Griechen.«

»Wer kommt sonst überhaupt noch infrage. Igor? Viel zu alt. Da ist auch der dänische Polizist. Ich setze auf den jungen Serbo-Israeli, Amos, ein schöner Name. Hat der eine Bedeutung, ich schlage mal nach …«

»Amos war ein Prophet aus dem Alten Testament«, sagt Sascha sofort. »Möglicherweise sogar eine historische Persönlichkeit, er war sehr sozialkritisch, wetterte gegen die Großgrundbesitzer.«

»Sie wissen ja wirklich alles«, lobt Mila.

»Nicht alles, aber alles, was ich weiß, stirbt mit mir und euch bleibt die Google-Suche. Ich freue mich, dass du endlich etwas sagst, du bist so schweigsam. Kommt das von dem Umgang mit Computern?«

»Bei euch kommt man ja nicht zu Wort.« Die junge Frau ereifert sich. »Schämt ihr euch nicht?«

»Wieso?«, wundert sich Marko. »Dass wir so viel reden?«

»Nicht dass ihr redet, sondern wie ihr euch über ein alleinstehendes Mädchen hier hermacht. Wieso ist euch nicht aufgefallen, dass dieser spanische Journalist schwul ist und sich zu eurem Amos schleicht, nachdem sie sich gleich nach der Ankunft unten in der Halle verabredet haben?«

»Moment. Anne aus Holland ist genauso jung und vielleicht sogar hübscher als Galilahi, aber sie benimmt sich zurückhaltender, und deshalb ist uns nicht eingefallen zu fragen, wer bei ihr Anhang suchen könnte. Aber du hast natürlich recht«, gibt Sascha zu. »Ich schäme mich. So, jetzt habe ich mich doppelt geschämt, auch dass wir uns zu wenig um dich gekümmert haben …«

»Das konntest du ja gar nicht, ich war doch immer mit ihr …«, lautet der Einwand des Sohnes.

»Wir sollten nicht in dritter Person über Mila sprechen, sie ist ja hier. Mila, wie geht es dir? Langweilst du dich sehr?«

»Ehrlich gesagt, natürlich habe ich mir diese Reise ganz anders vorgestellt. Ich habe mich vor allem darauf gefreut, dass wir zu dritt verreisen, das haben wir ja noch nie gemacht, und auch auf Weimar, auf seine Sehenswürdigkeiten, von denen Marko mir erzählt hat, auf diesen Riesenpark an dem kleinem Fluss, und überhaupt … Mit dem Festsitzen in einem Hotel habe ich nicht gerechnet.«

»Ich habe eigentlich gemeint, ob dich der Vortrag des Franzosen gelangweilt hat …«

»Nein. Überhaupt nicht. Ich habe etwas gelernt dabei. Ich muss dieses ›Decamerone‹ lesen, meine Allgemeinbildung ist schlecht, Marko meint, ich sei eine Fachidiotin.«

»Und ich meine, wir sollten jetzt etwas essen«, fügt Marko gut gelaunt hinzu. »Schauen wir uns an, was im Angebot ist und besprechen dann, was sich Papa als Thema nehmen soll, das ist wichtig, schließlich hat er das ›Decamerone‹-Spiel vorgeschlagen.«

Marko ruft auf dem Fernseher das Abendmenü auf und gibt Sascha damit Zeit, seinen Sohn und dessen Freundin still zu beobachten. Nicht zu fassen, dass der Junge tatsächlich schon über fünfzig ist und Redakteur einer angesehenen Zeitschrift. Aber er sieht jünger aus. Die junge Frau ist hübsch, sie passt gut zu ihm. IT-Spezialistin, Sportlerin, zehn Jahre jünger. Hoffentlich bleiben sie zusammen.

»Welchen Wein nehmen wir, Papa?«

»Einen Chablis«, sagt Sascha sofort. »Einen guten Chablis

leiste ich mir üblicherweise nicht, aber da wir ihn auf Rechnung unserer Gefängniswärter trinken können … Und ich nehme den Lachs auf Blattspinat.«

»Gute Idee. Den nehmen wir auch«, entscheidet Mila.

Das Essen kommt überraschend schnell. Als es klopft, geht Sascha ins Badezimmer, der Kellner muss nicht sehen, dass ein Dritter da ist, womöglich wäre er verpflichtet, es zu melden. Der Kellner trägt Atemmaske und weiße Handschuhe, die Portionen sind ausgiebig, auch wenn sie natürlich nur für zwei Personen gedacht sind.

»Ich esse mit der Hand direkt aus Milas Schüssel«, sagt Marko.

»Ist nicht nötig. Auf dem Beistelltisch liegt ein Teller mit Obst und Besteck, räum das Obst einfach runter. Und sollten wir das morgen wieder so machen, bestellen wir zusätzlich Vorspeisen oder so etwas, dann haben wir auch genug Besteck. Und weitere Gläser gibt es sicher in der Minibar.«

Nachdem sie sich zugeprostet und mit dem Essen begonnen haben, erklärt Marko: »Ja, also, ich habe mir Gedanken gemacht, was du erzählen könntest, Papa, und ich habe eine Idee … Vor einigen Jahren bin ich zur Eröffnung eines ultramodernen neuen Hotels in der serbischen Kleinstadt Aranđjelovac eingeladen gewesen. Du weißt doch sicher von der Mineralwasserquelle, die dort aus einer Tiefe von dreihundert Metern sprudelt und von der man gratis trinken kann. Schon Anfang des 19. Jahrhunderts haben die Bauern dieses Wasser auf Ochsenkarren nach Belgrad geführt und verkauft. Da das Wasser auch jodhaltig ist, entstand hier bald ein Kurort, den Miloš Obrenović, der Fürst des von den Türken erst halb befreiten Serbien, frequentierte. Es wurden die ersten Hotels gebaut, aber das alles ist nur die Einleitung zu der eigentlichen Geschichte.

Du kennst ja die schöne Natur und die Berge rundherum gut und könntest sie in deinen Worten beschreiben, aber darum geht es gar nicht. Ein Kellner hat mir erzählt, dass die Kuren vor dem Weltkrieg nicht nur für die Heilung von Nieren- oder Darmerkrankungen oder Verdauungsbeschwerden berühmt waren. Das Wasser stand auch im Ruf, gegen Unfruchtbarkeit zu wirken, im damaligen Verständnis also Frauen zu helfen, denen es nicht gelang, schwanger zu werden. Das war allerdings nur die offizielle Version für die Ehemänner. Dass die Unfruchtbarkeit am Mann liegen könnte, war damals ja undenkbar, für die Serben, die sich als Superhelden fühlten, ganz besonders. Nie hätte sich ein Mann auf ein derartiges Versagen hin untersuchen lassen. Jedenfalls frequentierten deshalb gesunde, junge Männer den Kurort, mitunter von den Damen eigens dafür engagiert, die auch gern die Hotelkosten für sie trugen, oder einfach abenteuerlustige Herren, die auf unverbindliche sexuelle Abenteuer mit feinen Damen aus waren. Das wäre doch ein schönes Thema für deinen Vortrag, Papa, für ein derartiges Treiben muss gar nicht die Pest verantwortlich sein, es reicht schon Zeugungsunfähigkeit.«

»Nein, Herr Redakteur«, sagt Sascha. »Du bist es wohl gewöhnt, deinen Mitarbeitern Themen vorzugeben. Aber ich werde so etwas nicht erzählen, sicher nicht hier.«

»Bist du so prüde? So kenne ich dich gar nicht. Dann vielleicht wie du die Befreiung aus dem Lager erlebt hast?«

»Das wird der russische Oberst sicher morgen erzählen, er hat ja tatsächlich Kaninchen ins Lager gebracht, das erste Fleisch, das wir damals gegessen haben. Mila, dich lassen wir schon wieder nicht zu Wort kommen.«

»Ihr unterhaltet mich gut«, beruhigt die junge Frau. Vielleicht stimmt das sogar, sie macht jedenfalls keinen gelangweilten Eindruck.

»Was wird es dann sein, Papa?«

»Das sage ich dir nicht, sonst verdirbst du es mir im Voraus mit Zusatzvorschlägen. Du wirst es wie alle anderen hören, wenn ich an die Reihe komme. Mila, erzähl uns doch von deiner Kindheit und wie du zu diesem für mich unbegreiflichen Beruf gekommen bist. Ich werde nie ganz verstehen, was ein Algorithmus ist …«

Erst gegen Mitternacht geht Sascha zurück auf sein Zimmer und schaut sich das Inventar der Hotelbibliothek an. Er bestellt sich »Eine Reise« von H. G. Adler aufs Zimmer.

Über den Bildschirm flimmert eine neue Nachricht für alle. Die Testergebnisse aller Gäste seien negativ. Im Laufe des nächsten Tages werde man noch je einen weiteren Test abnehmen, wenn wieder alle Tests negativ seien, könne man bedeutende Erleichterungen vorerst zumindest innerhalb des Hotels vorsehen. Eine weitere gute Nachricht, Herr Franco Miculetti sei nicht mehr an das Beatmungsgerät angeschlossen, sein Zustand sei stabil.

Sascha atmet auf. Er hat es sich nicht anmerken lassen, aber er war sehr besorgt, schließlich sind sie im selben Auto wie Franco angereist. Allerdings sind sie hinter Franco gesessen, seine Enkelin neben ihm. Die beiden haben sich miteinander unterhalten, Gesicht an Gesicht. Das Virus scheint ein wenig wählerisch zu sein. Im Hotel lässt es sich gut aushalten, in den überfüllten Krankenhäusern ist es sicher schlimm. Sehr schlimm. Das wäre kein schönes Ende, an einer doppelten Lungenentzündung langsam zu ersticken. Schrecklicher, weil um so viel langsamer als in den Gaskammern. Literarisch und dramaturgisch gesehen wäre es allerdings stimmig.

DER ZWEITE ABEND –
IM RUSSISCHEN GEHEIMDIENST

Igor Michailowitsch Iwatschew, Oberst im Ruhestand, ergreift das Wort, wie er selbst es ausdrückt. Wenige in der Runde denken über die Bedeutung des Wortes »Wort« nach. Luther hat das Wort »logos« im Neuen Testament mit »Wort« übersetzt. Kann man etwas Abstraktes, wie es das Wort ist, ergreifen, mit der Hand danach greifen und es festhalten? Ist das nicht eine sehr »osteuropäische« Redensart? Der Mensch sollte einfach sprechen, berichten, erzählen … Man sieht Igor den ehemaligen Soldaten an, hätte ihn für höchstens siebzig oder noch jünger halten können, wäre sein Gang nicht leicht schleppend, im Widerspruch zu der strammen Haltung seines Oberkörpers und seinen harten Gesichtszügen. Die Wangen sind von vertikalen Furchen gezeichnet, die sein Gesicht noch länglicher erscheinen lassen, als es ohnehin schon ist. Seine Augen sind hellblau, sein Blick ist stechend, die kurz geschnittenen weißen Haare waren sicher einst blond. Igor muss ein gut aussehender junger Mann gewesen sein. In die Kamera spricht er irgendwie im Befehlston, dann merkt er es anscheinend und entschuldigt sich gleich: »Um es nicht zu vergessen, will ich es gleich zu Beginn sagen: Galilahi, ich freue mich, dass es deinem Großvater wieder gut geht. Du bist die Schönste, wenn nicht im ganzen Land, aber hier im Hotel sicher. Du brauchst einen Beschützer. Aber gib acht. Nicht nur Viren sind gefährlich.

Ich kann nicht so gut reden wie der Botschafter. Wir Soldaten setzen, wenn nötig, die Diplomatie mit unseren Mitteln fort. So irgendwie hat es ein Deutscher gesagt, nicht wahr? Freilich helfen manche von uns auch in Friedenszeiten der Diplomatie aus. Dort, wo die nicht darf oder es nicht wagt. Bei uns heißt das, dass alle Berichte bei einer einzigen Zentrale zusammenlaufen, wir verzetteln uns nicht so wie die Amerikaner. Natürlich gibt es auch bei uns Eifersüchteleien, die manchmal die Effizienz beeinträchtigen. Wir sind Menschen. Aber es gibt einen, der entscheidet. Das ist gut so. Lenin mag ein guter Mensch gewesen sein, aber ein so großes Land, wie es die Sowjetunion war, brauchte einen Führer. Einen richtigen nämlich, der führt und nicht nur verwaltet. Ich will eine deutsche Redewendung gebrauchen, hoffentlich nicht falsch: Wo gehobelt wird, da fallen Späne. Stalin hat orthodoxe Theologie gelernt, nicht das Tischlerhandwerk. Er hat einfach zu stark aufgedrückt, als er hobelte. Auch Gorbatschow und Jelzin wollten das Beste. Gorbatschow versuchte, den Russen das Saufen abzugewöhnen. Das musste schiefgehen. Jelzin war stets besoffen, ein echter Russe in jeder Hinsicht, das Gegenteil seines Vorgängers, aber beide haben das Land zugrunde gerichtet. Das Klügste, was Jelzin gemacht hat, war, Putin an die Macht zu holen. Putin ist durch die richtige Schule gegangen, nicht durch die theoretische der Partei, sondern durch die lebensnahe der Dienste. So wie ich. Zu meinem Glück. Obwohl ich anfangs Schlosser gelernt habe. Das ist mein Standpunkt, ihr könnt gerne den euren haben, ich kann ihn ohnehin nicht verändern.

Ich bin knappe Berichte oder konkrete Befehle gewohnt, ob ich sie nun erhalten oder erteilt habe. Deshalb bitte ich euch alle, besonders dich, Marko, wenn ich mich auf falsche Pfade verirre, unterbrecht mich.«

Der Oberst macht eine Pause, Marko lässt schnell die Bilder der einzelnen Teilnehmer der Konferenz vorbeiflimmern, alle sehen sehr gespannt aus, dann setzt er wieder den Redner ins Bild.

»Mein Vater wurde neunundsiebzig Jahre alt, meine Mutter starb einige Tage nach ihrem hundertsten Geburtstag. Wir stammen aus dem Kaukasus. Aus Uschguli. Das liegt mehr als zweitausend Meter hoch. Das Dorf ist heute Weltkulturerbe, Touristen richten es zugrunde. Aus meiner heutigen Sicht war meine Kindheit eine Idylle. Von den etwa fünfzig Familien war meine die einzige russische. Oben bei uns war das egal. Später unten war es mitunter ein Vorteil, häufiger ein Nachteil, in Georgien Russe zu sein. Ich meine zu Zeiten der Sowjetunion, als ich in Tbilissi, der Stadt, die ihr Tiflis nennt, in die Lehre ging. Nach dem Krieg war ich ohnehin nicht mehr in Georgien, weder in der sowjetischen Zeit noch als wir uns wieder Russland nennen durften. Aber das soll heute Abend nicht mein Thema sein. Ein einziges Mal, vor einigen Jahren, habe ich Georgien, das für mich Ausland geworden ist, obwohl es meine engere Heimat ist, als Tourist wieder besucht. Nachdem ich abgerüstet hatte. Nur so, um die Berge zu sehen. Kasbek, Swanetien, meine Verwandtschaft. Da waren nicht mehr viele auffindbar.

Mein Onkel, der älteste Bruder meiner Mutter, war längst unten in, nun, ich sage euch zuliebe Tiflis. Er war etwas in der Partei. Nichts besonders Wichtiges, aber immerhin. Eine Respektsperson. Ich war etwa zwölf, als er uns besuchen kam und erklärte, er wolle mich mitnehmen. Seine Frau, erzählte er, sei gestorben, er sei kinderlos. Mein Vater war froh. Aus mir würde etwas werden. Mechaniker, Schlosser, das war für jemanden in unserem Bergdorf wie der amerikanische Traum. Damals war Stalin schon am Ruder. Die Irrungen um die NEP haben wir nicht mitbekommen. Uns hatte man da oben in Ruhe gelassen. Auch vom Hunger in der einst so reichen Ukraine wussten wir nichts. Wir Kinder schon gar nicht. Wir waren Selbstversorger. Milch, Sahne, Joghurt, Hirse, Eier vom eigenen Geflügel,

Kohl, Rüben, Obst, manchmal Fleisch von Schaf, Ziege oder Rind. Die Männer gingen auf die Jagd. Förster gab es nicht, man brauchte keine Genehmigungen, alle schossen das Wild. Eine gute Grundlage fürs Leben. Wir werden alt dort oben. Alt zu werden ist mir auch ganz gut gelungen, trotz Schlosserlehre, Krieg, KZ, trotz des Dienstes, dabei bin ich nur die ersten zwölf Jahre meines Lebens dort oben in den Bergen gewesen, wohin sich weder Popen noch Parteileute bemühten.

Was kann ich euch aus meiner Zeit als Schlosserlehrling erzählen? Georgien hatte in den dreißiger Jahren die weitaus besten Lebensverhältnisse in der Sowjetunion. Das war weniger Stalin zu verdanken, der Georgier war, als den klimatischen Verhältnissen. Die Landwirtschaft war nicht kleinzukriegen. Ziemlich viele Landwirte konnten außerhalb der Kolchosen und Sowchosen kleine, aber gute Parzellen behalten und deren Ernte auf den Markt werfen. Wein gehörte zum Alltagsleben wie in Frankreich. Die Stadt Tiflis wuchs und wuchs. Die neuen Fabriken brauchten unendlich viele Facharbeiter, ich aber hatte schon als Fünfzehnjähriger festgestellt, dass Handwerk die bessere Wahl ist als die Industrie. Wieso? Ich war geschickt, bald wurde ich zu den verschiedensten kleinen Reparaturen in die Privathaushalte der bevorzugten Bürger geschickt. Wer das war, bevorzugt? Die höheren Regierungsbeamten, die Parteibonzen, Künstler, Ärzte. Sie lebten in großen Wohnungen in den schönen alten Häusern, und dort ging immer etwas kaputt. Da gab es immer auch Trinkgeld. Insbesondere wenn die Hausfrauen die Rechnung bezahlten. Ich wusste schon als Halbwüchsiger, dass ich den Frauen gefalle. Ich hatte also immer Geld. Relativ viel für mein Alter, so viel Taschengeld bekamen nicht einmal die verwöhnten Söhnchen der Parteielite. Damit konnte man Eis in Waffeln kaufen, Obst, manchmal sogar auf dem Schwarzmarkt Schokolade. Georgien ist ein südliches Land. Die Sitten sind freier. Ihr wisst, was ich meine. Ich mag keine Geschichten darüber erzählen. Über solche Dinge reden Leute, die nie genug davon hatten.

Selbstverständlich wurde ich als Angehöriger der Arbeiterklasse und Neffe meines Onkels Komsomolze. Der Komsomol hielt uns an zu lesen, ins Theater zu gehen, in die Oper. Die Dichter verehrten wir als Ingenieure unserer Seelen. Wir wurden in Heime am Meer geschickt. Diese Erholungsheime für Jugendliche waren in den ehemaligen Villen und Palais untergebracht. Es gab viel Sportangebot. Im Sport ist es logisch, dass der Trainer kommandiert. Im Handwerk hat der Meister Befehlsgewalt, Lehrlinge und auch Gesellen gehorchen. Heimweh hatte ich nicht, ich sehnte mich nicht nach den Bergen. Wieso? Keine Ahnung. Meine Eltern fehlten mir nicht, die Geschwister oben auch nicht, wir waren zu viele gewesen. Ich hatte keine Ahnung von den Schauprozessen, von den Lagern in Sibirien. Stalin war für mich der gütige Hausherr. Ihr müsst verstehen, rational weiß ich heute alles. Ich weiß, wie dumm es war, Tuchatschewski und so viele kriegserfahrene Generäle erschießen zu lassen. Das war die Enthauptung der Roten Armee und das kurz vor dem Großen Vaterländischen Krieg. Auch der Gründer und erste Direktor des GRU, General Bersin, wurde 1938 auf Stalins Befehl zum Tod verurteilt. Ich weiß heute vom Hitler-Stalin-Pakt, von dem Verbrechen von Katyn. Und so weiter. Das ist der Verstand. In meinem Herzen jedoch lebt meine Jugendzeit in Tiflis und deshalb auch die Sowjetunion. Wir haben Hirn, aber auch Herz. So viel Psychologie habe ich als Offizier gelernt.

Dann kam es zum deutschen Angriff. Wenn ihr euch erinnert, wie überrascht selbst Stalin war, könnt ihr euch vorstellen, dass wir, meine Komsomolzen, alle, die ich kannte, nichts, aber auch gar nichts geahnt haben. Wie vom Himmel gefallen hörten wir im Radio Molotows Rede. Krieg! Für einen Augenblick dämmerte mir, wieso Molotow, wieso spricht nicht Stalin zu uns, erklärt uns, was los ist? Dass er tagelang sprachlos war, merkte niemand, wusste niemand. Fast niemand. Später, lange nach dem Krieg, sah ich alte Geheimberichte ein. Der damalige Chef des GRU, Marschall Golikow, hatte Stalin genaue Angaben über den Angriffstermin, auch über die geplanten Stoßrichtungen der deutschen Armeen zukommen lassen, aber er war sehr vorsichtig, fügte hinzu, er müsse das natürlich vorlegen, aber er könne nicht ausschließen, dass es sich um Falschmeldungen handle. Unsere Marschälle und Generäle fürchteten sich viel mehr vor Stalins Launen als vor dem Feind.

Ich meldete mich natürlich sofort freiwillig, noch bevor der Mobilisierungsbefehl ausgesprochen war. Ich habe behauptet, ich sei siebzehn. Die Leute im Rekrutierungsbüro glaubten mir. Ich habe einfach gelogen, denn ich war erst sechzehn, erklärte, es sei schwierig, meine Geburtsurkunde von oben, von meinem Bergdorf, schnell genug zu bekommen. Wenn nötig, so würde mein Onkel sicher nachträglich … Man winkte ab. Ich wirkte groß und stark genug.

Als Komsomolze mit bester Charakteristik wurde ich nach Kiew geschickt, um an einem Lehrgang für Unteroffiziere und Politkommissare teilzunehmen. Die Front entwickelte sich jedoch so schnell, dass daraus nichts wurde, nach kurzer Schulung wurden wir ins Feuer geschickt. Heute würde ich sagen, als Kanonenfutter. Für mich war vielleicht auch das gut. Wäre ich als Kommissar in Gefangenschaft geraten, hätte man mich sofort umgebracht. Freilich, es kann auch sein, dass ich, wie so viele andere, im Gefecht gefallen oder den Krieg glücklich überlebt hätte. Das sind Gedankenspiele, denen man sich nicht entziehen kann, obwohl sie blöd sind. Damals war ich Feuer und Flamme, möglichst bald kämpfen zu dürfen, die Deutschen aufzuhalten, zu töten und zu besiegen. Das kennt man wahrscheinlich von allen Siebzehn-, Achtzehnjährigen, die in den Krieg ziehen. Nichts Erzählenswertes. Ich hatte am Anfang Glück, zeichnete mich aus, bekam einen Orden, es folgte die Beförderung zum niedrigsten Unteroffiziersrang, der dem eines deutschen Gefreiten entspricht.

An meine Gefangennahme kann ich mich nicht erinnern. Das hat seinen Grund. Mich hatte eine Kugel auf den Stahlhelm getroffen. Ich wurde nicht verletzt, fiel jedoch in Ohnmacht. Die Genossen hielten mich für tot und ließen mich liegen. Als ich zu mir kam, lag ich auf einer morastigen Wiese unter anderen sowjetischen Kriegsgefangenen, fühlte mich schwach, unsicher. Erst im Lager haben mir Kameraden später erzählt, was vorgefallen war. Meine eigene Erinnerung ist null. Hatte ich eine kleine Gehirnerschütterung? Wer weiß. Wen kümmerte es damals? Du, Marko, Moderator, rede ich zu viel?«

Marko ist tatsächlich schon ein wenig nervös geworden: »Du sprichst wunderbar in knappen Sätzen, Genosse Oberst, aber ich möchte dich tatsächlich bitten, auf das Wesentliche zu kommen, das du uns erzählen möchtest.«

Igor lächelt und setzt im gleichen Ton fort wie bisher: »Zu Befehl, Genosse Moderator. Also, Kriegsgefangenenlager. Hunger, Schwäche. Überstellung nach Buchenwald. Schuhe mit Holzsohlen, Zebrakleidung, Mützen aus demselben Stoff. Ewig langes Stehen auf dem Appellplatz. Blöde Plakate überall: ›Pst, Feind hört mit!‹ oder ›Eine Laus dein Tod!‹ Sprüche wie ›Dich schicke ich durch den Kamin!‹. Die Unterscheidung von Blockältesten, Lagerschutz, Kapos, Vorarbeitern, Stubendienst. Schreibstube, Revier. Ihr kennt das alles und habt es hundertmal selbst weitererzählt. Bei der Befragung in der Schreibstube wurde ich ausgesondert, ich hatte wahrheitsgemäß meinen Beruf als Schlosser angegeben. Dann kam die medizinische Untersuchung in der Sonderbaracke. An einer Messlatte wurde auch meine Größe gemessen. Ein wenig mulmig war mir schon zumute, ich fürchtete, das Verhältnis meiner Größe und meines Gewichts könnte ergeben, dass ich nicht arbeitsfähig sei. Dass von dieser Messlatte eine ganz andere Gefahr ausging, konnte ich nicht ahnen. Nach dem Krieg habe ich erfahren, dass sie auch eine Genickschussanlage war. Dass in Buchenwald etwa achttausend Russen so ermordet worden sind. Ich war zum zweiten Mal dem Tod knapp entgangen. Warum? Um euch heute davon zu erzählen? Vielleicht nicht nur euch? Vielleicht schneidet da jemand unsere Gespräche mit und wird sie veröffentlichen. In diesem Falle, Gruß nach vorn. Ich weiß, dass das von Tucholsky ist. Du hast dich eingeschaltet, Moderator, sagst nichts, aber dein Blick mahnt mich, ich soll kürzertreten.«

Marko schaltet sich ein: »Das auch, aber trotzdem eine Frage oder zwei. Wieso sprichst du so gut Deutsch? Und wieso kennst du als Schlosser und sowjetischer Offizier auch die deutsche Literatur so gut, dass du so ganz nebenbei ein Zitat von Tucholsky einflechten kannst?«

Igor breitet die Arme aus: »Deutsch habe ich mir im Lager angeeignet, nicht unbedingt Hochdeutsch. Die ersten Worte, die ich lernte, waren: Los, los! Speckjäger, Arschloch, Drecksack, Schweinehund. Habe ich nie begriffen. Die dumme Zusammensetzung von zwei verachteten Tieren in ein Wort soll als Schimpfwort gelten? Nicht einmal richtige Schimpfwörter haben die Deutschen, so was mussten sie in den Lagern erst von den Polen und uns Russen lernen. Tja, die heutigen jungen Leute nehmen, was sie brauchen aus dem Amerikanischen, auf Deutsch schimpfen kann man immer noch nicht ordentlich. Später dann hat mich mein GRU zu einem Sonderdeutschkurs geschickt. Fragt Putin, der kann ja auch gut Deutsch.

Nun im Diktattempo. Im Februar fünfundvierzig wurde ich in das Außenkommando von Buchenwald Langenstein-Zwieberge verlegt. Das Lager in einer Schlucht war in zwei Bereiche getrennt. Im sogenannten Großen Lager waren mehr als sechstausend Häftlinge, die Tunnels in einen Berg bohrten, schwere Loren mit Gestein beluden, zum Ausgangstor schoben und dort ausleerten. Die dort nach dem Prinzip Vernichtung durch Arbeit Gestorbenen mussten ins Lager geschleppt werden. Im Kleinen Lager war das ›Kommando Junkers‹. Dort waren Häftlinge, die in den Tunnels Flugzeuge oder Raketen bauen sollten. Ich gehörte als Schlosser zu diesem Kommando. Auch wir wurden morgens in die Tunnels getrieben, hatten jedoch nichts zu tun. Wir lungerten also herum, taten eilig und geschäftig. Jeder SS-Mann hätte uns jederzeit schlagen oder töten können, weil wir nicht arbeiteten. Wir hatten jedoch keine Arbeit. Dort habe ich diesen Adler kennengelernt. Der saß in einem Nebenstollen an einem Schreibtisch und hämmerte auf einer großen Schreibmaschine drauflos. Willst du später mehr darüber erzählen, Sascha? Diese Geschichte kennst du besser. Ja? Gut. Also, wir bekamen immer weniger zu essen, aber noch immer mehr als die im Großem Lager. Natürlich hatten wir Verbindung zu unseren Landsleuten dort. Die haben mir die Geschichte von der Todeskiefer erzählt. Gleich werde ich erklären, warum ich etwas dazu sagen möchte, obwohl ich es nicht persönlich erlebt habe. Es sollten sechs Häftlinge aufgehängt werden. Der russische Oberst Andrej Iwanowitsch sollte die Fässer unter den Füßen der Verurteilten Kameraden wegstoßen. Sein Familienname ist nicht bekannt, die Deutschen verstehen nicht, dass bei uns der Vatername zwischen Vor- und Nachnamen steht, halten ihn für einen Nachnamen. Der Oberst verweigerte den Befehl aber, sagte der SS: ›Ihr seid die Scheusale, macht es selber.‹ Er wurde zur Strafe lebendig begraben. Ich habe einmal die Gedenkstätte dort besucht, ein paar Blumen unter die Todeskiefer gelegt. Die war gestützt, sonst wäre sie umgefallen. Bäume leben auch nicht ewig. Auch gestützt wird sie verfaulen. Sie ist schon tot. Warum erhält man sie künstlich am Leben? Das ist wie der einbalsamierte Lenin. Gedenken hat meiner Meinung nach nichts mit solchen Äußerlichkeiten zu tun.

Und nun zu den Kaninchen. Am 9. April kam der Befehl, das Lager zu evakuieren. Damals hatten wir keine Ahnung vom Datum, das habe ich erst später festgestellt. Aber Frühlingsluft war trotz des Gestanks aus dem Großen Lager zu spüren. Und ich glaube, wir wussten, das war schon der Duft der Freiheit. Alle sollten sich auf dem Appellplatz versammeln. Wir überlegten, was wir tun sollten. Wenn ich ›wir‹ sage, meine ich einige russische Kameraden und mich. Sie alle haben den Krieg überlebt, aber heute lebt keiner von ihnen mehr. Man kann auch eines natürlichen Todes sterben. Ist die SS verrückt?, überlegten wir. Glaubt sie noch an den Endsieg? Will sie die arbeits- und gehfähigen Häftlinge noch als Arbeitskräfte benützen und den Rest einfach sterben lassen? Oder wird sie alle, die sie für lebensfähig hält, schnell noch umbringen? Die Tausenden, die unfähig sind aufzustehen, die nur vor sich hin sterben, werden sie nicht extra töten, dafür haben sie keine Zeit und Kraft mehr. Wir gingen in das Große Lager, legten uns hin und stellten uns tot. Vom Appellplatz hörten wir Schießerei. Als es still wurde, standen wir auf und gingen in unsere Baracke im Kleinen Lager. Am nächsten Tag geschah nichts. Wir aßen unsere letzten gesparten Brotkrümel auf und lauschten. Von sehr weit war Kanonendonner zu hören. Unter uns war kein Artillerist. Waren das die Deutschen oder die Unsrigen? Das Donnern kam von Osten. Einer sagte, man könne bei diesem Wetter so ein Feuer auch aus einer Ferne von hundert Kilometern hören. Ein anderer behauptete, das sei unmöglich. Ein dritter, er könne klar Katjuschas unterscheiden, das müsse nahe sein und das sei die Rote Armee. Wir lauschten und lauschten. Eines war sicher, dieses Feuer kam näher.

Am 11. war es im Lager wieder ganz still. Essen wurde nicht ausgegeben. War das Kanonenfeuer noch näher gekommen? Das war nicht sicher. Viel näher sicher nicht. Als es Abend wurde, blieben die Scheinwerfer, die sonst das Lager erleuchteten, dunkel. Wir baten einen Genossen, sich vorsichtig dem Lagertor zu nähern, wo auch die Kommandostelle der SS war. Er kam keuchend vor Aufregung zurückgelaufen und schrie: ›Das Tor ist halb offen. Nirgendwo SS!‹

Es war eine Feststellung. Seltsam, wir waren überhaupt nicht besonders aufgeregt. Wir fielen in keinen Freudentaumel. Das Lagerleben hatte uns gelehrt, vorsichtig zu sein. Vorsichtig, um zu überleben. Keiner wollte kurz vor der Befreiung noch sterben. Oder kurz nach der Befreiung, denn wir fragten uns: Sind wir jetzt frei? Und was machen wir? Was ist das Gebot der Stunde? Wir waren hungrig. Das waren wir gewohnt. Man lernt hungrig zu sein, hungrig einzuschlafen, wenn es anders nicht geht. Schlimmer ist Durst, aber die Wasserleitung funktionierte. Und wir wussten, gleich neben uns im Großen Lager wurde weiter gestorben. Das sagt sich leicht und ist unwirklich, aber so war es. Jede Minute starben Häftlinge, starben Kameraden. Wir mussten nicht lange beraten. Wir beschlossen, diese Nacht still durchzuhalten. Soweit ich mich erinnern kann, habe ich sie ruhig durchgeschlafen. Obwohl wir wahrscheinlich jetzt frei waren.

Als der Morgen dämmerte und uns der Hunger aufgeweckt hatte, weil wir nicht mehr wie gewohnt durch Gebrüll geweckt wurden, siegte die Ungeduld. Nichts Neues war geschehen.

Das Grummeln der Artillerie war leiser geworden. Oder schien uns das nur so? Wir teilten uns in drei Gruppen und gingen durch das Lagertor. Meine Gruppe gelangte zu einem Bauernhof. Wir brachen die Haustür auf. Niemand da. Seine Bewohner waren wohl wegen der Nähe des Lagers geflohen. Als wir uns umsahen, fanden wir im Stall ein Dutzend Kaninchen und einige Hühner. Einer von uns zündete im Herd ein Feuer an, wir anderen fingen die Hühner, drehten ihnen den Hals um und rupften sie. Ich hätte gerne einem SS-Mann den feisten Hals umgedreht, den Kopf abgerissen, hatte aber nur ein Huhn in der Hand. Geduld, Teller und Essbesteck zu suchen und uns an den Tisch zu setzen, hatten wir nicht. Wir zerrissen die gebratenen Hühner mit den Händen und aßen sie auf dem Boden hockend auf. Wie die Wilden. Wir waren wild. Aber als wir satt waren, besannen wir uns. Gesättigt wurden wir wieder zu Menschen. Ohne uns lange zu beraten, schlugen wir die Kaninchen tot und nahmen sie mit zurück ins Lager. Wohin sonst sollten wir gehen? Jetzt erinnerten wir uns an die Kameraden, die weiterhungerten. Und dort haben wir eines der Kaninchen, die wir auf einem Feuer im Lager brieten, Adler gegeben und deinem Vater, Moderator, der war dabei und wird es bestätigen. Und dass dieses kleine Feuer, das wir im Lager machten, im Konzentrationslager, ein Lagerfeuer im doppelten Sinne des Wortes war, das, Kameraden, ist mir erst heute, ist mir soeben aufgefallen.

Bitte, wundert euch nicht, ich möchte zum Schluss aus einem Gedicht zitieren. Und das von Jessenin, den ich sonst nicht mag. Ich habe Majakowski viel lieber. Und ich werde es nicht auf Russisch tun, obwohl das Original natürlich viel besser ist als die Übersetzung. Macht nichts, ich kann ohnehin nicht schön deklamieren: *Zu sterben ist in diesem Leben nichts Neues mehr. Aber zu leben ist natürlich nicht weniger neu.*«

Igor blickt schweigend vor sich hin. Er starrt ins Nichts. Die Pause ist lang, aber noch länger der Applaus. Marko weiß, jetzt darf er ihn nicht ironisch »Genosse Oberst« nennen. Er sagt: »Ich gratuliere, Igor Michailowitsch. So etwas haben wir von dir nicht erwartet. Ich danke dir im Namen von uns allen.«

Das war nicht schlecht, denkt Sascha vor dem Einschlafen, nachdem er seine Schlaftablette genommen hat. Es gibt Leute, die ein viel besseres Gedächtnis haben als ich. Oder liegt es daran, dass Igor damals bereits erwachsen war, eine Kleinigkeit älter als ich, in jeder Hinsicht erfahrener, der Situation bewusster. Oder ist er einfach seiner eigenen Fantasie gegenüber weniger kritisch als ich, der Unsicheres verdrängt.

Die Atmosphäre findet Sascha bedrückend. Wie soll er sie beschreiben? Es liegt etwas wie Blei in der Luft. Nein, er hat keine Atembeschwerden, Gott behüte, das wäre das Virus, nein, aber er fühlt sich nicht gut, einfach nicht gut, obwohl er sich doch freuen sollte, hergekommen zu sein, da zu sein, Seite an Seite mit seinem Sohn. Und dessen Freundin. Das ist doch alles in Ordnung. Sehr sogar. Oder? Vor zehn Jahren ist es anders gewesen, das ganze Hotel war damals prallvoll mit ehemaligen Häftlingen und ehemaligen amerikanischen Soldaten, die das Lager befreit und die Bürger aus Weimar hinaufgetrieben haben auf den Berg, um die verhungerten Leichen zu sehen. Seht her, das habt ihr gemacht, Weimarerinnen und Weimarer. Ihr! Oder zumindest zugeschaut habt ihr. Bestenfalls weggeschaut. Wir alten Überlebenden im Hotel waren froh, denkt Sascha. Frohgemut ist so ein altmodisches Wort, aber es passt. Waren alle, die jetzt so trotzig hergekommen sind, auch damals dabei? Die meisten schon. Fast alle. Manchmal hat man den Eindruck, Achtzigjährige seien mindestens zwanzig Jahre jünger als Neunzigjährige. Werden einige von uns hundert Jahre alt werden? Ich zum Beispiel? Und dann im Rollstuhl hergefahren, lallend?

Er blickt zum Fenster hinaus. Der Markt ist leer. So leer hat er ihn noch nie gesehen. Leere breitet sich im Zimmer um ihn herum aus, trotz seiner hübschen Einrichtung.

Ich bin allein in dem großen, bequemen Bett, grübelt er. Weniger allein als in Belgrad, weil mein Sohn nebenan schläft, wir uns eben noch unterhalten haben. Zu Hause – ja, zu Hause! – spreche ich tagelang mit keinem, außer beim Brot- und Zeitungen-Kaufen im Laden schräg gegenüber von meiner Wohnung. Hier werde ich morgen Früh gemeinsam mit ihm und Mila in deren Zimmer frühstücken, guten Morgen sagen, nicht in langweiliger Routine meinen Tee selbst kochen, mein Brot selbst toasten müssen. Ich bin auf Urlaub hier vor mir selbst.

Fünfundsiebzig Jahre sind es seit der Befreiung? Nicht hundert? Hundert ist eine so schöne, runde Zahl. Für mich, für uns, auch für die Leute der Gedenkstätte wird es ein relevantes Datum sein, aber für den Rest der Welt? Für Deutsche? Ihnen wird es aufgedrängt. Ich mache mit, wenn man mich ruft. Bin ich dazu berufen? Ich werde gerne mitmachen, falls ich dann noch lebe, was unwahrscheinlich ist, aber ich weiß, die Hundertjahrfeier wird noch stattfinden, wenn auch unter großer Mühe, auch weil die Zeitzeugen fehlen werden.

Nun heißt es, allein in meinem Hotelzimmer im Elephant in Weimar einschlafen. Wie jeden Abend zu Hause in Belgrad. Nein. Anders. Der Alltag in Belgrad ist anders. Hier ist es aufregend anders. Es wird vorbeigehen.

Am Meer wäre es schön, irgendwo an einem blauen Meer. Warum eigentlich blau? Das Meer ist doch eher bläulich-türkis, grau. Ebbe und Flut rauschen wie die Ewigkeit, Gezeiten nennen das die Deutschen. Ein gutes Wort. Aber das Säuseln des Ostwinds über einem Ährenfeld ist auch schön. *Heimat, deine Sterne,* haben die Posten im Außenkommando Magdeburg während der Nachtschicht beim Betonbunkerbau über die Lautsprecher singen lassen.

Das Frühstück wird immer noch in die Zimmer serviert, aber der Bildschirm informiert, die Gäste könnten sich ab sofort wieder im ganzen Hotel frei und ohne Maske bewegen. Das Personal werde sicherheitshalber weiterhin Schutzmasken tragen.

Nach und nach finden sich alle in der Hotelhalle ein, sie mustern einander aufmerksam, bei der Ankunft haben sie es nur oberflächlich getan, am Bildschirm kann man Gesichter zwar ungeniert prüfen, aber im wahren Leben sieht doch jeder anders aus. Jemand klatscht in die Hände. Es ist Herr Kork und neben ihm die Ärztin.

»Sind alle da, meine Damen und Herren?« Es ist nicht besonders schwer, sie abzuzählen. Es sind ja nur fünfundzwanzig, die elf ehemaligen Buchenwaldianer und ihre Begleitung. »Ja, wie ich sehe. Es freut mich, dass wir uns alle wieder begegnen können, dass sich keiner von Ihnen angesteckt hat. Nach den letzten Untersuchungen und den bisherigen wissenschaftlichen Erkenntnissen sind Sie immun, aber ob Sie für andere ansteckend sind, wissen wir nicht. Erst recht nicht wissen wir, wieso das so ist. Hundert Prozent negativ in einer so diversen Gruppe! Seltsam übrigens, dass es positiv ist, wenn man negativ ist, nicht wahr? Im Falle der Infektionen meine ich. Vielleicht gilt das ja sonst auch? Wenn Sie es später gestatten, wird man dieses Phänomen sicher noch untersuchen wollen. Was für ein Genom haben Sie alle? Was bedeutet das für die Weltbevölkerung? Jedenfalls werden wir alle, die nicht zu Ihnen gehören, vorerst Abstand halten oder Masken tragen.

Ich überbringe Ihnen erneut Grüße der thüringischen Regierung und der Stadt Weimar. Wir hoffen sehr, dass sich der Trend zum Guten fortsetzt, dass wir die Einschränkungen nach und nach sehr rasch aufheben können. Bis dahin bitte ich um Geduld. Frau Doktor Meier, unser junger Vertreter Patrick und natürlich das Hotelpersonal stehen Ihnen zur Verfügung, aber das Haus dürfen Sie leider weiterhin nicht verlassen. Es herrscht hier eine allgemeine Ausgangssperre, und würden Sie zu den wenigen gehören, die mit Sondererlaubnissen oder die Regeln verachtend unterwegs sind, könnte das große Verwirrung stiften. Danke für Ihr Verständnis für die Notwendigkeit dieser Maßnahmen. Ich nehme an, die Frau Doktor will Ihnen auch noch etwas mitteilen.«

Sascha stellt fest, dass Gerda übermüdet aussieht. Und dieser Kork philosophiert vor sich hin, was positiv, was negativ ist. Was für ein Unfug! Das Böse ist gut? Hier in Deutschland? Und sie, die Buchenwaldianer? Sind sie vielleicht nur Gespenster und gar nicht da, deshalb negativ, nicht positiv? Ist die Ärztin besorgt? Ist es ein medizinisches Experiment, dass man uns jetzt aufeinander los lässt, um zu sehen, ob wir uns anstecken werden, ob wir wirklich immun gegen das Virus sind? Geworden sind? Immer schon waren? Wir sind wohl genau die richtige Anzahl von Versuchskaninchen, die man braucht für so ein nettes kleines Experiment. Oder bin ich unnötig misstrauisch? Muss ich an Kaninchen denken, weil Igor gestern Abend von dem unvergesslichen gebratenen Kaninchen in Langenstein-Zwieberge erzählt hat?

Die Ärztin versucht mit fester Stimme zu sprechen, es gelingt ihr nicht ganz: »Ich bleibe bei Ihnen, ich bitte Sie inständig, sich bei den geringsten Symptomen des Unwohlseins bei mir zu melden. Ob es sich um eine einfache Erkältung oder Verdauungsbeschwerden handelt oder Ihnen Medikamente, die Sie mitgebracht haben und die Sie regelmäßig einnehmen müssen, ausgehen, ich bin für Sie da und besorge gern, was Sie brauchen. Haben Sie keine Angst, dass wir Sie wegen einer Kleinigkeit in ein Krankenhaus einliefern. Ich habe viel über das Lagerleben gelesen, ich weiß, dass man oft nicht gewagt hat, sich krank zu melden, weil man befürchtete, damit sein Todesurteil zu unterschreiben. Um Himmels willen lassen Sie keine alten, verdrängten Ängste wieder aufsteigen.«

Sie muss eine ganz kleine Pause einlegen und durchatmen. Ist sie wirklich nur so müde, oder womöglich selbst erkrankt? »So, Sie können sich wie gesagt im Haus frei bewegen, die Lobby, die Bar, die Salons benützen und die Mahlzeiten im Restaurant einnehmen …«

»Und Sie sind weiterhin in jeder Hinsicht Gäste der Regierung«, ruft Patrick, um sich irgendwie bemerkbar zu machen.

Herr Kork verneigt sich, der Exbotschafter tritt vor, grüßt wie die Inder mit einer Verneigung mit vor der Brust gefalteten Händen: »Wir danken Ihnen, Herr Kork, der thüringischen Regierung und der Stadt Weimar, wir danken herzlich.«

»Lasst uns in die Bar gehen«, sagt Sascha zu seinem Sohn und Mila. »Erinnerst du dich, Marko, wie oft wir dort gesessen sind, als es noch eine Raucherbar war?«

»Erinnere mich nicht daran. Mir sind die Zigaretten ausgegangen …«

»Er hat am Balkon ausgiebig geraucht«, petzt Mila.

»Umso besser«, meint der Vater, »jede ungerauchte Zigarette verlängert dein Leben um fünf Minuten.«

Sie sind allein in der Bar.

»Die anderen trauen sich noch nicht so recht«, sagt Sascha und zum herbeieilenden Kellner. »Was können Sie uns anbieten?«

»So ziemlich alles, was Sie sich vorstellen können, mein Herr.

Wir hatten mit einem ausgebuchten Hotel gerechnet, die ehemaligen Häftlinge, die Amerikaner, die das Lager befreit haben, andere Gäste. Dafür wurde vorgesorgt.«

»Sie wirken aber selbst unter dieser Maske nicht besonders verzweifelt über die Situation.«

»Bin ich auch nicht. Wir waren schon alle freigestellt, das ist für mich und meine Familie ein riesiger Einkommensverlust, unsereins hat keine Rücklagen. Ich bin wirklich froh, dass man mich zurückgerufen hat.«

Marko und Mila bestellen Whisky, Sascha fragt nach Armagnac, auch der kann serviert werden.

Schon kurz vor fünf Uhr nachmittags haben sich alle in der hübschen kleinen Bibliothek eingefunden. Sie ist dezent beleuchtet, einigen Dutzend Sesseln gegenüber steht ein mit grünem Tuch bedeckter Tisch mit Mikrofon und Leselampe. Auch Frau Doktor Meier ist da. Die Gesichtsmaske hängt ihr lose um den Hals. Hat das eine Bedeutung? Eine gute? Als Marko als Moderator Platz genommen hat, fragt sie, ob sie an der Veranstaltung teilnehmen dürfe.

»Aber selbstverständlich, Frau Doktor. Es ist uns eine Ehre …«

»Sie können uns später sagen, was Sie davon halten«, wirft Sascha ein. Er hat sich auf seinen Platz neben dem Moderator gesetzt. Neben seinen Sohn. »Zufällig bin gerade ich jetzt an der Reihe zu sprechen …«

»Darf ich zuvor noch ein Wörtchen …?« Mit einem Ruck drehen sich die meisten Köpfe um, in der Ecke im Halbdunkel steht Patrick. Er hat die Gesichtsmaske brav und ordentlich anbehalten. »Vielleicht hätten wir es Ihnen früher sagen sollen, aber Herr Kork hat mich angewiesen, es jetzt zu tun. Ihre Videokonferenzen werden automatisch mitgeschnitten. Wir haben sie bisher nicht gelöscht. Selbstverständlich werden Ihre privaten Gespräche über Videolinks, Mobiltelefone überhaupt nicht aufgezeichnet …«

Igor hält es wieder einmal nicht aus: »Quatsch, junger Mann. Sind Sie so naiv oder tun Sie nur so? Vielleicht nicht von Ihrer Organisation, die richtige hält selbstverständlich alles penibel auf Band fest, wie man so sagt.«

»Vielleicht ist es nicht überall wie bei dir, Kamerad!«, sagt der ehemalige französische Diplomat lauter, als er sonst spricht.

»Vielleicht sind die Deutschen angesichts ihrer Vergangenheit tatsächlich etwas zögerlicher in solchen Dingen, Exzellenz, aber ich glaube einfach nicht, dass du nichts weißt, ich sage nur DGSE. Und ich erwähne nur so ganz nebenbei Julian Assange. Aber zugegeben, Schin Bet ist der beste, sogar besser als wir, von euch gar nicht zu reden.«

Ein Zwischenruf kommt aus dem Saal, es ist Bent Jensen, der Sohn des dänischen Polizisten, der bisher fast niemandem aufgefallen ist: »Was ist DGSE? Sollte ich das als Skipper wissen?«

»Solltest du. Direction Générale de la Sécurité Extérieure. Wenn du je in Saint Martin vor Anker gegangen bist, haben sie dich.«

Marko weiß, dass er jetzt eingreifen muss, auch wenn es ihm peinlich ist, Respektspersonen wie den Botschafter und den Oberst zurechtzuweisen: »Kameraden, Genossen, bitte nicht. Das ist heute Abend nicht unser Thema. Lassen wir Patrick aussprechen. Bitte, Patrick.«

Der junge Deutsche atmet durch und nimmt Anlauf: »Herr Kork hat mich gebeten zu fragen, ob wir zumindest vorläufig die Aufzeichnungen dieser Abende behalten dürfen. Am Ende der Session werden wir Sie um die Erlaubnis bitten, Ihnen die Abschrift aller Abende vorzulegen, damit Sie eventuell Ihre Beiträge korrigieren und für den Druck und andere Zwecke freigeben können. Wir würden Ihnen entsprechende Vereinbarungen vorlegen.«

Marko wendet sich an seinen Vater: »Was meinst du?«

»Ich schlage vor, dass wir zustimmen, schon als kleine Gegenleistung für die uns erwiesene großartige Gastfreundschaft. Bitte um ein Handzeichen, ob ihr damit einverstanden seid.« Er hebt seine rechte Hand. Alle Anwesenden folgen.

DER DRITTE ABEND – DIE BEIDEN HANS GÜNTHER

Alexander Mihályi-Mihajlović, genannt Sascha, sieht sitzend ganz gut aus, aber wenn er steht, insbesondere neben Menschen, die größer sind als er, und das sind die meisten, denn er ist nur etwa eins fünfundsechzig groß, wirkt er unbeholfen. Die Anzüge schlottern an ihm. Möglicherweise hat er in der letzten Zeit Gewicht verloren. Zwar sind seine Haare ordentlich geschnitten und er legt augenscheinlich Wert auf eine tägliche Rasur, aber auf dem Hinterkopf hat er eine kreisrunde Tonsur, die künstlich und ein wenig komisch wirkt. Seine grünlich-braunen Augen unter nicht sonderlich ausgeprägten Augenbrauen wandern unermüdlich herum, bis sie eine Person fixieren, dann bleibt sein Blick an ihr haften. Er beginnt mit gut eingeübtem Redefluss, wie ein erfahrener, alter Schauspieler, setzt gekonnt kleine Pausen zwischen die Sätze, nicht weil er nicht weiterweiß, sondern des Effekts halber, das Publikum soll verdauen können, was er gesagt hat.

»Zunächst möchte ich euch daran erinnern, dass wir heute die Feier im Nationaltheater und die Kranzniederlegung auf dem Appellplatz hätten, weil der eigentliche Tag der Befreiung, der 11., auf den Ostersamstag fällt. Da es aber nun einmal so ist wie es ist, halte ich diese geplante Verschiebung für unwichtig. Ich nehme an, wir werden auch noch in einer Woche hier sitzen und dann ganz besonders, noch intensiver als sonst, an unsere Kameraden denken, an alle, sowohl an die, die am Tag der Befreiung nicht mehr unter uns waren, als auch an die, die in der Zwischenzeit verstorben sind.

Jedenfalls ist es erfreulich, dass wir uns unter diesen konkreten Umständen, in diesem schönen Raum, wiedersehen dürfen und ich werde der Erste sein, der direkt, nicht auf einem Monitor, beobachten kann, wie ihr, meine lieben Zuhörer, auf das, was ich zu sagen habe, reagieren werdet.

Igor Michailowitsch, alter Genosse, ich war angenehm überrascht, wie gut du gesprochen hast. Ich weiß nicht, ist das eine natürliche Gabe oder hat man es dir in der Armee beigebracht? Der GRU ist doch eine eher schweigsame Gesellschaft, der will hören und sehen, nicht zu viel sagen, öffentlich schon gar nicht, oder? Eigentlich kenne ich dich gar nicht, aber du sagst, wir sind einander schon vor fünfundsiebzig Jahren begegnet, später kein einziges Mal bewusst anlässlich eines der Jahrestage hier. Fünfundsiebzig Jahre! Der große deutsche Mime, wie hieß er doch gleich, Curd Jürgens, hat gesungen ›Sechzig Jahre und kein bisschen Weise‹. Das waren wir mit sechzig vielleicht auch noch nicht, aber es war uns vergönnt, weitere drei Jahrzehnte lang und noch ein wenig länger dazuzulernen. Sind wir jetzt weiser? Weise Greise? Ich bestimmt nicht. Ich suche noch, ich hätte gerne Zeit, noch zu lernen. Also, an dich erinnere ich mich nicht, Igor, ich bewundere dich, weil du mich erkannt hast. Aber was das gebratene Kaninchen angeht, das kann ich bestätigen, das erste Stück anständiges Fleisch in der ersten Nacht der Freiheit habe ich dir und deinen Genossen zu verdanken.

Mein Sohn, der zufällig jetzt unser Moderator ist, pflegt mir zu sagen: Papa, bitte, die kürzere Version. Bevor er mich ermahnt und mich hier öffentlich blamiert, will ich zur Sache kommen. Direkt an die Geschichte, die uns Igor vorgetragen hat, werde ich nicht anknüpfen. Nicht direkt. Ich will über Hans Günther sprechen.

Es gab einen SS-Sturmbannführer, der Hans mit Vornamen, Günther mit Nachnamen hieß. Er wurde am 22. August 1910 geboren, lernte Kaufmann, wurde Buchhalter, das war ihm zu langweilig, so trat er in die SA ein, später stieß er zur SS, von 1939 bis zum Ende, bis 1945, war er Leiter der sogenannten ›Zentralstelle für jüdische Auswanderung‹ in Prag. Er war demzufolge der wichtigste Mann für die Erfassung der Juden in der Tschechoslowakei, in Böhmen und Mähren, wie das bei den Eroberern hieß, und ›Auswanderung‹ war ein Synonym für die Zuführung zur ›Endlösung‹. Die Nazis fanden Geschmack daran, solche verharmlosenden Euphemismen für die Umsetzung ihrer Ideen zu finden. Ich sage dazu, alle Achtung! Den Durchschnittsdeutschen sollte nichts Schlimmes auffallen. Trotz dieser Sprachkapriolen kann ich aber nicht glauben, dass nicht jeder gewusst hat, was gemeint war. So wie in Weimar wollte man die nächstgelegenen Buchenwälder eben nirgendwo sehen. Man wollte gar nichts sehen. So wie wir alle nicht sehen wollen, dass Menschen und Kinder im Mittelmeer ersaufen, nicht nur, weil sie um ihr Leben fürchten müssen und aus Syrien fliehen, sondern auch weil sie dem Traum von einem Schlaraffenland nachrennen und zum Beispiel hoffen, es in Deutschland finden zu können. Ich würde jedermann bitten, ihnen zumindest seine Sympathie, sein Mitgefühl zu schenken, ihr Leiden ist aktuell, also wichtiger als das unsere, das schon vor fünfundsiebzig Jahren zu Ende gegangen ist.

Zurück zum Sturmbannführer, der Hans mit Vornamen und Günther mit Nachnamen hieß. In seiner Zuständigkeit für das Protektorat Böhmen und Mähren organisierte er nicht nur den Raub ›jüdischer‹ Güter, sondern auch speziell das Konzentrationslager Theresienstadt, das er oft persönlich inspizierte, wofür er dort den Spitznamen ›der lächelnde Henker‹ erhielt. Er ließ den berüchtigten Propagandafilm drehen, der beweisen sollte, wie gut es den Juden ging und dass alle gegenteiligen Behauptungen Gräuelmärchen seien. Bis Ende März

1945 wurde an diesem Film gearbeitet. Danach aber wollte er doch fliehen, das war anscheinend erst am 5. Mai, als der Prager Aufstand begann. Seine Wagenkolonne geriet in eine Falle der Partisanen, er wurde gefangen genommen, konnte aber einem der Widerstandskämpfer die Waffe entreißen, warf noch eine Handgranate und fiel dann im Gefecht. So ist er dem Galgen entgangen. Jedenfalls war er ein Überzeugungstäter und kein kleiner Ganove.

Falls er eine Witwe hinterlassen hat, hatte sie in der Bundesrepublik Anspruch auf eine hohe Rente, weil er im Kampf gefallen und nicht gehenkt worden ist.

Jetzt möchte ich aber auf einen anderen Hans Günther kommen, der nur einige Wochen älter war, er wurde am 2. Juli 1910 geboren, allerdings war Hans Günther sein Doppelvorname, was in deutschen Landen ja nicht selten ist, er allerdings war in Prag geboren. Auf seinen Nachnamen kommen wir noch. Ich zitiere jetzt einige Sätze, die er selbst verfasst hat.«

Sascha setzt sich umständlich seine Brille auf. Nach einer gelungenen Augenoperation sieht er ausgezeichnet in die Ferne, aber fürs Lesen brauchte er eine Sehhilfe. Ihm funkeln viele Brillengläser entgegen, fast alle alten Herren tragen eine.

»›Getrieben gewiss, doch von sich selber nicht verstanden, ist der Mensch seinem Schicksal gegeben, das einmal als Elend erscheint, dann als Glück, vielleicht auch noch anders; aber schließlich taucht alles unter im Uferlosen, das keine Bestimmungen duldet, und dem gegenüber, wie viele schon sagten, jede Behauptung eine Einsamkeit ist, eine Insel. Deswegen ist keine Trauer vonnöten.‹

Ende des Zitats. Dieser Hans Günther ist der Mann, den Igor als im Tunnel auf der Schreibmaschine hämmernd erwähnt hat, der auch das gebratene Kaninchen mitverzehrt hat.

Er hasste seinen Namen, weil er auch von dem anderen, vom Sturmbannführer wusste. Aber in den Lagern war man ohnehin namenlos, nur eine Nummer. Von seinen Kameraden ließ er sich Hanusch nennen.

Was schrieb er so eifrig auf der großen Schreibmaschine? Nichts für die Lagerleitung, sondern Gedichte. Lyrik. Reime. Und bald nicht nur einer dichterischen Inspiration folgend, sondern auf Bestellung. Ich zitiere als Beispiel:

›Schutt und Bruch zerstampfen das Leben
Mit klaffenden Kerben bestickter Gewalt
Wandernd möchte das Herz hier entschweben
Doch haftet die Seele von Klammern umkrallt.‹

Plötzlich brüllte es hinter ihm: ›Was schreibst du da?‹ Hans Günther sprang auf, nahm die Habtachtstellung ein und nannte seine Lagernummer. Hinter ihm stand der Lagerkapo, ein übler, gefährlicher Krimineller, der mit den SS-Männern befreundet war und sich alles Mögliche erlauben konnte. Er soff mit den Scharführern, war wie einer von ihnen, trug Zivilkleidung, bloß mit der Häftlingsnummer und dem grünen Winkel auf der linken Brust und dem rechten Hosenbein. Er holte das Blatt aus der Maschine, las langsam und sagte dann mit ruhiger Stimme: ›Verstehe ich nicht, klingt aber irgendwie rund. Kannst du in dem Stil auch Liebesquatsch schreiben? Zum Beispiel an ein Mädchen, wenn ich dir sage, wie sie aussieht, und sonst, verstehst du?‹

›Jawohl, Lagerkapo!‹

So hat es begonnen. Hanusch schrieb ein Loblied in Reimen an die Unbekannte, der Lagerkapo zeigte es seinen SS-Freunden, ein Scharführer wollte sein eigenes Leben in Versen beschrieben haben. Es wurde Mode unter den SS-lern, bei Hanusch Gedichte zu bestellen. Der Lohn waren Brot, Margarine, Wurst, genug, um auch mit uns zu teilen, mit mir und einem tschechischen Freund, Ladja, Ladislaw Blašek. Damit ihn Posten, die nicht eingeweiht waren, in Ruhe ließen, wurde Hanusch zum Lagerschreiber ernannt und bekam eine entsprechende Armbinde. In der Baracke erhielt er das Vorarbeiterzimmer.

Warum erzähle ich euch das? Diese Geschichte über Dichtung gegen Brot und Wurst ist keine Mär für das ›Decamerone‹, sondern die Wahrheit. Nichts als die Wahrheit. Hanusch hat seine Werke aus dem Lager gerettet. Er hat sie in eine Dose aus Duraluminium gesteckt, die er aus dem besseren Lager Niederorschel hatte mitnehmen können. Am Tag nach dem Verzehr des Kaninchenbratens sind wir auch durch das Lagertor und bis nach Halberstadt marschiert, dort konnten wir das verlauste Zebrazeug, das wir anhatten, in einem großen Feuer verbrennen und erhielten vorerst grau-weiße deutsche Eisenbahneruniformen. Ich kann bezeugen, dass Hanusch seine Lagernummer von der gestreiften Häftlingskleidung getrennt und die Dose behalten hat, ich war nicht so gescheit, ich habe schnell alles, was an mir war, verbrannt. Schade.

Hanuschs gesammelte Gedichte sind nach seinem Tod unter dem Titel ›Andere Wege‹ erschienen. Ich war bei der Buchpräsentation in der Österreichischen Gesellschaft für Literatur in Wien anwesend, sein Sohn Jeremy Adler, der an der Ausgabe mitgewirkt hat, ebenfalls. Ich habe sofort in den Gedichten aus der Lagerzeit geblättert, die Verse, die er den SS-lern für Essbares geschrieben hat, waren nicht dabei. Ich fragte Jeremy, ob er von ihnen wisse. Ja, er kannte sie. Warum wurden sie nicht in dem Gesamtwerk gedruckt? Sein Vater habe ausdrücklich gebeten, sie nie zu veröffentlichen. Sein Recht, aber Hanusch hat sie auch nicht verbrannt, das hätte er ja auch tun können. Er hat sie behalten. Vielleicht hatten sie aus seiner Sicht keinen literarischen Wert, aber einen historischen haben sie bestimmt, sie sind ein Zeugnis über jene Zeit. Soviel ich weiß, hat Jeremy den Nachlass seines Vaters, H. G. Adler, dem Deutschen Literaturarchiv in Marbach anvertraut. Zumindest Forschern sollte man die Einsicht in diese Texte ermöglichen. Ich habe leicht reden, mir haben sie geholfen zu überleben, nicht im Lager Langenstein-Zwieberge an Hunger zu sterben, sondern zusammen mit dem Dichter auf eigenen Beinen in die Freiheit zu marschieren.

Ich freue mich jeden Abend, dass ich noch einen Tag gelebt habe. Soweit es meine Kräfte erlauben, versuche ich ihn zu nutzen. Viele Leidenschaften bin ich leid geworden, aber ein guter Bissen schmeckt mir immer noch, ein guter Schluck noch mehr. Horaz hatte recht, carpe diem!«

Kurzer Applaus, mehr höflich als begeistert.

»Bitte noch für einen Augenblick um Aufmerksamkeit, wir müssen noch bestimmen, wer morgen spricht«, sagt Marko, denn einige sind schon aufgestanden, gerade dabei, die Bibliothek zu verlassen. »Meldet sich jemand?«

Nach einer kurzen, betretenen Pause hebt Hugo Barna die Hand: »Sascha ist als ungarischer Jude nach Auschwitz gebracht worden, denn der Teil Serbiens, in dem er verhaftet wurde, war von Ungarn besetzt. Das hat er nicht gesagt. Jedenfalls passt es da, dass ich als Ungar morgen spreche. Weder früher noch später sind so viele Transporte auf einmal in Auschwitz angekommen wie im April und Mai 1944 aus Ungarn.«

In der Lobby beginnen sich wieder kleine Gruppen zu bilden, die Ärztin gratuliert Sascha als eine der Ersten: »Sie haben wunderbar, kurz, aber richtig beseelt gesprochen.«

»Danke. Ich selbst bin nicht ganz zufrieden, wie es mir gelungen ist. Aber ich wollte Sie ohnehin etwas fragen, Frau

Doktor, pardon, Gerda«, sagt er. »Ich habe die Nacht über nachgedacht. Auf der Fahrt vom Frankfurter Flughafen im Kombi waren doch mein Sohn und ich, aber auch dessen Enkelin mit Franco, dem Italiener zusammen, der als Einziger von uns an dem Virus erkrankt ist. Wieso haben wir uns nicht angesteckt? Nun, mein Sohn und ich saßen in der hintersten Sitzreihe, aber das Mädchen saß neben ihm und sie haben auch die ganze Zeit über miteinander getuschelt. Und vermutlich war das auf ihrem Flug und während der ganzen Reise auch schon nicht anders. Ist das nicht sehr ungewöhnlich, dass sich da keiner angesteckt hat?«

»Ungewöhnlich gewissermaßen schon, aber Sie und Ihr Sohn hatten wohl keinen direkten Kontakt mit seiner Atemluft, Sie haben einen gewissen Abstand eingehalten, wenn auch nicht den geforderten von anderthalb Metern, aber er hat ihnen den Rücken zugewendet und in die andere Richtung ausgeatmet. Das ist also plausibel. Was nun die junge Dame angeht – man weiß über dieses Virus einfach noch zu wenig, wahrscheinlich gibt es Menschen, die immun dagegen sind. Sie haben sich vielleicht früher einmal ohne Symptome mit einem verwandten Corona-Virus angesteckt, ohne es bemerkt zu haben, und haben daher Antikörper, oder es ist genetisch bedingt, dazu wissen wir aber noch gar nichts. Womöglich gibt es ja auch einen Zusammenhang mit der Herkunft, das wäre also auch eine genetische Frage, man wird sehen, ob sich die Ureinwohner Amerikas anstecken, ob sie besonders schwere Symptome haben oder immun sind, sie haben ja stets in größerer Nähe zu Tieren gelebt. Kurzum, es gibt mehr offene als gelöste Fragen, man weiß einfach noch zu wenig.«

Sascha hat mit Belustigung registriert, dass die Ärztin nicht Indianer gesagt hat, sondern amerikanische Ureinwohner. Er hält diese Überkorrektheit der Deutschen auch am Beispiel von Zigeunerschnitzel oder Indianerkrapfen, die so nicht mehr genannt werden dürfen, für übertrieben, aber das behält er für sich und fragt weiter: »Können wir, die negativ getestet worden sind, andere Leute anstecken?«

»Nach dem heutigen Stand unserer Kenntnisse nicht, aber das bedeutet nicht, dass Sie nicht angesteckt werden können, es ist kein Beweis, dass Sie immun sind gegen das Virus, es ist bloß eine Momentaufnahme und sagt, dass es Sie derzeit nicht erwischt hat. Deshalb kann ich mich, zum Beispiel, als mit Sicherheit negativ getestet, auch ohne Gesichtsmaske und Schutzkleidung im Hotel bewegen, aber wer nicht getestet worden ist, muss Sie vor sich schützen, auch das ist ein Grund, warum Sie das Haus vorläufig nicht verlassen sollen. Immer wieder müssen wir betonen, wir wissen zu wenig. Es sind weitaus größer angelegte Studien notwendig. Habe ich mich so ausgedrückt, dass Sie mich verstehen konnten?«

»Wie höflich Sie das umschreiben, um nicht direkt fragen zu müssen, ob ich es verstanden habe. Jawohl, ich habe verstanden. Aber etwas ganz anderes, wie halten Sie diese Quarantäne aus? Haben Sie denn niemanden, dem Sie abgehen?«

»Also, wenn Sie das meinen, verheiratet bin ich nicht, eine feste Partnerschaft gibt es zurzeit auch nicht, aber das ist eine lange Geschichte. Meine Eltern leben jetzt in Hannover, auch mein jüngerer Bruder, der noch studiert und sich jetzt um sie kümmert, jedoch, wie Sie schon wissen, mit ihnen habe ich ohnehin nichts mehr zu tun.«

Sascha lässt Gerdas Bemerkung über die amerikanischen Ureinwohner nicht los. Als er später in seinem Zimmer an den Computer geht, sucht er, was er über den Zusammenhang von Indianern und dem Corona-Virus finden kann. Was er entdeckt, erklärt jedenfalls nicht, warum Galilahi sich nicht angesteckt hat, eher das Gegenteil. In den Indianerreservaten sind die Ansteckungs- und Todesraten deutlich höher als in der amerikanischen Gesamtbevölkerung, was weniger auf genetische Merkmale als auf soziale Umstände zurückgeführt wird: In den Reservaten leben die Menschen überwiegend in Großfamilien und auf engem Raum, die hygienischen Verhältnisse sind nicht gut, die Gesundheitsversorgung mitunter katastrophal.

In der Zwischenzeit haben sich alle alten Buchenwaldianer und ihre Begleitpersonen auf die Sitzgruppen in der Lobby, in der Bar und den Salons verteilt. Manche erforschen das Erdgeschoß des großen Hauses, wandern von Raum zu Raum, von einem Salon in den anderen, es bilden sich Gruppen.

Die Kinder oder Enkelkinder der sehr alten ehemaligen Häftlinge behalten ihre lieben Schützlinge im Blick, finden jedoch auch Interesse an den Gleichaltrigen. Die Generation der Kinder, Marko zum Beispiel, der selber schon über fünfzig ist, und seine vierzigjährige Freundin fühlen sich den knapp über Zwanzigjährigen wie Galilahi und der Holländerin Anne Seliger, dem Griechen Manolis und dem dänischen Skipper Bent näher als den alten Herren. Unklar ist das Alter dieses Tschechen, der sich Peter nennen lässt, obwohl sein Name Perun ist. Die meisten halten ihn für den Enkel des Professors Weisz und, weil er so jung aussieht, sich aber Professor nennt, für einen Gymasiallehrer. Er ist jedoch Professor für Komparatistik an der Karls-Universität in Prag und Sohn des Slawistikprofessors an derselben Anstalt. In den Augen der elf anwesenden über Neunzigjährigen ist es egal, ob einer fünfzig oder zwanzig ist, diese Kinder sind doch alle kaum dem Säuglingsalter entwachsen.

Die eleganten alten Damen, die ehemalige Ballerina Dominique Pharoux und die einst in Ungarn bekannte Schauspielerin Noémi Barna haben wiederum festgestellt, dass sie einen ähnlichen Beruf, nein, eine ähnliche Berufung hatten.

»Darf ich dir den Hof machen?«, fragt Manolis, der es offensichtlich nicht lassen kann, Galilahi. Sie trinken frisch gepressten Orangensaft. »Ich hatte noch nie etwas mit einer Indianerin.«

»Erstens, mein Lieber, bin ich keine Indianerin. Wenn du schon auf der Bezeichnung bestehst, dann wäre ich höchstens Viertelindianerin. Hätte ich als Vierteljüdin im Nazireich gelebt, wäre ich nur ein jüdischer Mischling zweiten Grades gewesen und nicht ins Konzentrationslager gekommen …«

»Du kennst dich da gut aus …«

»Ja, hat mir mein Großvater beigebracht …«

»Was unsere Großeltern betrifft …«

Sie fallen einander ins Wort, sind ausgelassen, haben für einen Augenblick die Pandemie vergessen.

»Warte, es gibt auch ein Zweitens. Indianer und Griechen hin und her: Haben wirst du mit mir ohnehin nichts!«

»Warum?«

»Weil es eben so ist. Du wirst mit mir nichts haben, außer über unsere Großväter zu tratschen!«

»Hoffentlich kommt dein Großvater bald aus dem Spital zurück, damit er uns erzählen kann, wie es ihm ergangen ist. Das bringt mich zu einer ganz anderen Frage, denn ich weiß nicht, was ich machen soll. Meiner, der doch als Held gilt, hat wahnsinnige Angst davor, öffentlich zu sprechen.«

»Er kann es doch einfach ablehnen.«

»Habe ich auch gesagt, aber das will er auch wieder nicht. Er meint, wenn alle anderen ihre Rede halten, nur er nicht, dann würde er sich erst recht blamieren.«

Da mischt sich der Däne ein: »Einem Mädchen den Hof machen kann ich auch. Und mein Vater, der auch ein Held war, fürchtet sich ebenfalls vor dem Reden. Na ja, ein Boxer und ein Bulle, kein großer Unterschied.«

DER VIERTE ABEND – DAS KUPFERBERGWERK IN BOR

Hugo Braun-Barna ist ein kurzsichtiger, magerer Greis, dessen kleiner Wuchs besonders neben seiner stattlichen, mindestens zwanzig Jahre jüngeren Frau auffällt, einer schönen, schlanken alten Dame. Mühevoll rückt er sich das Mikrofon zurecht, Patrick bemerkt das Problem, eilt mit einem harten Kissen, das er von einem Sessel genommen hat, herbei, Hugo begreift, steht auf und nimmt jetzt auf erhöhtem Sitz Platz. Seine Stimme überrascht, es ist ein starker Bariton, aus so einem Körper hätte man eher ein Piepsen erwartet. Er spricht ein gutes, fehlerloses Deutsch, bringt die Geschlechter nicht durcheinander, wie es so viele Ungarn tun, deren Sprache die Charakteristik der Hauptworte nicht kennt, aber den unfehlbar erkennbaren, typischen ungarischen Akzent kann er nicht verbergen.

»Ich finde, es ist eine schöne Fügung, liebe Freunde, dass wir unsere Abende auf diese Weise miteinander verbringen. Das haben wir diesem Virus zu verdanken. Lieber Patrick, unsere Gespräche werden aufgenommen, das ist in Ordnung, aber ich bitte Sie, lassen Sie auch unserem Kameraden Franco, der jetzt nicht unter uns sein kann, eine Kopie zukommen. Hoffentlich kann er sie nachhören, sodass er irgendwie mit dabei ist, und falls er rasch genug gesundet und zu uns zurückkehrt, auch seinen Beitrag leisten kann.

Ich fand es gut, dass bisher keiner auf das aktuelle Geschehen rund um das Virus eingegangen ist. Bleiben wir dabei. Ich will es einfach negieren. Hoffentlich gilt das wechselseitig.

Ich kann es nicht mit der Redegewandtheit Saschas oder der Erzählkunst Philippes aufnehmen, ich bin nur ein in jeder Hinsicht kleiner, nicht nur, was die Körpergröße angeht, kleiner Reporter. Das wird, fürchte ich, unübersehbar sein für euch, wenn ich meinen Beitrag heute leiste. Mir ist es nicht gegeben, etwas zu erfinden. Wir Journalisten dürfen das ja gar nicht. Oder sollte ich besser sagen, dürften wir nicht? Ich werde erzählen, was ich recherchiert habe, danach was ich erlebt habe und wie ich dank meines kleinen Wuchses und einer schweren Krankheit vor fünfundsiebzig Jahren überlebt habe. Ja, dank ihnen, nicht trotz ihnen.«

Barna blickt ab und zu auf ein Notizbuch, das er auf den Tisch gelegt hat, liest manchmal ganze Sätze vor.

»Der Kommandant des Konzentrationslagers Auschwitz, Rudolf Höß, schrieb im Juni 1944 einen Brief an die Feldpostnummer seines alten Freundes und Sinnesgenossen, Obersturmbannführer Adolf Eichmann. Er beklagte sich bitter darüber, dass er mit der großen Zahl von Juden, die jetzt aus Ungarn ankämen, einfach nicht fertigwerde. So gehe das nicht weiter. Die Kapazitäten der Gaskammern und erst recht die Beiseiteschaffung der Leichen würden zu einem unlösbaren Problem … Im Zeitraum zwischen Mitte Mai und Anfang Juli waren nämlich aus Ungarn über vierhundertdreißigtausend Juden Richtung Auschwitz abtransportiert worden. Unter Reichsverweser Horthy, bis vor Kurzem ein treuer Weggefährte Hitlers, wurden Juden bis dahin im Vergleich zum Reich relativ milde behandelt. Ich komme noch darauf zurück. Als man in Berlin erfuhr, dass der Admiral ohne Meer, wie man Miklós Horthy auch gerne nannte, mit dem Absprung aus der Kriegsmaschinerie liebäugelte, marschierten am 19. März 1944 acht deutsche Divisionen in Ungarn ein, besetzten das Land und setzten eine Regierung unter Döme Sztójay ein. Die tatsächliche Macht übernahm Edmund Veesenmayer, der den Titel eines Bevollmächtigten des Großdeutschen Reiches trug. Horthy wurde nicht formal abgesetzt, aber er hatte nichts mehr zu sagen. Jetzt sollte endlich auch Ungarn seinen Beitrag zur Endlösung der Judenfrage leisten.

Ein paar Worte nur über die Persönlichkeit dieses Sztójay, weil er beispielhaft für diese Art von Menschen ist. Er war Serbe, wurde in Werschetz, dem heute in Serbien liegenden Vršac, als Dimitrije Stojaković geboren. Sein Vater schickte ihn auf die Militärschule. In Weltkrieg Nummer eins diente er im österreichisch-ungarischen Nachrichtenbüro. Ein Kollege von dir, Igor. Wusstest du etwas von ihm? Na siehst du, ihr wisst auch nicht alles. Es kommt aber noch schöner. Nach dem unrühmlichen Ende des Habsburgerreichs und in der kurzen Phase der Räterepublik erfüllte er dieselbe Spionagefunktion in der ungarischen Roten Armee. Als ob das selbstverständlich wäre, wurde er dann auch von Horthys Regime übernommen. Die Regime mochten wechseln, er blieb stets Spionagechef, als ob das ein Handwerk wie jedes andere wäre. Seinen Namen magyarisierte er erst 1925, als er zum Generalmajor befördert und Militärattaché in Berlin wurde, später wurde er ungarischer Botschafter in Deutschland. Auch dein Kollege, also, Philippe. Was aus ihm wurde, werdet ihr fragen. 1946 wurde er in Ungarn als Kriegsverbrecher verurteilt und hingerichtet.

Dazu ganz kurz über den Antisemitismus in Ungarn und seine historischen Wurzeln. Im Laufe des 19. Jahrhunderts gründeten anders als in Deutschland das ungarische Großbürgertum und der einflussreiche Adel keine Banken, keine Industrieanlagen. Dafür waren sie sich zu fein. Also machten das Juden. Zur Zeit der Jahrhundertwende war nicht nur die Presse in Ungarn überwiegend, sondern auch die meisten

Banken und Fabriken in jüdischem Besitz. Und viele reiche Juden brüsteten sich noch damit. Wenn die Kinder dieser reichen Leute sich, wie überall in der Welt, gegen ihre Eltern auflehnten, wurden sie Kommunisten. Das mag eine etwas vereinfachte Darstellung sein, was ich damit aber sagen will: Vielen ungarischen Kleinbürgern und Bauern waren die Juden doppelt verhasst, sowohl als Personifizierung von Finanz und Industrie als auch des sowjetischen Systems.

Zurück zu Horthy, bevor ihn die Deutschen entmachteten. Als die jungen Ungarn mobilisiert und in den Krieg geschickt wurden, musste er eine Lösung für die in Ungarn lebenden Juden und Serben im militärpflichtigen Alter finden, die er nicht einziehen und bewaffnen, aber ebenso wenig frei herumlaufen lassen wollte. Also wurden sie zu Arbeitseinheiten einberufen, auf Ungarisch Munkaszolgálat. Die wurden als militärische Einheiten geführt und von Unteroffizieren und Offizieren der Armee, der Honvéd, befehligt. Und das traf gegen Ende des Weltkriegs, 1943, auch mich. Ja ja, so alt bin ich. Leider Gottes.

Anfangs ging es gar nicht so sehr um die tatsächliche Arbeitsleistung der Arbeitsverpflichteten, sondern mehr darum, sie demonstrativ an den Pranger zu stellen. Doch mit dem Fortschreiten des Krieges änderte sich das, bald forderten die kämpfenden Truppen ihre Hilfe für Grabenarbeiten und die lebensgefährliche Beseitigung von Minen an. Das Deutsche Reich forderte von Horthy die Bereitstellung von sechstausend Zwangsarbeitern, die in den Kupferbergwerken in Bor, in Serbien, arbeiten sollten. Meist waren es Juden, aber auch Zeugen Jehovas. Ausgerechnet in diesem Moment wurde ich mobilisiert und dort hingeschickt.

In der Nähe von Bor wuschen Leute schon im 19. Jahrhundert Gold aus dem Fluss Pek, 1904 übernahm eine französische

Gesellschaft, die ›Compagnie française des mines de Bor‹, die Förderung von Kupfer, Silber und Gold, eine überaus profitable Unternehmung. Als 1919 das Königreich der Serben, Kroaten und Slowenen, SHS, das spätere Jugoslawien, entstanden war, deckte sich König Alexander Karađjorđjević persönlich mit Aktien der Gesellschaft ein.

Die Arbeit war furchtbar, aber ich will nicht an einem Wettbewerb des Wehklagens teilnehmen. Mein Leben rettete, wie gesagt, eine schwere Krankheit. Im Herbst 1944 rückten Partisanentruppen immer näher. Zuerst dachten wir, das seien bloß Latrinengerüchte, aber es stimmte. Die Arbeitsverpflichteten wurden von der Mine abgezogen und auf einen Marsch Richtung Norden geschickt. Wie ich später erfuhr, wurde es ein Todesmarsch. Für uns Ungarn, und nicht nur für uns, ist er besonders tragisch, weil kurz vor der österreichischen Grenze, beim ungarischen Dorf Abda, die letzten zweiundzwanzig Überlebenden des Marsches erschossen wurden, unter ihnen der große Dichter Miklós Radnóti.

Weil ich krank, moribund und damit nicht mehr arbeitsfähig und ausbeutbar war, wurde ich mit zweihundert anderen Leidensgenossen in Bor zurückgelassen. Welche Parallele zu Langenstein, nicht wahr?

Zufällig unterhielten sich an meiner Pritsche zwei französische Ärzte, die auch in Bor geblieben waren, um dort die Befreiung abzuwarten. Ja, es gab da auch Franzosen, sie waren keine Zwangsarbeiter, sondern Experten, die Pétain geschickt hatte, man wollte damit irgendwie daran erinnern, dass es französische Interessen in Bor gab. Die Ärzte unterhielten sich auf Französisch und stellten fest, es sei überflüssig und sinnlos, noch etwas für uns zu tun, man könne uns einfach nur in Ruhe sterben lassen. Ich konnte gut Französisch und verstand das Gespräch daher. So flehte ich sie an, mir das Leben zu retten. Wahrscheinlich habe ich auch geweint. Aber sicher habe ich das. Warum soll ich mich heute deswegen schämen. Klein gewachsen, wie ich war, abgemagert, wirkte ich fast wie ein Kind. Die beiden Ärzte bemühten sich tatsächlich um mich, sie bemühten sich ehrlich und mit allen verfügbaren Mitteln. Und, wie ihr seht, Kameraden, sie hatten Erfolg. Hier bin ich, um zu berichten.

Den Ort, wo der Radnóti erschossen worden ist, habe ich besucht. Im Lager in Bor habe ich nicht viele Worte mit ihm gewechselt. Ein Dichter, na und? Wir waren alle gleich. Es sollte sich jedoch herausstellen, dass er einer der drei größten ungarischen Dichter aller Zeiten war. Drei Generationen, Petőfy, Ady und Radnóti. Ich glaube, er ist überhaupt der größte Dichter, der als Häftling eines deutschen KZ ermordet worden ist. Außerhalb Ungarns weiß man das nicht. Ein Fehler. Aus meiner Sicht eine Sünde.

Dort, am Rande der alten Straße, die zur Grenze führt, hat man ihn auf einem Hügel erschossen. Eine Statue, die zu seiner Erinnerung dort aufgestellt wurde, wurde 2011 geschändet. Warum, das weiß ich nicht.

So. Zu einer guten Reportage gehört ein bombastischer Endsatz. Den habe ich nicht gefunden. Über Dinge, die einen sehr berühren, kann man entweder hervorragend oder überhaupt nichts schreiben. Nichts sagen. Was ich zu sagen habe, habe ich gesagt. Danke …«

Barna bricht in Tränen aus, er kann nicht weitersprechen, verlässt schnell das Podium. Seine Frau nimmt ihn in die Arme. Erst nach einer ziemlich langen Pause bricht der Applaus los. Marko ist auch verwirrt. Endlich rafft er sich auf, die Sitzung zu beenden: »Ich danke dir, Hugo. Du hast uns alle gerührt. Trotzdem muss ich an den nächsten Tagesordnungspunkt denken. Wie es schon zur Tradition zu werden scheint, wollen wir den Redner für morgen bestimmen …«

Unerwartet meldete sich aus der hinteren Sitzreihe Bent, der Skipper: »Mein Großvater Nils will es machen!«

Frau Doktor Meier hebt die Hand, um etwas Wichtiges mitzuteilen. Man hat sich an sie gewöhnt. Sie ist Teil dieses seltsamen Kollektivs geworden, sie ahnt das und freut sich.

»Ich darf Ihnen mitteilen, dass in der Suite Nummer hundert eine Ambulanz eingerichtet worden ist, sie verfügt über alle notwendigen Untersuchungsgeräte. Es ist nämlich erforderlich, Sie alle noch einmal sehr gründlich durchzuchecken, meine Herren, und natürlich auch die Damen. Obwohl Sie hinsichtlich des Virus SARS-CoV-2 alle negativ getestet wurden, muss man doch auch untersuchen, in welchem Zustand sich Ihre Organe befinden, vor allem die Lungen. Die Tatsache, dass so eine relativ große Gruppe trotz eines Betroffenen gesund geblieben ist, kann zu medizinischen Schlüssen führen, die für die Behandlung des Virus überall auf der Welt sehr nützlich sein könnten. Wir stehen diesbezüglich auch im ständigen Austausch mit Universitätskliniken in ganz Deutschland. Wir werden Sie also in den nächsten Tagen einzeln bitten, zu diesem guten Zweck die Ambulanz aufzusuchen. Bitte nehmen Sie sich die Zeit dafür, das kann vielen Menschen auf der Welt helfen. Außerdem können Sie sich natürlich bei Beschwerden, und seien sie noch so gering, komplett untersuchen lassen. Sie können sich über meine Nummer anmelden, aber auch direkt hinkommen. Danke, danke für Ihre Aufmerksamkeit.«

Nun bilden sich wieder kleine Gesprächsrunden. Pharoux, Sascha, Barna und Weisz sitzen gerne zusammen, Igor gesellt sich kurz zu ihnen, springt dann jedoch schnell wieder auf, um zu einer anderen Gruppe zu gehen.

Abgesondert sitzen die Jüngeren zusammen, die nicht selber in Lagern gewesen, aber ein Leben lang von ihren Vätern und Großvätern mit Lagergeschichten traktiert worden sind, oft »die zweite Generation« genannt. Sie einigen sich rasch, dass sie nichts mit der psychologischen Theorie anfangen können, sie seien auch als Nachgeborene gefährdet, an einem Konzentrationslagersyndrom zu leiden. Natürlich ist ihr Weltbild, wie bei allen Kindern dieser Welt, von jenem der Eltern geprägt, entweder indem sie es unbewusst übernommen haben, oder umgekehrt, indem sie aus Prinzip alles, was von der vorherigen Generation kam, ablehnen.

Marko bringt es auf den Punkt: »Weil mein Vater normal geblieben ist, bin ich normal geblieben. Aber ganz etwas anderes: Wisst ihr, weshalb diese Suite einhundert berühmt ist? Die wurde speziell für Hitler gebaut.«

»Und genau dort werden wir also auf Leib und Nieren untersucht. Wohl in seinem Geiste!« Das war der russische Oberst.

»Tja«, sagt der junge Weisz nach einer kurzen Pause. »Bei mir ist das mit der Normalität nicht so einfach …«

»Wie heißt du jetzt eigentlich?« Galilahi ist augenscheinlich die Neugierigste in der Runde. »Peter oder Perun? Und was ist Perun überhaupt für ein Name?«

»In der slawischen Mythologie ist Perun der zweitwichtigste Gott. Mein Vater, der mich ziemlich spät bekommen hat, da war er schon fünfzig, wollte keinen Namen aus der jüdischen und christlichen Überlieferung, also hat er sich im alten slawischen Fundus bedient. Das hat aber in der Praxis nichts genützt, den schon in der Schule hat man angefangen, mich einfach Peter zu nennen …«

»Du bist tatsächlich schon Universitätsprofessor?«

»Ja. Aber ich plädiere auf unschuldig. Bei so einem Vater ging es einfach nicht anders …«

Alle außer Jung gönnen sich einen Nachttrunk. Wieder einen Quarantänetag ohne viel Langweile überstanden – aber wie viele würde man noch aushalten müssen?

Worüber denkt eigentlich mein eigener Sohn nach, was hält er von sich, von mir nach so einer Veranstaltung, fragt sich Sascha spät am Abend in seinem Hotelzimmer. Oder wie ist das für jemanden wie Mila, die unparteiisch ist. Unparteiisch? Was mir für Begriffe einfallen. Die Sprache ist verräterisch, verrät mehr, als man zu sagen beabsichtigt, sogar im Selbstgespräch. Oder erst recht im Selbstgespräch. Schlag nach bei Freud! Sind denn wir, die etwas mit dem Holocaust zu tun haben, oder unsere Nachkommen, eine Partei? Und die anderen hier eine andere? Im politischen Sinn natürlich nicht. Und gehört so jemand wie Gerda, die Ärztin, zu einer besonderen Sektion unserer Partei, weil sie über ihren Urgroßvater so eng mit dem Massenmord und dem Schrecken verbunden ist? Unparteiisch ist sie ja bestimmt nicht. Und für wie viele Generationen gilt die automatische Zugehörigkeit zu unserer Partei? Und wenn man gar nicht weiß, dass man von in Auschwitz Ermordeten abstammt? Zum Beispiel wenn man als Baby von Adoptiveltern aufgezogen wurde, die sich nicht als solche zu erkennen geben und nie erzählt haben, wer die leiblichen Eltern waren? So etwas kann man sich ja vorstellen. Zumindest für einen Roman, in dem erst am Ende die Wahrheit ans Licht kommt. Wo gehört so jemand hin? Dorthin, wohin ihn sein Wissen platziert. Oder geben wir unsere mit Mühe überwundene Todesangst genetisch weiter? Und wenn, dann wie lange, auf wie viele Generationen?

Wenn ich all die Begleiterinnen und Begleiter, die hierher mitgekommen sind, beobachte. Philippe zum Beispiel und seine Frau. Sie berühren sich nie, streicheln einander nicht die Hände, das Haar, vielleicht vertragen sich öffentliche Liebkosungen nicht mit ihrer Erziehung. Aber sie schauen einander mit einer unsäglichen Hingabe an, mit einer Zärtlichkeit, die mehr sagt als jede Umarmung. Und die Jungen? Die Gespräche zwischen dem Griechen und der Amerikanerin sind ein Spiel. In Manolis' Benehmen ist dabei nichts Bedrängendes, Übergriffiges, das nicht, aber schon eine gewisse Leidenschaft, kein offenes Feuer, aber immerhin Glut, es ist mehr als ein Zeitvetreib, ein Vertreiben dieser langweilig werdenden Zeit. Und die beiden Spanier? Die stehen und gehen oft Hand in Hand, sie verbergen nichts. Die lieben. Das imponiert mir.

Eigentlich ist Sascha ungern wieder mit sich allein, hier in seinem Zimmer, aber er ist ohnehin müde. Also gönnt er sich ein Glas kaltes Mineralwasser und die Schlaftablette. Sie wird erst in einer halben Stunde wirken, die muss er überstehen. Nein, nicht stehend wird er sie überwinden, sondern natürlich im Bett, im Pyjama. Aber diese halbe Stunde überliegen kann man nicht sagen. Nicht einmal im Selbstgespräch denken, das heißt, natürlich könnte man es, habe ich ja gerade getan, denkt Sascha, nur hat es so keinen Sinn. Ist es schlimm, dass ich die Sprache so analysiere? Adler hat viel über Sprachen gewusst, geforscht …

Der Beipackzettel des Schlafmittels rät besonders älteren Patienten, nach der Einnahme nicht mehr aufzustehen, es bestehe erhöhte Sturzgefahr. Zu Hause findet er den Weg zum Klo, zu dem ihn seine Prostata mehrmals in der Nacht zwingt, automatisch, da kann nicht viel geschehen, aber hier? Sascha hat das Licht im Badezimmer sicherheitshalber aufgedreht gelassen, doch das stört ihn nun doch beim Einschlafen, also steht er auf und löscht es wieder.

Ich habe über römische Kaiser geschrieben. Das waren genauso Menschen wie wir hier. Falsch, nicht wie wir, eher wie

Stalin. Oder Hitler? Aber auch Tito, seien wir ehrlich, wenn wir nur allein so nachdenken. Die Menschen damals, alle … Seit es den Homo sapiens gibt …

Wird man, wenn die Hundertjahrfeier der Befreiung von Buchenwald und Dora vorüber ist, ernsthaft darüber streiten, wie das so war mit diesen Todeslagern? Der Streit hat ja längst begonnen, nur bisher noch nicht unter seriösen Menschen, denn da stehen wir im Weg, die Zeitzeugen – nun, Zeugen der Zeit, Zeugen der Anklage gegen die Zeit – aber auch Menschen wie die Frau Doktor Gerda Meier, die so sehr leidet, weil ihr Urgroßvater ein Mörder gewesen ist.

Im Nebenzimmer schläft mein Sohn. Nicht allein im Zimmer. Er schläft jedoch immer gut. Das konnte ich unmittelbar nach der Befreiung auch, auf jeder beliebigen Liegestätte, ohne darüber nachzudenken, wo das nächste Klo ist.

Darüber schläft Sascha schließlich doch ein.

DER FÜNFTE ABEND – EIN STANDHAFTER POLIZIST

Nils Jensen scheint einigen der Anwesenden Igor ziemlich ähnlich, seine Haltung ist sehr aufrecht, sportlich, aber sein Gang ist doch der eines alten, müden Mannes. Wenn er steht oder sitzt, könnte man ihn für viel jünger halten, als er ist. Sein penibel kurz geschnittenes Haar ist von einem gelblichen Weiß, wie es bei sehr blonden Menschen manchmal im Alter der Fall ist, und es ist noch dicht genug, um es ordentlich zurückzukämmen. Anders als der längliche, schmale Kopf des Russen ist seiner rund und gibt ihm mit den dicken Backen etwas Liebenswürdiges. Die Augen sind hellblau, sein Blick leicht zu ertragen. Die Stirn ist schmal. Ein Mensch, der auf jeden angenehm wirkt. Das soll ein gestrenger Ordnungshüter gewesen sein?

»Liebe Freunde. Ich glaube nicht, dass ich mich im Leben bisher feige benommen habe, aber vor euch habe ich Angst. Ich war als junger Polizeibeamter gewöhnt, kurze Anweisungen zu geben. Wir in Dänemark hatten die Weisung, immer freundlich, aber energisch aufzutreten. Das zu kombinieren ist nicht einfach, aber man kann es lernen. Später, im höheren Dienst, bin ich nicht hoch genug gestiegen, um häufig Reden halten zu müssen. Oder ich habe deshalb keine Karriere gemacht, weil ich kein großes Blabla kann. Nachdem ich Philippe, Igor und Sascha gehört habe, einen Botschafter, einen Oberst des Geheimdienstes und einen Dichter, hatte ich erst recht Angst …«

»Der GRU ist einfach eine Polizeiabteilung, Kollege!«, korrigiert ihn Igor. »Glaubst du, dass euer PET etwas anderes ist?«

Nils geht auf die Bemerkung nicht ein, lässt sich nicht aus der Bahn werfen.

»Mein Sohn hat mich daran erinnert, dass ich ihm zum Einschlafen immer Märchen erzählt habe, weil seine Mutter früh gestorben ist. Viel zu früh. Und dass ich gut erzählt habe. Das ist ihm aber vielleicht bloß so vorgekommen, so allein, wie wir beide waren, er hatte ja auch keinen Vergleich. Gestern Abend setzte sich Galilahi zu uns und wollte mehr über unsere Gruppe dänischer Polizisten wissen. Ihr Opa hatte ihr von uns erzählt und uns standhaft genannt. Standhaft? Waren wir das? Waren wir wie der Zinnsoldat in Andersens Märchen? So gehorsam? So treu? So beharrlich? So dumm? Nicht aus Fleisch und Blut, sondern eben aus Zinn, einem Leitmetall mit sehr niedrigem Schmelzpunkt. Aber der Zinnsoldat meines Landsmanns Andersen, der hat doch ein sehr großes Herz gehabt, oder?«

»Ja!«, ruft Sascha aus der ersten Reihe. Nicht aus Ungeduld wie der Russe, es ist mehr die Idee, dass Zwischenrufe Leben in diese Abende bringen könnten. »Und der Andersen hieß mit Vornamen auch Hans, wie die beiden Günther, und weil er seinen Doppelvornamen nicht mochte, nannte er sich H. C. Andersen, so wie sich Adler H. G. Adler nannte.«

Marko bemerkt, dass es dem Dänen schwerfallen könnte, mit Unterbrechungen umzugehen, deshalb mahnt er: »Bitte, lasst den Mann reden, diskutieren können wir später.«

»Ja, der Andersen, den haben wir wohl alle gelesen. Ich konnte mir die Märchen ja nicht aus den Fingern saugen. Also habe ich sie wieder gelesen und umgemodelt. Ich hatte, zum Beispiel, einen Kollegen, der war etwas älter als ich, ich war ja noch schrecklich jung. Ein guter Beamter und ein braver Polizist. Ich solle mir an ihm ein Beispiel nehmen, sagte unser Offizier. Der gute Mann regelte den Verkehr, manchmal hatte er am Abend Dienst, dann ging es darum, zu laute Nachbarn um Ruhe zu bitten, Raufereien in Wirtshäusern zu beschwichtigen, auch mal einem besoffenen Bürger die Handschellen anzulegen, das tat er nicht gern, aber auch in einem demokratischen Land muss Ordnung herrschen. Dann hat er sich verliebt. Er hat sich schrecklich verliebt. Er hatte ein Leiden am linken Bein. Wenn er lange unterwegs war, wenn er länger stehen musste, schmerzte das Bein, dann hinkte er ein wenig. Das Mädchen, in das er sich verliebt hat, wollte zum Königlich Dänischen Ballett, sie besuchte eine Ballettschule und trainierte fleißig. Sie war begabt, sogar außerordentlich begabt, deshalb wurde ihr gestattet, auch allein in dem Ballettsaal weiterzutrainieren, wenn alle anderen schon gegangen waren. Die Ballettschule befand sich in der ersten Etage eines alten Hauses, mit großen Fenstern zur Straße, und wenn mein Freund und Kollege Nachtschicht hatte, blieb er oft vor diesem Haus stehen und beobachtete die Angebetete, wie sie ihre Beine schwang. Er dachte, dass sie gut zusammenpassen würden, er mit dem kranken Bein und sie mit den makellosen, agilen Beinen. In der Polizeistation wunderte man sich ein wenig, weil er sich geradezu um die Nachtdienste riss, denn eigentlich galten diese Dienste in unserer ruhigen Stadt als ziemlich langweilig. Man dachte, es gehe ihm um den Lohnzuschlag, den man für die Nachtschichten erhielt, vielleicht sparte er ja das Geld für eine Hochzeit, jeder wusste, dass er verliebt war. Aber keiner wusste, in wen er verliebt war. Dass es eine um so viel jüngere Frau aus wohlhabender Familie war, und dazu noch eine Ballerina. Eigentlich undenkbar.

So habe ich mir das Märchen vom standhaften Zinnsoldaten damals zurechtgelegt. Das waren die schönsten Jahre meines Lebens, als Bent noch so klein war. Obwohl er seine Mutter und ich meine Frau verloren hatte. Unsere junge Freundin aus Amerika hat mich jetzt hier daran erinnert, als sie uns dänische Polizisten standhaft nannte. Wie den Zinnsoldaten.

Jeden Abend setzte ich mit meinem Erzählen fort. Mein Sohn schlief immer schnell ein, also währte die Geschichte ziemlich lang. Wenn er eingeschlafen war, holte ich mir ein Bier aus dem Kühlschrank. Und ein zweites. Ich überlegte schon, welches Märchen ich als Nächstes zurechtbiegen sollte, deshalb wollte ich diese Geschichte zu Ende bringen. Vielleicht erinnern sich einige von euch daran, wie es im Original weitergeht. In meiner Geschichte hielt sich eines Abends unser Polizist etwas länger in der Polizeistation auf, er hatte so einen elenden Papierkram zu erledigen, es ging um Einbruch in ein Haus, das zuvor von einer Rattenplage befreit worden war. Als er verspätet in die Straße kam, wo das Haus mit der Ballettschule stand, sah er, dass es lichterloh brannte. Ein Kollege war schon da, tat aber nichts, starrte nur das Feuer an und berichtete: ›Ich habe schon die Feuerwehr alarmiert, die wird jeden Augenblick da sein. Zum Glück ist das Haus leer, die oberen Stockwerke sind unbewohnt und die Ballettschule ist längst zu, dort ist am Abend niemand.‹

Unser Polizist wusste, dass das falsch war, er rannte, so schnell er konnte, ins Feuer, in den Rauch, und erreichte hustend mit Mühe den ersten Stock. Dort fand er tatsächlich die kleine Ballerina in einer Ecke zitternd vor Todesangst. Er hob sie hoch, schmiegte sie dabei an sich, sie hielt sich an ihm fest, umschlang seine Schultern. Er kämpfte sich hinkend durch den Rauch und die Glut Richtung Treppenhaus, aber in dem Moment brach alles über ihm zusammen und brennende Balken erschlugen die beiden.

Der Polizist erhielt ein Staatsbegräbnis, die vierundzwanzig Kollegen seiner Einheit gaben einen Ehrensalut ab. Zwei

Stunden später fand an einer anderen Ecke des Friedhofs das Begräbnis der kleinen Tänzerin statt, zu dem war die halbe Stadt gekommen.

Als ich die Geschichte fertig erzählt hatte, schlief Bent weinend ein. Als ich am nächsten Abend mit einem neuen Märchen beginnen wollte, einem mit einem schönen Ende, von dem hässlichen Entlein, das zum wunderschönen Schwan wird, wieder in die Gegenwart versetzt und mit Menschen, konnte ich gar nicht anfangen, weil Bent schluchzte und schluchzte. Also verstand ich, dass ich für die Geschichte mit dem Polizisten und der Balletttänzerin ein anderes Ende erfinden musste. Ich erzählte, die beiden seien in ein Krankenhaus gebracht worden und trotz der schweren Verbrennungen gerettet worden. Und weil der Polizist ja der Lebensretter des Mädchens war, erlaubte ihr Vater, dass sie heirateten, trotz ihrer Jugend und obwohl sie aus einer sehr reichen Familie stammte, er jedoch nur ein einfacher Polizist war.

Sollte ich nicht noch berichten, wie es uns als dänische Polizisten in deutschen Konzentrationslagern ergangen ist? Na ja … Das ist kein Märchen von Andersen. Ich habe mich nach dem Krieg nicht mit Nachforschungen beschäftigt, weil ich nicht glücklich über mein eigenes Verhalten war. Etwa fünftausend von uns haben sich dem Widerstand angeschlossen. Deshalb haben die Deutschen im Herbst des Jahres 1944 die übrigen verhaftet. So auch mich. War ich standhaft? Wenn standhaft beharrlich, auch in Disziplin und Gehorsam beharrlich bedeutet, war ich standhaft. Heute glaube ich, ich war zu feige nachzudenken und mir eigene Gedanken zu machen. Ich habe ja nichts gegen die Deutschen unternommen, sondern mich im Gegenteil einfach darauf verlassen, dass meine Vorgesetzten besser als ich wissen, was zu tun ist. Die kamen in Ehrenschutzhaft, ich mit anderen, nahezu zweitausend, nach

Neuengamme und Buchenwald ins Kleine Lager. Später hörte ich, wir hätten auf andere Häftlinge stramm, mutig gewirkt, weil wir sauber waren, aber wir waren einfach jung, gesund und die Disziplin gewöhnt. Später wurden wir in Kriegsgefangenenlager überstellt und nach internationalem Recht behandelt. Trotzdem sind einige von uns ums Leben gekommen.

Wir hätten uns wehren sollen. Einzelpersonen konnten sich natürlich nicht wehren, versteht mich nicht falsch, ich mache niemandem einen Vorwurf, der keinen Widerstand geleistet hat, aber wir waren nicht allein und wir waren bewaffnet. Wir hätten die Waffen nicht abgeben sollen. Ich habe kein Recht, über andere zu sprechen. Ich hätte mich wehren sollen, versuchen, zum Widerstand zu stoßen, und wenn mir das nicht gelungen wäre, dann meine Haut so teuer wie möglich verkaufen. Vor den meisten von euch muss ich mich schämen, deshalb wollte ich eigentlich zuerst lieber nicht reden. Aber jetzt habe ich mich gerade deshalb doch aufgerafft, wenigstens ein Märchen zu erzählen. Ein Märchen von einem Polizisten, der sehr tapfer war und für seine Liebe gestorben ist. Aber das ist ein Märchen. Kein Märchen, sondern ein tatsächlicher Trost ist, dass sich siebentausendsiebenhundertzweiundvierzig dänische Juden übers Meer nach Schweden retten konnten, weil die Polizei und die Küstenwache weggeschaut haben. Ich war nicht dabei. Es war eine einzigartige Aktion in Europa, nirgendwo sonst sind so viele Juden gerettet worden …«

»Das stimmt so nicht!« Wieder ist es Sascha, der sich nicht zurückhalten kann. »Ein Land hat noch viel mehr für die Juden getan als Dänemark: Albanien. Trotz zuerst italienischer, später deutscher Besatzung hat es die albanische Quislingregierung unter Frashëri verweigert, Juden auszuliefern. Er hat so nicht nur eigene Staatsbürger geschützt, sondern auch Juden aus Jugoslawien, Österreich und Deutschland, die in Albanien Zuflucht gesucht hatten. Albanien war das einzige europäische Land, in dem nach dem Krieg mehr Juden lebten als vor dem Krieg.«

»Stimmt!«, ruft Leo Gutmann. »Israel ist Albanien für immer dankbar. Ich habe in Yad Vashem eine Ausstellung unter dem Titel ›Besa‹ zu dem Thema gesehen, die das sehr gut dokumentiert hat.«

»Was ist Besa?«, fragt eine Mädchenstimme.

»Ja, und was dieses Yad Vashem?«, eine andere.

Marko begreift, dass es höchste Zeit wird einzugreifen. »Lasst mich, bitte, ganz kurz antworten. Besa ist ein Begriff der Albaner, ein Eid, der unter dem Einsatz des eigenen Lebens gehalten werden muss. Und eingehalten wird. In diesem Falle galt er für das Versprechen, die Gastfreundschaft hochzuhalten. Ein Gast durfte weder aus dem Haus geworfen noch ausgeliefert werden. Das galt zur Zeit der Türkenherrschaft, wenn zum Beispiel kleinere albanische Gemeinden im Kosovo orthodoxen Klöstern Schutz gegen die Ottomanen versprachen, und es galt in den vierziger Jahren für Flüchtlinge. Yad Vashem ist die weltweit größte Gedenkstätte für den Holocaust, sie befindet sich in Jerusalem. Ich glaube, die kleine Diskussion, die spontan entstanden ist, zeigt, wie wertvoll der Beitrag unseres Freundes Jensen war, er hat für uns ein berühmtes, schönes Märchen seines Landsmanns Andersen modernisiert und damit unser Gespräch inspiriert. Wir sollten uns bei ihm bedanken.«

Nach dem verspäteten Applaus, den der alte Polizist verlegen entgegennimmt, setzt Marko fort. »Bitte, wer ist für morgen Abend bereit?«

Nach einer längeren Pause meldet sich eine Stimme, die man bisher kaum gehört hat, der spanische Literat Rosales. »Ich bin bereit, Kameraden!«

Als sich die Runde aufgelöst hat und es sich die meisten in den Salons bequem gemacht haben, stehen Sascha, Marko und Mila, die immer so still ist, aber interessiert zuhört, noch mit Rosales zusammen. Auch Igor stößt zu ihnen.

Der junge Begleiter und Freund des alten Spaniers, Raphael, fragt den Älteren erstaunt: »Wieso hast du dich plötzlich gemeldet?«

»Ich will einfach die Aufgabe loswerden. Und es ist mir etwas eingefallen. Es hat nichts mit der Quarantäne zu tun, zumindest nicht direkt, aber da gerade von Albanien die Rede war … es steht indirekt damit in Verbindung. Es geht um Ovid!«

»Wie um Himmels willen bringst du den mit Albanern in Zusammenhang?«

»Das werdet ihr schon noch hören. Wo war der Dichter denn verbannt?«

Allgemeines Achselzucken. Dann kommen vorsichtige Mutmaßungen aus der Runde.

»Irgendwo weit weg von Rom …«

»In Afrika?«

Raphael lacht. Er kennt Rodrigos Passion für die alte römische Literatur. Raphael ist ein ausgesprochen schöner, groß gewachsener Mann mit pechschwarzem Haar, elegant gekleidet, seine Rollkragenpullover in dezenten Farben stehen ihm gut. Der fast zwergenhafte Rodrigo und er wirken als Paar ein wenig komisch, doch sie trennen sich nie mehr als einige Schritte voneinander. Überdurchschnittlich viele kleiner gewachsene Menschen befinden sich unter uns, den so langlebigen Exhäftlingen, denkt Sascha. Oder es ist viel simpler und liegt daran, dass die Großen in den Lagern mehr auffielen und deshalb häufiger sinnlos ermordet wurden?

DER SECHSTE ABEND – DIE VERBANNUNG DES OVID

Rodrigo Rosales Rosales ist ein unscheinbarer, zurückhaltender Greis. Seltsamerweise ist er zwar überall dabei, man bemerkt ihn jedoch nicht, als hätte er eine Tarnkappe aufgesetzt. Sein Begleiter, der sicher mindestens drei Jahrzehnte jüngere Raphael Diaz, weicht nie von seiner Seite. Nichts an Rodrigo erinnert an das Bild des »stolzen Spaniers«, des Freiheitskämpfers. Dabei gilt er als der jüngste Held des Bürgerkriegs, weil er noch nicht fünfzehnjährig 1937 an dem großen Sieg über die Italiener in der Schlacht von Guadalajara teilgenommen hat. Nach der Niederlage konnte er nach Frankreich flüchten, nach dem Einmarsch der Deutschen schloss er sich der Résistance an, lernte im Kampf Semprún kennen, geriet dann schwer verwundet in Gefangenschaft, wurde gefoltert, blieb aber standhaft und wurde nach Buchenwald überstellt. Der große spanische Dichter Jorge Semprún nahm sich seiner an, von der Schreibstube aus konnte er seine schützende Hand über ihn halten. Dank der Bequemlichkeit der SS war es aus dieser bürokratischen Einrichtung des Konzentrationslagers heraus möglich, manche Schicksale zu beeinflussen.

Nach dem Krieg lebte Rosales in Frankreich als Journalist und Übersetzer aus dem Russischen und Englischen, aber auch aus dem Lateinischen, und veröffentlichte einige gut besprochene, aber wenig verkaufte, schmale Bücher. Als Franco starb, kehrte er nach Spanien zurück, widmete sich weiterhin dem Übersetzen und schrieb an einem Roman, der nie fertig wurde. Er hat nie geheiratet, seine Eltern sind längst nicht mehr am

Leben und Geschwister hat er auch nicht. Er pflegt zu sagen, er sei ein unfreiwilliger Eremit, alles in seinem Leben sei Zufall, auch dass er sich als Straßenjunge der kommunistischen Republikanischen Armee angeschlossen hat und aus Abenteuerlust, ohne jede Vorstellung vom Tod, in den ersten Reihen an Sturmangriffen teilgenommen hat, sogar oft als Erster vorgeprescht ist. Er wollte sich nie als Held verkaufen.

»Kameraden und Genossen. Ich möchte nicht mit den bisherigen Rednern wetteifern. Und ich möchte auch nicht über das Lagerleben sprechen, das haben einige von euch getan und werden sicher auch andere fortsetzen. Am allerwenigsten möchte ich mich damit schmücken, dass ich mit Jorge Semprún befreundet war, besser gesagt, dass er mir die Ehre erwiesen hat, mich als Freund zu behandeln. Falls ich etwas gelernt habe im Leben, so habe ich es ihm zu verdanken und erst recht, dass ich relativ gut durch die Lagerhaft gekommen bin.

Und vielleicht, dass ich viel Lorca gelesen habe. Aber Lorca habe ich nicht kennengelernt. Leider.

Meiner Meinung nach sollten wir nicht ständig über das Lager grübeln und sprechen. Hier schon gar nicht und nicht miteinander. Unsere Erlebnisse sind übrigens nicht typisch. Wir waren damals zu jung, wir, die wir heute alle um die neunzig oder darüber sind, waren als Häftlinge viel zu jung, um zu begreifen, was uns geschah. Jetzt sind wir zu alt mit unseren verschwommenen Erinnerungen. Erst recht darf einer wie ich nicht über den Kampf reden, denn ich bin in ihn hineingeraten. Als Kind sozusagen. Ich war nicht tapfer, sondern unvernünftig. Meiner Meinung nach könnten und sollten über die Konzentrationslager nur die reden, die nicht mehr reden können, weil sie umgebracht worden sind. In ihrem Todesröcheln war der Bericht über Auschwitz, Dachau, Buchenwald, soll ich aufzählen, wo man überall gemordet hat? Leichter wäre zu überlegen wo nicht in Europa. Es ist schwierig, mit Deutschen über dieses Thema zu sprechen. Ich habe öfter erlebt, dass meine deutschen Gesprächspartner und Freunde – ja, warum nicht, Freunde, ich habe deutsche Freunde, auch deutsche Genossen –, dass sie ›damals …‹ sagen. Ich sage nicht, das war damals, ich sage, das war hier. Hier!

Wir befinden uns hier im Hotel in Quarantäne. Unverschuldet kann ich nicht sagen, wir haben ein Risiko auf uns genommen, als wir uns entschlossen haben zu kommen, und das ist jetzt die Konsequenz. Dass wir hier in Quarantäne sitzen. Eine komfortable Quarantäne in einem Viersternehotel. Quarantäne bedeutet, an einem Orte von der Umwelt weggeschlossen zu sein, ich erinnere jedoch daran, dass es auch eine andere Form gibt, zwangsweise, an einem ungastlichen Ort zu leben – in Verbannung zu sein. Wir sind in dieses Hotel verbannt worden. Gestern habe ich nachgeschlagen, was das juristisch bedeutet, und habe folgende Erklärung gefunden: ›Bann bedeutet den Ausschluss eines abweichlerischen Individuums oder einer abweichlerischen Gruppe zum Zweck der Aufrechterhaltung einer als legitim angesehenen Ordnung.‹ Das stimmt doch exakt mit unserer Lage überein. Wir sind Abweichler, weil wir uns eingeladen gefühlt haben, obwohl wir ausgeladen waren, wodurch wir die als legitim geltende Ordnung, die wegen der Seuche eingeführt worden ist, stören. Nichts Neues also.

Ich will unseren Blick auf ein Geschehen nicht vor fünfundsiebzig, sondern vor zweitausend Jahren lenken. Ein Dreivierteljahrhundert ist für die Geschichte wenig relevant, zwanzig Jahrhunderte schon eher. Damals stieg ein gewisser Octavian, nach unseren heutigen Begriffen ein General der Kavallerie, dank unerwarteter Erbschaft zum Machthaber im Römischen Reich auf. Er glaubte, die Wirren einer Art von Bürgerdemokratie überwinden zu müssen. Ihr wisst ja, dieses Recht, das meint, dass der Gott der Macht, Kratos, dem Volke zu dienen habe, hat mit Demos, dem Staatsvolk, beziehungsweise dem Volk in einem Staate, wenig zu tun. Bei unserem Vorbild Athen galt das Recht nur für die Privilegierten, die waren das Volk, nicht die Frauen, nicht die Sklaven, nicht die Bauern …«

In dem kleinen Saal entsteht eine gewisse Unruhe. Allgemeines Getuschel und Geflüster, kaum einer hört noch zu. Rosales bemerkt es endlich und fragt den Moderator, was denn nicht stimme.

»Ich fürchte, du drückst dich etwas zu kompliziert, fast würde ich sagen, ein wenig sprunghaft aus.« Marko hat bereits länger überlegt, ob er eingreifen sollte, aber sein Respekt vor dem Helden des Spanischen Bürgerkriegs hat es ihm unmöglich gemacht, ihn zu unterbrechen. »Ich glaube, manchen von uns fällt es einfach schwer, dir zu folgen.«

Der Spanier nickt, schweigt einen Augenblick und setzt dann langsamer und seine Worte bedächtig wählend fort.

»Also Octavian. Da hatte einer alle Macht in seiner Hand. Die Schmeichler verliehen ihm offiziell den Titel ›Erhabener‹ – Augustus. Er zweifelte nicht daran, dass er das verdiente. Er war der Princeps, der Erste. Der Führer. Er wollte ein tausendjähriges Reich errichten. Na, einige Nummern größer als der Hitler war er natürlich allemal. Allerdings gab es selbst in seiner Umgebung Menschen, die ihn nicht so verehrten, wie er es für angemessen hielt, und die sich nicht an die neue Ordnung gewöhnen wollten. Da war etwa ein Lebemann, einer, der sexuelle Ausschweifungen nicht nur predigte, sondern sogar konkrete Ratschläge dafür gab. Und das in Versform. Man sagte, er sei ein großer Dichter, der größte seiner Zeit. Man vergleicht ihn heute noch mit Horaz und Vergil. Sein Namen war Publius

Ovidius. Octavian sah die Gefahr, dass einer, der als Großer, als sehr Großer gilt, seinen Ruhm missbraucht und das Volk verdirbt, es verweichlicht, indem er ein anderes Vergnügen, einen anderen Zeitvertreib anpreist, als den Kämpfen der Gladiatoren zuzuschauen, sich an das Fließen von Blut zu gewöhnen. Das Reich musste gefestigt werden, das Volk vergrößert, und dafür brauchte es Raum, man brauchte Legionäre und keine verweichlichten Muttersöhne und Tagediebe. Es wäre für Octavian ein Leichtes gewesen, diesen Mann zum Tode verurteilen zu lassen. Oder, besser noch, den Mob aufzuhetzen, ihn totzuschlagen und dann heuchlerisch tiefe Trauer und Bestürzung zu mimen. Octavian wollte jedoch als gnädiger Herrscher in die Geschichte eingehen. Also wählte er die sanfteste Variante und sprach den Bann über Ovid aus. Wohin sollte man ihn schicken? Irgendwohin, wo es nicht so gut war wie in Rom. Weit weg, sodass er nicht heimlich zurückkommen konnte. Und wohin die Verbindungen schlecht waren. Musste wirklich er selbst sich um alles kümmern? Sollten seine Sicherheitsleute doch gefälligst diesen Ort finden, er wollte nichts mehr über den Dichter, sein Geschreibsel und die ganze Angelegenheit hören.

Publius Ovidius wurde also nach Tomoi in Mösien relegiert, das bedeutet, er durfte diesen Ort nicht mehr verlassen, sein Bürgerrecht und sein Vermögen behielt er aber.

Wo, zum Teufel, ist dieses schreckliche Tomoi? Ehrlich gesagt, als ich mich zum ersten Mal mit Ovid beschäftigte, mehr aus Langeweile als aus Wissbegier, nahm ich an, das sei irgendwo am Ende der mir bekannten Welt. Als ich aber die Welt der Antike einigermaßen kennengelernt hatte, stellte ich fest, es ist ja gleich da, sozusagen nebenan, in Rumänien. Schade, dass wir keinen Rumänen hier haben.

Ich will nicht über das Lager sprechen, das habe ich versprochen, aber so viel: Hier sind wir nun, und von hier aus ist

Tomoi nicht sehr weit. Man könnte einiges diesbezüglich in meine Geschichte hineinflechten. Tomoi ist heute eine antike Ausgrabungsstätte bei Constanța am Schwarzen Meer. Konstantin der Große benannte Tomoi zu Ehren seiner Schwester in Constantiana um. Die heutige große Hafenstadt ist per Schiff mit allen an der Donau liegenden Städten verbunden. Im Norden der Stadt liegt Mamaia, einer der schönsten Badestrände und Erholungsorte unseres Kontinents. Heute liegt dieser Ort also keineswegs am Ende der Welt, sondern ist ein freundlicher Teil von ihr, von Europa. Von Frankfurt aus kostet ein Flug nach Constanța etwas über zweihundert Euro, weniger als die meisten von uns für den Flug hierher bezahlt haben.

Natürlich war es zu Ovids Zeiten anders. Der Verbannungsort war am Ende des Imperium Romanum und damit am Ende der Welt. Tomoi war von feindlich gesinnten Völkern bewohnt und umgeben, die von der römischen Garnison kaum in Schach gehalten werden konnten. Schon als Festungskommandant dort hingeschickt zu werden, glich einer Verbannung, erst recht die Verschickung als bestrafter Verbannter. Die Seefahrt von Rom zum Schwarzen Meer, zum Pontus Euxinus, an den vielen Klippen und Piraten vorbei, war keineswegs ungefährlich, ein Abenteuer, dessen Dauer und Ausgang höchst ungewiss waren. Eine Fahrt auf dem Landweg kam für römische Bürger überhaupt nicht infrage, die war lebensgefährlich. Im Jahre acht nach unserer Zeitrechnung kam Ovid in Tomoi an. In seiner Verbannung. Nun sollte er, den das Leben bisher verwöhnt hatte, nach damaligen Vorstellungen weit schlechter leben als wir hier im Elephanten. Würde er jemals wieder freikommen? Ovid gab die Hoffnung nie auf, eines Tages nach Rom zurückkehren zu dürfen, er starb aber nach neun Jahren in seiner Verbannung. Ich hoffe nicht nur, ich bin überzeugt davon, dass wir keine neun Jahre, keine neun Monate und hoffentlich keine neun Wochen die Gastfreundschaft dieses Hotels, in das wir verbannt sind, genießen müssen.

Ovid schrieb in der Verbannung. Keiner von uns ist so begabt, wie er war, also erzählen wir einander Geschichten, mag sein der eine oder andere schreibt sie später auf oder um.«

Im Publikum herrscht jetzt etwas aufmerksamere Ruhe. Der erfahrene Rodrigo stellt es zufrieden fest, wirft einen Blick auf den Moderator, der nickt zustimmend, der Erzähler hat jetzt seine Zuhörer im Griff. Nach einer angemessenen Pause setzt er fort.

»Publius Ovidius hatte eine so große Nase, dass sein Spottname die Nase, Naso, zum Teil seines Dichternamens wurde. Er kam also am tristen Ort seiner Verbannung an. Er hat dort viel geschrieben, zwei Bücher. Das erste heißt ›Tristia‹, und er soll mit der Niederschrift schon auf dem vom Sturm umtosten, bereits fast dem Untergang geweihten Schiff begonnen haben. Da beschreibt er seine Reise und baut seine Verteidigungsrede, die er gehalten hätte, wäre er vor ein Gericht gestellt worden, wo er sich als gelernter Jurist wohl hätte wehren können, in Verse ein. Jupiter jedoch, der höchste Gott, womit natürlich Augustus gemeint ist, habe ihm das verweigert und ihn ohne Anhörung mit dem Verlust der Heimat bestraft. Es ist wohl nicht vermessen, in diesem Text den Beginn der Exilliteratur zu sehen, die sich bis zu den Werken einiger unserer Leidensgenossen und darüber hinaus fortsetzt. Nach diesen Trauerliedern, die freilich in Rom schon auf sein Schicksal aufmerksam machen und seine Begnadigung befördern sollten – eine Begnadigung, denn nach einer Entscheidung des Augustus war an eine Revision und einen Freispruch nicht zu denken –, verfasste er ›Epistulae ex Ponto‹, schlicht ›Briefe vom Schwarzen Meer‹. Das sind sechsundvierzig Briefe in Distichen an vermeintliche Freunde, die sich bei dem Herrscher für ihn einsetzen sollen. Besonders viel erhoffte er sich von dem berühmten Feldherrn, heute würde man sagen, Marschall, Germanicus, einem Großneffen Octavians, pardon des Augustus. Octavian hatte diesen Germanicus nicht nur mit seiner Enkelin Agrippina verheiratet, er mochte ihn so sehr, dass er ihn in seinem Testament als Sohn einsetzte. Wer hätte also einen besseren Zugang zu Octavian gehabt als er, um sich für Ovid einzusetzen? Ich glaube jedoch, dass das eine gewaltige Fehleinschätzung Ovids war, denn Germanicus selbst trug ihm vermutlich genau die Verfehlungen nach, die zu seiner Verbannung geführt hatten. Dazu gibt es in der Literatur viele Mutmaßungen und wenige gesicherte Erkenntnisse, aber mir scheint alles glasklar. Ovid sagt, er habe etwas gesehen, was er nicht habe sehen dürfen. Was das war? Die sexuellen Ausschweifungen bei Hof, die direkt von seiner dreibändigen ›Ars amatoria‹ beeinflusst waren, einem Kamasutra für die alten Römer in präzisen Distichen, ein überaus verdienstvolles Werk, das die Kunst des Geschlechtsverkehrs in allen Details erläutert. An den Ausschweifungen, über die es jede Menge Klatsch in Rom gab, hat wohl Agrippina selbst teilgenommen. Und Ovid hatte zufällig die Enkelin des Allmächtigen beim Koitus mit einem hübschen, jungen Mann ertappt, eine Sklavin soll ihnen dabei aus seinen Liebesanweisungen vorgelesen haben. War es wirklich Zufall oder hatte womöglich die Enkelin des Kaisers ihn als Ratgeber und Preisrichter bestellt? Beweisen kann ich natürlich nichts davon, aber beweise mir einer, dass es nicht so gewesen ist.

Gerne hätte ich jetzt aus ›Amores‹ oder den ›Epistulae‹ zitiert, schon um zu zeigen, wie hübsch ich Hexameter und andere antike Versformen auf Latein deklamieren kann, aber leider habe ich in der sonst recht guten kleinen Bibliothek hier im Elephanten nichts von Ovid gefunden.

Aber zurück zu Ovids Quarantäne, pardon Verbannung, und wie ich mir sein Leben dort am Rande der römischen Welt vorstelle. Tomoi lag in dem von den Römern Scythia Minor genannten Gebiet, das die Länder nördlich und südlich der Donaumündung in das Schwarze Meer umfasste, das heutige Dobrudscha, teils Bulgarien, teils Rumänien. So richtig befriedet war die Gegend nicht. Ovid musste sich beim Stadtpräfekten, sozusagen dem Gouverneur, melden. Der war mit Sicherheit ein alter, vielleicht kriegsversehrter Offizier, der genauso sehnsüchtig auf seine Versetzung nach Rom wartete wie Ovid auf seine Begnadigung. Wer von seiner kleinen Mannschaft Roms Spitzel war, konnte der Gouverneur nicht wissen, aber er konnte sicher sein, dass es zumindest einen gab.

Wie sollte er sich dem Dichter gegenüber verhalten? Was erwartete man von ihm? Außer dem Schreiben, das ihm Ovid überbracht hatte und in dem befohlen wurde, den Verbannten zu überwachen, ihn aber im Übrigen gewähren zu lassen, waren keine weiteren Einzelheiten angegeben. In einer anderen Situation wäre er glücklich gewesen, sich mit einem gebildeten, vor der Verurteilung weit über ihm stehenden Römer unterhalten zu dürfen, aber unter den gegebenen Umständen wagte er es nicht, mit dem Unglücklichen zu fraternisieren. Was erwartete Augustus diesbezüglich von ihm?

Ich stelle mir vor, dass er zumindest einmal riskiert hat, Ovid zum Mittagessen in seinen Palast mitten in der Festung einzuladen, um ihm seine Sicht der Lage in Tomoi zu erläutern. Die Skythen, die Bevölkerung, der Plebs, sprächen mit wenigen Ausnahmen weder Griechisch noch Latein. Zurzeit sei es ruhig, man befinde sich jedoch wie auf einer von einem gefährlichen Ozean umspülten Insel. Wenn sich die Skythen zu einem Angriff entschließen sollten, wäre es sehr, sehr schwer, die Stadt, den wichtigen Hafen und die Festung zu halten. Ovid sei auch Ritter, er habe sich also bereitzuhalten, im Falle des Falles die Interessen des Reiches mit der Waffe auf Leben und Tod zu verteidigen. Ovid hätte dem Gouverneur wohl am liebsten geantwortet, dass er so nicht mit ihm reden könne und zudem seine Waffen die Waffen der Liebe seien, wie er es in seinen Versen beschrieben habe, nicht Ares, beziehungsweise Mars, sei er verpflichtet, sondern Amor, also Cupido. Doch das war in seiner Lage natürlich unmöglich, also sagte er nur jawohl, er habe verstanden. Ovid musste damit rechnen, dass der Gouverneur Berichte über ihn nach Rom schicken würde, die sollten möglichst günstig ausfallen, um seine Begnadigung zu befördern. Die beiden Römer in der Fremde, der Gouverneur als Gefängnisdirektor, der Dichter als Verbannter, hatten vermutlich beide voreinander Angst.

Ovid besaß für die dortigen Verhältnisse viel Geld. Er plante daher, eine Villa am Meeresufer zu kaufen, es stellte sich jedoch heraus, dass es so etwas gar nicht gab. Er musste sich mit einer bescheidenen Hütte begnügen. Obwohl ihm bewusst war, dass die Begnadigung, auf die er sehnsuchtsvoll bis zu seinem Tode warten sollte, nicht so schnell eintreffen würde, nahm er sich keine Zeit, die Sprache der Ortsbewohner zu erlernen, eignete sich nur an, was er auf dem Markt und für den Kontakt mit Prostituierten brauchte. Die kleinen Händler und die Mädchen hatten ohnehin regelmäßig mit Matrosen zu tun, beherrschten also auch selbst einige Brocken Griechisch, die sie für ihre Geschäfte brauchten. Es gab ausreichend Obst und Gemüse, jeden Morgen frischen Fisch, für die leiblichen Bedürfnisse war gesorgt. Ovid war jedoch sehr, sehr einsam, mit anderen Worten, sein Leben in der Verbannung war öd und langweilig, für einen Lebemann, der selbst für römische Verhältnisse ein außerordentlich ausschweifendes Leben geführt hatte, war das besonders schlimm. Der Dichter war jetzt schon über fünfzig und fühlte sich alt, ziemlich alt. Ovid mag sich ein schönes Pferd gekauft haben, denn das Areal, in dem er sich aufhalten durfte, war groß genug, um auszureiten. Die Gesellschaft mit ähnlich gebildeten Männern, Gespräche, die ihm Gelegenheit boten, seine rhetorische Brillanz unter Beweis zu stellen, fehlten ihm wie ein Stück Brot. Der Landwein am Ufer des Schwarzen Meeres war glücklicherweise anständig. Die meisten Skythen soffen nur, um sich zu berauschen, aber auch unter ihnen gab es reichere und weit gereiste Kaufleute, denen die Qualität guten Weines ein Anliegen war. Im Meer zu baden bot ihm ein wenig Abwechslung, die Schiffe im Hafen und die Wolken am Himmel zu beobachten einen Zeitvertreib, sonst aber war er gezwungen, sich seine eigenen alten und neuen Gedichte allein vorzusingen.

Schreiben, schreiben und schreiben, das war die einzige wirkliche Beschäftigung, der einzige Zeitvertreib, schreiben und das Geschriebene verwerfen, weil es nicht so geraten war, wie er es sich wünschte, und die Epistulae mussten doch gut gelingen, sie sollten doch die Herzen in Rom erweichen. Insbesondere das Herz des Germanicus. Ovid hoffte, dass unter dessen harter Schale des Kriegers eine gnädige, verführbare Seele steckte. Da kannte er ihn aber schlecht.

Wir hier fühlen uns mit siebzig Fernsehprogrammen, mit Skype, Mobiltelefonen und Minibars in unseren dreißig Quadratmeter großen Gefängniszellen beengt und sind verstört, weil wir nicht wissen, wie lange unsere Haft dauern wird, deshalb denke ich an Ovid, seine Depression, ich kann mir vorstellen, wie verzweifelt er auf Gnade hoffte, erst recht, als nicht mehr Tage und Jahreszeiten, sondern Jahre vergingen, ohne seiner Hoffnung neue Nahrung zu geben. Dass er Bleibendes geschaffen, die Kunst für Jahrhunderte beeinflusst hat, hat ihm nicht geholfen, obwohl er es geahnt hat, denn bescheiden ist er ja nicht gewesen. Wie ist er gestorben?

Ja, Kameraden, das weiß ich nicht. Noch immer auf Gnade hoffend oder endgültig verzweifelt? Wir hoffen, sehr bald den Frühling außerhalb dieser Mauern genießen zu können. Gibt es hier ein Glas Champagner oder Wein oder so irgendetwas?«

Tatsächlich erscheint fast sofort ein junger blonder Kellner, der sein Gesicht hinter einer Gesichtsmaske verstecken muss. Er serviert Rosales ein Glas Champagner.

»Auf euer Wohl Genossen! Prost Kameraden. Frau Doktor, Patrick, danke euch!«

Rosales ist aufgestanden, das lange Sitzen war beschwerlich für ihn. Marko klatscht und dankt für die ausführliche Reise in die Vergangenheit. Raphael steht auf und hebt die Hand, bittet um das Wort: »Rodrigo ist zu bescheiden. Ich will jetzt etwas sagen, was er gerne verschweigt, nie habe ich begriffen warum. Er wird deshalb mit mir schimpfen, aber in diesem Kreise will ich ihn verraten. Er ist ein Held. Er hat in Frankreich weitergekämpft, oft in den ersten Reihen. Er ist Träger des Großkreuzes der Ehrenlegion.«

»Warum verschweigst du das, Rodrigo?«, fragt Marko.

»Weil das alles Zufall ist. Ich bin kein Held, ich habe nur den Tod nicht zur Kenntnis genommen, gedacht, dass ich vielleicht unsterblich bin …«

Niemand weiß, wie ernst er das meint.

Nach einer Anstandspause atmet Marko auf. Es war nett, einmal etwas ganz anderes zu hören, aber wirklich bewegend fand er es nicht. Er fragt, wer sich für den nächsten Abend bereithalten wolle. Keiner meldet sich.

»Schlag doch einfach selber jemanden vor, du hast die Liste vor dir«, sagt Igor. »Es wird schon keiner verweigern!«

Allgemeine Zustimmung machte sich bemerkbar. Marko schaut sich die Liste an und schlägt zögerlich vor: »Jorgos? Unser ehemaliger Boxmeister? Möchtest du?«

»Wenn es sein muss, okay!« Der Grieche war eigentlich schon aufgestanden. Er ist ein groß gewachsener alter Mann, der sich sehr gerade hält, wie auch der Russe und der Däne.

»Was wirst du erzählen, Alter?« Später in der kitschigen Lobby tritt Manolis besorgt zu seinem Vater. »Soll ich etwas für dich vorbereiten oder aufschreiben? Dein Deutsch ist nicht sehr gut …«

»Nein. Ich bin gefragt, nicht du!«

Galilahi gesellt sich zu den beiden Griechen: »Ich bin sehr gespannt. Haben Sie auch im Lager geboxt?«

»Gespannt, was er sagen wird, bin ich auch«, Manolis freut sich, dass die hübsche Amerikanerin einmal freiwillig seine Nähe gefunden hat, er ihr nicht nachstellen muss. Jorgos antwortet nicht. »Ja, er hat geboxt. Aber schaut einmal zu Rodrigo, wie er dort mit seinem Freund steht. Händchenhaltend!«

»Na und?«

»Ich fasse meinen Opa unter dem Arm, wenn er es erlaubt. Marko seinen Vater auch. Aber Händchenhalten ist etwas anderes.«

»Dieser Diaz ist eben nicht der Sohn von Rosales.«

»Das meine ich ja!«

Galilahi begreift immer noch nicht. Manolis erklärt, was er meint: »Er hat gesagt, er sei in Madrid Gassenjunge gewesen. Mein Papa war auch ein Straßenbengel, aber ich glaube, Rodrigo hat etwas anderes damit gemeint, er war wohl eher ein Strichjunge. Das war unter den Frankisten ebenso verpönt und mit Strafen bedroht wie unter den Nazis. Da kamen die Umstände des Aufstands dem guten Rodrigo wohl ganz gelegen.

Und dann hat er so wahnsinnig gut gekämpft. Seltsam, nicht? Ein Strichjunge wird Großoffizier der Ehrenlegion.«

»Also hat er zu Recht den Roten und nicht den rosa Winkel im Lager getragen? Es war nicht Semprún, der das für ihn irgendwie geregelt hat.«

»Was ist denn das schon wieder?«, fragt das Mädchen.

»Die Politischen«, flüstert Manolis ihr ins Ohr, »mussten einen roten Winkel im KZ tragen, die Kriminellen einen grünen, homosexuelle einen rosa, die Juden einen gelben Stern und so weiter. Und wenn einer mehreres war ... Unsere Großväter waren sicher alle politisch, also rot ...«

Jorgos ist ziemlich wütend über Manolis' Spekulationen: »Das geht euch doch einen Dreck an. Was wer tut, wie er privat liebt, hasst, fickt ändert doch nichts an seinem Heldentum im Bürgerkrieg und im Lager. Schämt euch!«

Sascha bemerkt die Ärztin allein in einer Ecke stehen. Sie beobachtet, wie sich das Treiben der ihr Anvertrauten entwickelt, wirkt angespannt und besorgt.

»Gerda!«

Sie kommt sofort auf ihn zu.

»Ich habe eine Idee. Wieder einmal. Sicher müssen Sie erst jemanden fragen, aber ich glaube, es hängt vor allem von Ihrer Einschätzung ab ...«

Im Erdgeschoß herrscht ein reges Kommen und Gehen, man steht oder sitzt in der Eingangshalle, den Salons und Bars, die Gäste haben das Hotel erobert und es würde wie ein normales Hotelleben wirken, müssten nicht die flinken Kellner alle Gesichtsmasken tragen.

DER SIEBENTE ABEND – BOXEN IM KZ

Jorgos Vargas ist immer noch ein muskulöser Mann, ein Sportlertyp, der sein individuell zugeschnittenes Trainingsprogramm nie aufgegeben hat. Seine schneeweißen Haare sind an den Schläfen kurz geschnitten, gut gebürstet, sein einfacher Anzug steht ihm gut. Hätte er nicht die gebrochene Nase, die Kenner als charakteristisches Zeichen seiner sportlichen Vergangenheit erkennen, könnte man sein Gesicht für schön halten. Klassisch griechisch. Während Marko ihn vorstellt, beobachtet er die Runde raubtierhaft scharf. Sein Sprachvermögen schwankt, manchmal drückt er sich auf Deutsch ganz gut aus, manchmal verwirrt.

»Erwartet bitte nicht zu viel von mir. Ich bin eher die knappe Sprache des Sports gewohnt. Als Profi brauchte ich sie nicht, als Trainer bin ich mit wenigen Worten ausgekommen. Und wenn ich es schon mit meiner schönen Muttersprache schwer habe, muss ich mich auf Deutsch umso mehr anstrengen. Mein Enkel ist Deutschlehrer, der wird sich ärgern und mich später aufmerksam machen, wo ich Fehler … machte, gemacht habe, was ist richtig?«

»Beides, Babas!«, ruft Manolis, der sich in die erste Reihe gesetzt hat.

»Gut. Nehmt die Form, die ihr wollt. Ich bin zufällig im Konzentrationslager gelandet. Nicht absichtlich. Na ja, das ist ja wohl keiner von uns. Ich wollte sagen, ich war kein richtiger Kämpfer. Man hat mich mit anderen in Thessaloniki verhaftet.

Und als ich im Lager gestrandet bin, hätte ich den grünen Winkel für Kriminelle bekommen sollen, dem Zufall habe ich es zu verdanken, dass es ein roter geworden ist. So war das. Schon mit vierzehn war ich ein Alepoi ... wie heißt das, Manolis? Ja, Gassenjunge, ein Schlägertyp. Wie der spanische Genosse. Mein Vater war Fischer, er ist im Sturm ertrunken. Meine Mama ... Wir waren vier, drei ältere Schwestern. Ich habe mich gerne geprügelt. Manchmal habe ich etwas gestohlen, aber nur wenn ich sehr hungrig war. Ich war der Stärkste in meinem Viertel. Was ein ordentlicher Ringkampf ist, ein Boxkampf, das habe ich überhaupt nicht gewusst. Ringen im griechisch-römischen Stil? Mit den vielen Regeln? Davon wusste ich nichts, hätte es bloß verachtet, wenn mir damals jemand davon erzählt hätte. Wie ich mich geprügelt habe, ist freilich einer uralten griechischen Tradition gefolgt, aber das habe ich erst viel später erfahren. Als ich für aktiven Sport zu alt geworden war.

Meine Disziplin war Pankration! Das sagt euch nichts? Macht nichts. Ich habe von dem, was Rodrigo oder der Botschafter erzählt haben, auch nie gehört. Pankration war eine Disziplin bei den alten Olympischen Spielen Griechenlands. Ein Teil des Fünfkampfs, der immer am vierten Tag der geheiligten Spiele ausgetragen wurde. Auf Deutsch könnte man es wohl Allkampf nennen, hat mir Manolis gesagt. Heute gibt es etwas Ähnliches, es heißt MMA – Mixed Martial Arts. Pankration ist eine Kombination von Ringen, Boxen, Beine stellen, Stößen mit dem Knie, mit dem Ellenbogen – nur die Augen ausdrücken, das durfte man nicht, sonst alles, was man dem Gegner antun kann. Diese Kämpfe dauerten, bis einer aufgab. Oder starb. Aufzugeben war eine große Schande. Es gab da einen Fall, die Namen sind bekannt, aber ich habe sie vergessen, da wurde der Tote zum Sieger erklärt. Beide Kämpfer lagen auf dem Boden, einer von ihnen gab auf, er hatte nicht mitbekommen, dass der andere schon tot war. Der hatte gar keine Gelegenheit mehr gehabt aufzugeben, also war er der Sieger. So furchtbar hat man sich vor dem Publikum geprügelt. Natürlich nackt. Damit sich keine Weiber als Kämpfer einschleichen konnten. In allen Disziplinen war man nackt. Und der Sieger der Schlägerei wurde mit demselben Lorbeerkranz ausgezeichnet wie siegreiche Dichter oder Diskuswerfer. Die Regeln der Olympischen Spiele vor gut dreitausend Jahren will ich jetzt nicht weiter ausführen. Das würde zu lange dauern, so kompliziert waren die. Aber Dichter, Sportler und Schläger bekamen jedenfalls denselben Lorbeerkranz und wurden geliebt wie heute … ja, die Sportler oder Kinostars.

Als der Krieg begann, war ich noch zu jung, um Soldat sein. Was mir leidtat. 1939 besetzten die Italiener Albanien. Das habe ich wahrscheinlich auf der Straße gehört, aber es hat mich nicht weiter interessiert. Dass sie im Epirus bewaffnete Banden von Albanern aufgestellt gehabt haben auch nicht. Kann man das so sagen? Fein. Bei unseren Raufereien galt, wer geschickter oder stärker war, nicht ob er als Grieche, slawischer Mazedone, Jude, Albaner oder vielleicht sogar Türke geboren war. Kriminal ist immer international, Leute, das wisst ihr doch …«

Das verwirrte Murmeln nimmt Jorgos nicht zur Kenntnis, Marko setzt bereits zum Sprechen an, aber dann entscheidet er, nicht einzugreifen, was der Mann erzählt, ist ja interessant. Bisher ist er ebenso still und unauffällig gewesen wie der Spanier. Die beiden ehemaligen Gassenjungen. Der Grieche kann also ruhig weitersprechen.

»Im Herbst 1940 stellen die Italiener Griechenland das Ultimatum, Mussolinis Truppen ins Land zu lassen. Daraufhin rief Metaxas zum Kampf auf. Nein, das hat nichts mit Branntwein zu tun. Kein Cognac. Ioannis Metaxas war General und damals Ministerpräsident. Ich wollte als Rekrut einrücken, aber man wollte mich nicht haben. Schade. Wir schlugen die Italiener, drangen sogar nach Albanien vor, Jugoslawien verweigerte den Pakt mit Hitler, da marschierten die Deutschen dort ein, ebenso bei uns, um den Italienern zu helfen. Ja, ich weiß, das war ein wenig komplizierter. Ich wusste nicht einmal so viel. Damals. Die sind also einmarschiert und viele haben Widerstand geleistet. Mich hat keiner eingeladen zu kämpfen, die Kommunisten, die mich kannten, haben mich für zu kriminell gehalten. Das haben sie mir später sogar gesagt, als wir schon in Auschwitz waren.

Dann geschah Folgendes. Es gab eine kleine Straßenschlacht, bei der eine deutsche Patrouille angegriffen wurde. Ich hab mich eingemischt, in der Hoffnung, so eine deutsche Waffe erbeuten zu können, die sich vielleicht verkaufen ließe. Aber die deutsche Verstärkung war so schnell da, dass die meisten Angreifer nicht einmal mehr davonrennen konnten. Einige wurden erschossen, andere nur verprügelt und gefangen genommen. Auch ich. Die deutsche Redensart ›mitgefangen, mitgehangen‹ hat man mir erst später beigebracht. Die gefällt mir, ich habe sie mir mein Leben lang gemerkt. Richtig, auch das war schon in Auschwitz. Dort habe ich viel gelernt. Fürs Leben, ja.

Damals fiel es mir gar nicht auf, aber rückblickend. Also … interessanterweise waren die führenden Boxkämpfer in Griechenland Juden. Mir ist nicht bekannt, dass irgendwo sonst auf der Welt besonders viele Juden boxen. In Griechenland gab es viele arme Juden. Die Behauptung, Juden seien alle wohlhabend, ist ja immer blödsinnig, aber in unserer Region war sie besonders falsch. Hier unter uns sind viele Juden. Habt ihr das gewusst? Na ja, dann umso besser, dass ich es sage. Nein, ich bin kein Jude. Ist das ein Problem?

Also Auschwitz. Was wir alle in den Lagern überlebt haben, davon will ich nicht sprechen. Das wisst ihr so gut wie ich. Und habt es auch euren Enkeln erzählt, nicht? Ankunft, Eingewöhnung, Folter. Das habt ihr besser gemacht. Ich meine, besser erzählt davon, als ich es könnte. Will sagen, das Erzählen darüber. Ich will nur über das Besondere, das ich gesehen habe, reden, und was ich gemacht habe auch.

Die griechische Boxmeisterschaft 1939 hat der Klub Maccabi gewonnen. Zwei Mitglieder seines Teams waren im selben Waggon nach Auschwitz wie ich. Salamo Arouch, Mittelgewicht, und Jacko Razon, Leichtgewicht. Für mich war es ein riesiger Trost, dass diese beiden berühmten Menschen dasselbe Schicksal hatten wie ich, ich hatte sie immer schon bewundert, war aber nie auch nur in ihre Nähe gekommen, obwohl Salamo auch aus einer Fischerfamilie war. Jacko nicht, der war was Feineres, Student. Was er studiert hat, weiß ich nicht. Ich war für die beiden natürlich nur ein junger Bursche, ein sehr junger, ein Knirps, bedauernswert, aber uninteressant. Vorerst.

In Auschwitz veranstaltete die SS Boxwettbewerbe, aber nicht um den Häftlingen frohe Leibesübungen zu gönnen, sondern zur eigenen … wie sagt man, Manolis? Ah ja, zur eigenen Ergötzung. Wozu versuche ich da zu plappern wie ihr! Unterhalten wollten sie sich, wie die alten Römer bei den Gladiatorenkämpfen. Wer gewonnen hat, bekam ein anständiges Abendmahl, wer verlor, wurde gleich ermordet. Nichts Neues, nicht wahr? Ich sagte ja schon, Pankration wurde auch bis zum Tod gekämpft. Aber da ging es um die Ehre. Um Ruhm. In Auschwitz ging es um das Leben. Schlicht, nicht? Was ich sagen will: Salamo hat immer gewonnen. Nach dem Krieg boxte er in Palästina, später in Israel weiter. Er gewann über zweihundert Kämpfe nacheinander im Lager und später in Sporthallen, erst 1955 verlor er nach Punkten gegen Italiener, da war er zweiunddreißig. Das ist sehr alt für einen Boxer. Ja, das weiß ich genau.

Ich kam mit Razon nach Buna, das offiziell Auschwitz-Monowitz III war. Das war ein Arbeitslager für Zwecke der Privatindustrie, nicht Vernichtungsmaschinerie der SS. Sechs Kilometer vom Stammlager weg. Fabriken und das Lager waren privat geplant und errichtet worden, federführend von der I. G. Farben. Hier wurde Synthetikkautschuk und Benzin hergestellt, eine in jeder Hinsicht explosive Angelegenheit, am bekanntesten war das Nebenprodukt, ein Gas namens Zyklon-B zur Vernichtung von Ungeziefer. Ja, so komplizierte Worte wie Igefarben und Synthetikkautschuk hab ich gelernt und mir gemerkt. Fürs Leben. Dieses Zyklon-B fand auch im benachbarten Vernichtungslager eine gute Verwendung. In den Gaskammern. Darüber weiß ich nicht genug, auch wenn es sicher eine Menge Literatur dazu gibt. Für mich war wichtiger, dass hier auch geboxt werden sollte. Kommandant war Hauptsturmführer Heinrich Schwarz. Diese Namen und Gesichter merkt man sich. Kaum waren wir angekommen, schon beim ersten Appell, erschien er persönlich und fragte, ob es unter uns Boxer gäbe. Mehrere hoben die Hand. Ich auch. Ich wusste von der Gefahr, wollte aber um jeden Preis mehr zu essen bekommen, selbst wenn ich dafür mit dem Leben bezahlte. Es stellte sich heraus, dass Schwarz ein wirklicher Boxfan war und anständige, faire Kämpfe sehen wollte. Aufgrund unserer Dokumente wusste er, dass Jacko im Sport einen Namen hatte. So befahl Schwarz die Figuren, so nannte uns die SS, die sich als Boxer gemeldet hatten, an den Nachmittagen freizustellen und ihnen bessere Essensrationen zukommen zu lassen. Jacko sollte sie erst einmal trainieren. Unter uns waren unterschiedliche Nationalitäten, Juden und Arier, das war Schwarz egal.

Aber gleich beim ersten Training sagte Jacko zu mir: ›Du hast keine Ahnung vom Boxen, du schlägst nur mit den Fäusten wie wild herum, das wird ein Fachmann wie der Hauptsturmführer sofort bemerken und dich als Lügner durch den Kamin jagen. Was sagst du, wo kommst du her?‹

Als er hörte, dass wir aus demselben Ort waren und ich schon lange sein Bewunderer, fand er eine Lösung, um mich zu retten. Er trainierte extra viel mit mir, ich durfte meinen ersten Wettkampf vor dem Hauptsturmführer und den übrigen Besuchern, SS-Leuten und Fabrikdirektoren, gegen ihn bestreiten. Dabei ließ er mich in den ersten Runden Punkte sammeln und schlug mich mit gespielter ›Müh und Not‹ erst nach einer guten halben Stunde. Dann lobte er überschwänglich mein großes Talent. Damit war ich gerettet und wir hatten eine für Lagerverhältnisse gute Zeit. Entschuldigt, wenn ich nicht jammere, wie es sich gehört. So erinnere ich mich, so war es. Für mich. Allerdings nicht lange. Jacko und ich waren in der Gruppe, die ins Lager Mittelbau-Dora überstellt wurde. Dort brauchte man kräftige Männer. Insofern bin auch ich Buchen… Wie habt ihr das genannt? Buchenwaldianer, denn, das wisst ihr alle, Mittelbau-Dora gehörte zu Buchenwald. Wernher von Braun entwickelte dort die V-Waffen, die dem Gröfaz den Endsieg sichern sollten. Das kann der Genosse Botschafter bestätigen, der war auch dort. Er ist geflohen, nicht wahr? Ich meine der Botschafter. Bravo! Jacko und ich haben jedenfalls bis zur Befreiung am 11. April vor fünfundsiebzig Jahren dort überlebt.«

Der ehemalige Boxer macht eine Pause, aber als Marko den Abend beenden will, hebt er die Hand und fährt fort.

»Noch etwas muss ich erwähnen. Im befreiten Griechenland habe ich noch geboxt, aber da war gleich nach dem Krieg nicht viel los. Zu meinem Glück nahmen mich die Kommunisten unter ihre Fittiche. So sagt man doch, oder? Die haben mir die Nase auf Lenin gedrückt: ›Lernen, lernen, lernen.‹ So wurde ich Trainer und Sportlehrer, habe die entsprechenden Prüfungen gemacht, die Lizenz bekommen, ganz nebenbei den Kampf mit Markos-Partisanen und später die Diktatur der Obristen überlebt. Aber über die Innenpolitik unserer Länder wollten wir ja nicht diskutieren.

Es gibt noch etwas Hässliches, über das ich sprechen muss, es gehört einfach hierher. In Israel kam es zu einem großen Streit zwischen Salamo und Jacko. Der ging sogar bis vors Gericht. Auslöser war der Film ›Triumph of the Spirit‹. Der Film wurde damit beworben, auf dem Leben von Salamo zu basieren. Jacko bestritt das und beharrte darauf, es sei vielmehr sein Leben gewesen, weshalb er eine große finanzielle Entschädigung einforderte. Irgendwie einigten sich die beiden schließlich außergerichtlich, heißt das so? Ja? Sie blieben aber für immer verfeindet. Traurig. Ich finde, das musste erwähnt werden. Gewissermaßen als Warnung, nicht wahr? So darf sich unsereins nicht benehmen. Wir sollen Würde bewahren. Und Solidarität. Ich glaube, gerade die jetzigen Zeiten erinnern uns wieder daran, wer wir waren, wie wir im Gedächtnis bleiben wollen, im Gedächtnis der Menschheit.

Nun, ich habe eigentlich über die griechische Mythologie sprechen wollen, wie mir mein Sohn geraten hat. Da habe ich aber keinen Boxkampf zwischen den Titanen gefunden. Heute gibt es ja dafür MMA. Aber nicht bei den Olympischen Spielen. Noch nicht. Kann ja noch werden. Das mit Pankration als Kampf bis zum Tod gefiel mir als Schlägertypus im Ruhestand, wie mein Enkel meinen Status nennt, besser. Ruhestand. Ihr habt meinem Gefasel so freundlich zugehört, ich danke euch allen für eure Geduld.«

Der Applaus ist gewaltig. Sein Bericht war für alle überraschend, ganz etwas Neues! Als Marko wie gewohnt fragt, wer sich für den nächsten Abend meldet, springt Gutmann auf und erklärt, er wolle morgen Abend einiges sagen und zurechtrücken, was Juden und den Staat Israel angehe.

Marko bittet noch um einen Augenblick Geduld, denn die Frau Doktor habe etwas mitzuteilen.

»Meine lieben und sehr verehrten Damen und Herren, endlich habe ich Ihnen vier erfreuliche Nachrichten zu überbringen«, beginnt Gerda so fröhlich, wie man sie noch nie erlebt hat. »Erstens, die letzten Blutuntersuchungen haben erfreulicherweise ergeben, dass Sie negativ sind. Interessant ist auch, dass Sie trotz erlittener Qualen ein so hohes Alter bei relativ guter Gesundheit erreicht haben, so rüstig sind. Möglicherweise hatten Sie von Geburt an ein gutes Immunsystem. Das verlangt weitere Nachforschungen, wenn Sie wieder zu Hause sind. Womöglich wird man untersuchen, welche Kinderkrankheiten Sie gehabt haben, wie alt Ihre Vorfahren geworden sind. Halten Sie sich dabei bitte nicht für Versuchskaninchen, Sie helfen der ganzen Menschheit … Jetzt sind wir jedenfalls hier, und damit komme ich zur zweiten guten Nachricht: Ab morgen um zehn Uhr Früh steht Ihnen der Garten des Hotels wieder zur Verfügung. Er ist ja ohnehin mit hohen Mauern von der Umwelt abgeschirmt, praktisch ist er ja die Erweiterung von Lobby und Restaurant. Das Personal wird Sie allerdings dort nicht bedienen dürfen, aber Sie können sich Getränke oder Snacks von der Bar gern mit hinausnehmen, das Hotel bittet Sie bloß, Gläser und Geschirr zurückzubringen und irgendwo drinnen abzustellen. Drittens lädt Sie der Leiter der Gedenkstätte Buchenwald und Mittelbau zu einem Mittagessen morgen um eins hier im Restaurant ein. Und viertens, unser Freund Franco Miculetti lässt grüßen, ganz besonders natürlich seine Enkelin Galilahi, er ist wieder ansprechbar, er erholt sich gut, freilich wollen sich seine Ärzte noch nicht festlegen, wann er Besuche empfangen kann und wann er endgültig aus dem Krankenhaus entlassen wird …«

Großer Applaus, die Ärztin macht verlegen einen etwas kindischen Knicks.

Die Runde zerstreut sich. Philippe Pharoux nimmt Michael Jung unter den Arm, der zuerst überrascht zurückzuckt, aber gleich danach den Franzosen anlächelt.

»Du stehst immer nur mit den Deinen zusammen, Michael. So heißt du doch, nicht wahr? Möchtest du nicht mit mir ein Glas Wein trinken? Deine jungen Leute sollen sich einmal mit den Gleichaltrigen unterhalten, die glauben wohl, immer mit dir herumstehen zu müssen, weil du so allein wirkst.«

»Ja …«, der Zeuge Jehovas sucht nach der richtigen Anrede. »Ja, Bruder Philippe, heute Abend geht das, ja, danke.«

Dieses »heute Abend« hat er auf seltsame Weise betont. Der Franzose bemerkt es, geht jedoch nicht darauf ein. Die beiden setzen sich in eine Ecke, die Pharouxs Lieblingsplatz geworden ist.

»Rotwein?«, fragt der Franzose, und nachdem Michael Jung nickt, sagt er dem Kellner: »Zwei Glas eines guten Bordeaux, bitte.«

»Entschuldigen Sie, den Bordeaux haben wir nur flaschenweise, offen hätte ich …«

»Nein, nein, dann nehmen wir eine Flasche, wir werden schon Abnehmer finden, falls wir beide es nicht schaffen, bringen Sie uns bitte die Weinkarte …«

»Haben sie ungesäuertes Brot?«, fragt Jung.

»Selbstverständlich!«, der Kellner scheint richtig erfreut, diesen Wunsch erfüllen zu können. »Rabbiner Nachama aus

Erfurt hat uns gesegnete Matzen geschickt, weil ja mehrere Herrschaften Juden sind, und da hat er gedacht …«

»Also, bitte, einen Fladen oder eine Portion oder wie Sie es machen können.«

»Nur Matzen? Vielleicht zwei hart gekochte Eier oder Lamm, das Lamm ist hervorragend!«

»Nur das ungesäuerte Brot, bitte.«

»Was hat das für eine Bewandtnis?«, fragt der Franzose, als der Kellner weg ist.

»Ja. Wir feiern eigentlich heute das Abendmahl. Du weißt, ich gehöre zu Jehovas Zeugen. Wir lehnen Ostern und Weihnachten ab, diese Feste sind von heidnischen Gebräuchen abgeleitet. Ich dachte, dieses Jahr ergibt sich für mich keine Möglichkeit zu feiern, außer im stillen Gebet, aber deine freundliche Einladung verstehe ich auch als Einladung des Herrn. Du kannst auch sein Bote sein, ohne es zu wissen, Bruder.«

Philippe Pharoux lächelt, bleibt aber ernst. »Was ist speziell heute?«

»Der 14. Nisan. Wir halten uns an den jüdischen Mondkalender, der zu Jesu Zeiten in Gebrauch war. Morgen, am 15. Nisan, beginnt die Pessachfeier mit dem Sederabend, darum hat der Rabbiner das ungesäuerte Brot geschickt. Du kennst den Brauch?«

»Natürlich. Richtig gläubig waren zwar schon meine Eltern nicht, aber einiges von der Tradition haben sie behalten.«

»Du bist Jude?«

»Hitler meinte, ich sei ›Volljude‹. Es ist nicht das Einzige, worin ich seine Meinung nicht teile. Ich halte mich für einen Franzosen.«

Inzwischen ist die Weinkarte gekommen. Pharoux studiert sie bedächtig und bestellt schließlich: »Einen Château Calet, bitte«, und als der Kellner wieder weg ist. »Es ist ein Jahrgang 2012, der müsste gut sein.«

Philippes Frau Dominique gesellt sich zu ihnen. Es wird ein richtig angenehmer Abend für die alten Leute. Jung nimmt bloß ein Glas Wein und knabbert dazu von den Matzen, aber der ehemalige Botschafter und seine Gattin schaffen den Rest der Flasche und je einen Waldorfsalat.

»Früher einmal haben wir beide locker zwei Flaschen ausgetrunken, nicht wahr, meine Liebe«, sagt der ehemalige Botschafter nachdenklich. »Aber wir sind nicht jünger geworden.«

Sascha hat es sich zum Ritual gemacht, sich mit einem Blick aus dem Fenster seines Zimmers als Gutenachtgruß vom Markt zu verabschieden. Mehrmals ist er zur Befreiungsfeier in Weimar, zu den Jahrestagen in diesem Hotel gewesen, allerdings war bisher das Wetter in der ersten Aprildekade nie so freundlich, gleichzeitig die Straßen und auch dieser Platz so leer, so absolut leer. Die Fachwerkhäuser, vor Jahrzehnten zu Tode bombardiert, dann wieder renoviert, zum Leben aufgeputzt, also auferstanden, haben natürlich viel mehr erlebt. Auferstanden aus Ruinen, so begann der Text der vergessenen Staatshymne der DDR, Gott habe sie selig.

Man lernt nie aus, denkt Sascha. Nie hätte ich erwartet, von einem Boxer so viel über das klassische Griechenland und die Olympischen Spiele zu lernen, nichts habe ich von Pankration gewusst, kaum etwas über die Kriegs- und Nachkriegsgeschichte seines Landes, über Juden und Kampfsport schon gar nichts, und dass ein ehemaliger Häftling angenehme Erinnerungen an Auschwitz haben könnte.

Man hat mir oft vorgeworfen, dass ich mich körperlich vernachlässigt habe, es wäre gesünder für mich gewesen, ich könnte mich heute leichter bewegen, wenn ich Sport getrieben hätte. Ich habe mich immer verteidigt, dass ich doch in gutem Zustand bin für einen Neunzigjährigen, dass ich ehemalige Spitzensportler kannte, die trotz ihres physischen Fleißes relativ früh verkrüppelt und gar nicht so alt geworden sind. Hier widerlegen mich allerdings einige Altersgenossen und sogar Ältere als ich, in der Leichtigkeit, mit der sie sich bewegen, der Grieche, der Däne, der Russe. Die tun sicher noch immer mancherlei, um fit zu bleiben.

Meine Ausrede war auch, die SS hat mich genug herumgetrieben, ich will, ich muss das nicht mehr in meinem Leben. Nach dem Krieg wieder in der Schule, habe ich mich geweigert, am vorgeschriebenen Turnunterricht teilzunehmen, und als ehemaligen KZ-Häftling hat man mich in dieser Hinsicht in Ruhe gelassen. Sport interessiert mich nicht, ich starre nicht auf den Bildschirm, wenn Fußball oder Basketball gespielt oder wenn geboxt wird. So viel Geld wird mit den heutigen Gladiatoren, den Sportlern, verdient, aber mich geht es nichts an. Auch die Spiele im alten Rom haben eine Menge Geld gekostet, allein die Transportkosten für die Löwen, die man brauchte, um ihnen Christen zum Fraß vorzuwerfen, müssen gigantisch gewesen sein. In Monowitz III hat man für bessere Verpflegung und das Überleben geboxt, das leuchtet ein.

Es ist aber nicht so, dass ich von Anfang an bewegungsfaul gewesen wäre. Vor dem Krieg habe ich mir beim Hochspringen einmal den Arm, beim Schlittschuhlaufen den Kadettensprung übend die Nase gebrochen, ich habe einst ernsthaft als Torwart auf dem Donaustrand in Novi Sad trainiert. Dass ich wegen des Lagers damit aufgehört habe, ist eine willkommene Ausrede. Oder gar keine, vielleicht bin ich einfach faul.

Zufrieden, dass er sich selbst getadelt, aber vor sich als Ankläger, wie ihm scheint, erfolgreich verteidigt hat, schläft er ruhig ein. Er ist schon zu Hause in diesem Hotelzimmer, er fürchtet nicht mehr, dass er im Laufe der Nacht das Badezimmer nicht finden könnte.

Es wäre wunderbar, wenn man die Träume der elf ehemaligen Häftlinge in diesem Hitlerhotel einfangen und deuten könnte. Und die des zwölften in der Universitätsklinik. Und die der jungen Leute, die die Buchenwaldianer begleitet haben. Ob sie bereuen, dass sie hier so viel Zeit verlieren? Sie sollten alles, was sie hier hören, erfahren, sehen als Gewinn betrachten, aber ob sie das so begreifen?

Der Ausgang in den Garten bringt große Erleichterung. Es ist Frühling. Ein neues, kleines Stück Freiheit.

»Eroberung der Welt step by step«, sagt Sascha.

»Wir waren seinerzeit mehr für den Sturmangriff!«, erwidert Igor scherzhaft.

Auch ein gemeinsames Mittagessen um den feierlich gedeckten Tisch empfinden die meisten als nächsten, guten Schritt. Der Direktor der Gedenkstätte ist mit einer Gesichtsmaske erschienen, die so gar nicht zu seinem Gesicht, seiner ganzen Gestalt passt. Er setzt sich nicht, stellt sich mit einigem Abstand vor die Tafel, nimmt die Maske ab und sagt einleitend, man habe ihm geraten, vorsichtig zu sein, mit einigem Bedenken gestattet, persönlich hier zu erscheinen und seiner großen Freude Ausdruck zu verleihen, dass so viele tapfere Freunde dem Risiko trotzend gekommen seien und dass es ihnen, wie er höre, gut gehe, soweit es die Zustände erlaubten. Er übermittle die besten Wünsche des Ministerpräsidenten Thüringens, und auch der Bundespräsident habe sich für ihr Ergehen interessiert und seinen Gruß gesendet. Der Stab, der aus Ärzten, Mitgliedern der Regierung und der Polizei bestehe, prüfe derzeit, ob es möglich sei, dass sie am 11. April zur Gedenkstätte hinauffahren könnten. Er wünsche einen guten Appetit, auch sonst alles Gute, man habe ihm empfohlen, Abstand von ihnen zu halten, deshalb könne er sich zu seinem allergrößten Bedauern dem Mahle nicht anschließen.

Endlich kann man es sich schmecken lassen. Die ewigen, stets gleichen Begrüßungen hat man über sich ergehen lassen.

DER ACHTE ABEND – EIN ZICKLEIN, EIN ZICKLEIN

Marko als Moderator stellt fest, es sei ein schöner, interessanter, doch etwas freierer Frühlingstag gewesen. Er habe einiges nicht ganz verstanden, andere vielleicht auch nicht, also habe er noch einmal nachgefragt, wieso ihre Einschränkungen nun so deutlich gelockert worden seien. Die Frau Doktor habe ihm bestätigt, nach zwei Testreihen, die negativ ausgefallen sind, bestehe die realistische Hoffnung, dass sie nicht nur derzeit gesund, sondern gegen dieses Virus resistent seien. Allerdings wisse man immer noch viel zu wenig. Nichts sei hundertprozentig sicher. Deshalb ersuche man alle, die aus dem einen oder anderen Grund in Verdacht stünden, sich angesteckt zu haben, zum Beispiel weil sie, wie sie, in Kontakt mit einer positiv getesteten Person gewesen seien, noch vierzehn Tage nach der zweiten negativen Testung eine gewisse Einschränkung ihrer Bewegungsfreiheit zu akzeptieren. Alle, die von auswärts ins Hotel kämen, vor allem die Kellner, die direkten Kontakt mit den Gästen hätten, das Küchenpersonal, die Putztruppe, die seltenen Gäste, wie gestern der Direktor der Gedenkstätte, müssten besonders achtsam darauf sein, jeden direkten Kontakt und damit jede Möglichkeit der Ansteckung zu vermeiden, weil man nicht ausschließen könne, dass der eine oder andere unter ihnen, selbst bei negativer Testung, ansteckend sei. Allen Besuchern und Mitarbeiterinnen des Hauses werde vor dem Betreten des Hotels Fieber gemessen, eben heute seien, zum Beispiel, ein Kellner und eine Putzfrau wegen erhöhter Temperatur im Zweifel nach Hause geschickt worden.

Jetzt erst erteilt Marko Leo Gutmann das Wort.

Leo Gutmann sieht jünger aus als alle andere Buchenwaldianer und er ist es tatsächlich. Seine Haare sind noch schwarz mit einem Silberschimmer und ordentlich gescheitelt, sein Gesicht ist eher breit als rundlich zu nennen, seine Stirn ist relativ niedrig, ohne dass ihn das einfältig aussehen ließe, ganz im Gegenteil, er wirkt sehr selbstsicher. Für einen Techniker beweist er eine auffällig breite Allgemeinbildung, er spricht mehrere Sprachen praktisch akzentfrei. Nachdem er das Mikrofon ein wenig hin und her gerückt hat, als müsste er sich besinnen, was man von ihm erwartet, beginnt er in schnellem Tempo, macht keine Pausen, um nachzudenken, nicht einmal wenn er von einem Thema zum anderen springt.

»An erster Stelle möchte ich bestätigen, was über Albaner und ihre Besa gesagt wurde, stimmt. Aus Albanien war kein einziger Mensch in einem Konzentrationslager unter deutscher Herrschaft, trotzdem gab es Menschen albanischer Nationalität in Lagern, aber das waren Freiheitskämpfer aus dem Kosovo, die wurden als Jugoslawen geführt, oder aus Griechenland, die galten als Griechen.

Gestern Abend habe ich mich geärgert, als Jorgos über arme und reiche Juden sprach. Ich habe es im Laufe der Nacht nachgeprüft: In Griechenland lebten bis 1941 zweiundsiebzigtausend Jüdinnen und Juden, sechzigtausend von ihnen wurden ermordet. Arme ebenso wie reiche. Es gibt arme und reiche Gojim und es gibt arme und reiche Juden. Die Aschkenasim im Osten, in Polen, Russland, den baltischen Staaten waren genauso wie die Juden in der Ukraine meist arme Leute, dennoch gab es immer diese antisemitischen Klischees über reiche Juden, Geldwechsler, Spekulanten, Halsabschneider. Aber immer, wirklich immer waren sie die Opfer, und hinter ihrem

Rücken wurden die Gojim reich, zuerst die Aristokraten, danach die Bourgeois. Die schoben sie für ihre eigenen Geschäfte vor und wuschen sich die Hände wie Pontius Pilatus, der als Gouverneur im Lande der Juden sehr gut verdient und vieles zusammengestohlen hat.

Nehmt nur Fassbinders Stück ›Der Müll, die Stadt und der Tod‹. Dort gibt es eine Rolle, die keinen Namen hat, sondern einfach nur ›der reiche Jude‹ heißt. Ignatz Bubis, der ja auch schon öfter hier im Elephanten abgestiegen ist und Ehrengast war, und das in der Hitlersuite, fühlte sich angesprochen, glaubte, sich selbst in dieser Person wiederzuerkennen. Er wusste wohl am besten, warum er sich selbst in dieser Figur erkannte. Die meisten von euch wissen vielleicht nicht, dass Bubis gewissermaßen der Jude Nummer eins hier war, denn er war Vorsitzender des Zentralrats der Juden in Deutschland. Eine in manchem umstrittene Persönlichkeit. Sicher war er ein kluger Mensch, aber er hat das Stück anscheinend nicht begriffen. Wenige haben das. Der damalige Kulturdezernent von Frankfurt, wie hieß er doch gleich, ach ja, Hilmar Hoffmann, der hat es natürlich verstanden, trotzdem sprach er ein Machtwort: ›Wenn sich ein Jude in dieser Stadt von einem Theaterstück beleidigt fühlt, wird es nicht aufgeführt.‹ Punkt. Shakespeares ›Der Kaufmann von Venedig‹ wird jedoch gespielt und kein Bubis ist wegen Shylock beleidigt, obwohl man auch diesen Pfandwucherer als Opfer der Intrigen der Christen, ihrer unverschämten Tricks sehen kann, einer, den man als Bösewicht vorschiebt, um sich in Ruhe den eigenen Schweinereien widmen zu können und ihm noch dazu sein gutes Geld zu entwenden. In Fassbinders Stück ist der reiche Jude ein armer, homosexueller Kerl, der von deutschen Spekulanten vorgeschoben wird, um Häuser abzureißen und neue zu bauen und sich gewaltig zu bereichern. Dem Juden lassen sie den Vortritt, weil sie wissen, er genießt eine Art Bonus im Nachkriegsdeutschland, ihm wird keiner etwas anhaben. Und dann machen sie weiter und verdienen das Zehnfache. Freilich, wenn Fassbinder jemanden als homosexuell darstellt, ist das nicht abwertend gemeint, es ist eher ein Beweis der Sympathie, weil er ja selber homosexuell war.

So, genug von der Theaterkritik, die nicht mein Fach ist, ich wollte nur diese Gedanken loswerden, jetzt aber will ich euch ein Märchen erzählen. Viele von euch kennen es wahrscheinlich, aber Märchen hört man gerne mehrmals, vielleicht sogar allabendlich. Dieses soll jedoch nur einmal im Jahr in einem besonderen Kreis vorgelesen werden.

Ein Zicklein, ein Zicklein, das kaufte mein Väterlein, um zwei Groschen, ein Zicklein …«

Der Applaus setzt zögerlich ein, um dann anzuwachsen, wie wenn das Publikum nach den ersten Takten eine beliebte Arie erkennt, die ein Sänger darbietet. Die meisten Alten klatschen, weil sie sofort wissen, was gemeint ist, die Jüngeren, die Begleiter, begreifen freilich überwiegend nichts. Leo Gutmann nimmt keine Rücksicht auf das Publikum und setzt fort.

»Da kam das Kätzlein und aß das Zicklein, das hat gekauft mein Väterlein, um zwei Groschen, ein Zicklein. Da kam das Hündelein, das hat gebissen das Zicklein, das hat gekauft mein Väterlein, um zwei Groschen, ein Zicklein. Leute, ich erspare euch das lange Gedicht und komme zur letzten Strophe: Da kam der Heiligste, gesegnet sei sein Name, und tötete den Engel des Todes, der hat geschlachtet den Schächter, der hat geschlachtet den Ochsen, der hat getrunken das Wässerlein, das hat verlöscht das Feuerlein, das da hat verbrannt das Stöckelein, das da hat geschlagen das Hündelein, das da hat gebissen das Kätzlein, das hat gegessen das Zicklein, das da hat gekauft mein Väterlein, um zwei Groschen. Ein Zicklein, ein Zicklein.«

Leon hat das sehr schnell aber artikuliert heruntergeleiert, endlich macht er eine Atempause und wieder gibt es Applaus. Er hebt die rechte Hand und gebietet Stille. Und das Publikum gehorcht.

»Heute Abend beginnt das Pessachfest. Wir hätten uns an einer riesigen Tafel wie heute Mittag versammeln können, um den Sederabend zu feiern und das Glas Wein, das man für den Propheten Elias bereitstellt und das meist ein Gast, häufig ein Goi, auszutrinken hat, könnte die Frau Doktor zu sich nehmen oder der Gedenkstättendirektor, aber soweit ich von euch erfahren habe, ist keiner von uns religiös. Die Haggada jedoch kennen viele von euch. Zumindest ihr älteren Juden. Ich habe kein besonders gutes Gedächtnis, deshalb habe ich hier in der Hotelbibliothek nachgeschaut und eine deutsche Übersetzung gefunden. Die hat mir mehr missfallen als alle Bemerkungen über reiche und arme Juden, die wir hier zu hören bekommen haben, weil in diesem Exemplar für den bestehenden Staat Israel gebetet wird. Historisch gesehen finde ich das komisch, de facto einfach falsch, weil Pessach an eine Zeit erinnert, als es keinen Staat Israel gab. Das schöne, wichtige Märchen über das Kitzlein am Ende fehlt in dieser neuen Ausgabe. Das ist für mich unverständlich. Es steht jedoch in der ältesten Haggada, von der ich weiß, der Haggada von Sarajewo, die um 1350 in Spanien auf extra dafür in Handarbeit hergestelltem Pergament geschrieben und gemalt worden ist. Spanische Juden haben sie auf ihrer Flucht durch die halbe damals bekannte Welt mitgenommen, im vorigen Jahrhundert musste sie zweimal unter Lebensgefahr gerettet werden, zum ersten Mal 1943, als ein extra dafür zusammengesetztes Kommando der Nazis sie haben wollte und konkret suchte, zum zweiten Mal 1999, weil das Landesmuseum in Sarajewo, wo sie aufbewahrt wurde, unter Beschuss von serbischer Artillerie geriet. Nebenbei gesagt, in beiden Fällen haben sie Moslems gerettet. Auch in der bekannteren, sehr berühmten Haggada von Venedig aus dem Jahr 1609 steht am Ende die Geschichte vom Zicklein.

Gestattet mir einige Worte über mich selbst.

Ihr werdet bemerkt haben, dass ich zu den jüngeren der ehemaligen Häftlinge von Buchenwald gehöre, ja, soviel ich weiß, bin ich hier der jüngste. Am kürzesten erklärt ist das deshalb so, weil der Waggon, mit dem ich und viele andere aus der Batschka in Serbien in Richtung der Konzentrationslager verschickt wurden, in Österreich abgehängt worden ist, wo wir bei Bauern zur Feldarbeit abgestellt wurden. Erst im Spätherbst des Jahres 1944 wurden wir wieder eingesammelt und die meisten von uns nach Bergen-Belsen gebracht. Wieso ich, sozusagen als Kind, nach Buchenwald geraten bin, kann ich nicht sagen. Da habe ich eine Erinnerungslücke. Wäre ich über Auschwitz in den SS-Staat geraten, in dem Alter ... Nun, dann wäre ich sicher vergast worden.

Als der Krieg zu Ende war, hatte ich in Serbien niemanden. Damit war ich nicht der Einzige. Ich habe sehr früh geheiratet und bin mit meiner Frau und unserem Sohn Amos, der auch hier ist, nach Israel ausgewandert. Dort hat es mir auch nicht gefallen, also gingen wir weiter nach Amerika. Amos hat uns zwei Enkel geschenkt. Über die wollte ich euch noch etwas erzählen.

Wir haben also serbische, israelische und amerikanische Pässe, meine Enkelkinder sind in Israel geboren, haben aber auch Serbien regelmäßig besucht, sprechen die Sprache, zu Hause sprechen wir Serbisch. Fremdsprachen sind immer gut, wenn sie wie die Muttersprache gesprochen werden, noch besser, und wenn es dazu noch kleine Sprachen sind, am allerbesten.

Mein Enkel Raphael, genannt Raph, hatte keine Lust zu studieren, zumindest noch nicht, das ist in den Staaten ja auch sauteuer, und meldete sich in Israel freiwillig zur Armee, zur Militärpolizei in Jerusalem. Als ich ihn einmal fragte, ob er größere Angst habe, getötet zu werden oder einen unschuldigen Araber zu ermorden, hat er die moralische Tragweite meiner Frage überhaupt nicht verstanden. Er antwortete, er sei so gut ausgebildet, dass er bestimmt schneller schießen würde als jeder andere. Jetzt zahlt ihm die Armee das Studium und er bleibt Soldat. Es kommt aber noch schlimmer. Er überredete auch seine Schwester, meine Enkelin Judith, nach Israel zum Militär zu gehen. Als man sie dort fragte, in welcher Truppengattung sie dienen wolle, sagte sie im Geheimdienst. So laufe das nicht, erklärte man ihr, dorthin kann man sich nicht melden, die suchen sich aktiv aus, wen sie haben wollen. Judith beharrte aber auf ihrer fixen Idee, jemand solle den Geheimdienst auf sie aufmerksam machen, sie spreche Hebräisch und Arabisch, beide Sprachen hatte sie in Chicago gelernt, sie hatte sich vorbereitet, das Teufelskind!, und natürlich Englisch und Serbisch dazu. Vor Kurzem hat sie uns wissen lassen, dass sie tatsächlich beim Mossad in Ausbildung sei, sie könne daher bis auf Weiteres keine Verbindung mit uns haben.

Da haben mein Sohn und ich den Schlamassel. Wir sind aus Serbien weg, um den dortigen Krieg zu meiden, aus Israel weg, weil wir die Lage dort nicht mochten, weil wir Netanyahu nicht leiden können, und jetzt dienen meine Liebsten, die der Sinn meiner späten Jahre sein sollten, als Todesengel, als Diener des Satans, der im Talmud kein Bösewicht ist, sondern ein Erzengel im Auftrag des Heiligsten. Hoffentlich fällt ihnen nicht ein, meine Judith als Spionin auf den Balkan zu schicken oder so etwas.

Da kam der Heiligste, gesegnet sei sein Name, und tötete den Todesengel, Zicklein, Judith, mein Zicklein, mein Zicklein.«

Leon hält ein. Man erkennt, dass er gegen die Tränen ankämpft. Es herrscht reglose Stille. Endlich fasst er sich und sagt: »Howgh! Dixi! Hineni! Amen.«

Dann steht er rasch auf, ohne auf den aufbrandenden Applaus zu warten, und eilt davon, Amos ihm nach.

»Das war wieder ein Abend!«, sagt Marko. Obwohl im kleinen Saal schon Unruhe herrscht, viele von ihren Sesseln aufgestanden sind, muss er doch das Ende offiziell verkünden. »Bitte, Leute, morgen ist auch ein Tag, eine Nacht, wer will morgen?«

»Ich!«, sagt Jung.

Marko ist überrascht.

»Sie? Pardon, du?«

»Ja. Für Juden beginnt Pessach, am Sonntag für Millionen, die sich für Christen halten, das Osterfest. Zwar feiere ich still für mich das Abendmahl, aber vielleicht ist es mir ja gegeben, etwas ganz Bescheidenes, vielleicht Ungeschicktes, jedoch von Herzen Kommendes hinzuzufügen.«

Die Gäste verteilen sich in den vielen Räumen im Erdgeschoß des Hotels wie jeden Abend in kleine Gruppen, in Sitzecken, manche stehen gemeinsam mit anderen herum. Die Kellner schwärmen aus, mit ihren Gesichtsmasken fallen sie auf, die die meisten Gäste am liebsten vergessen würden. Man ist im virusverseuchten Weimar in luxuriöser Quarantäne, wer weiß für wie lange.

Marko und Amos sind zwar auch schon um die fünfzig, aber sie gesellen sich zu den Buchenwaldenkeln, stecken die Köpfe zusammen, um ein wenig über »ihre Greise« zu tratschen. Amos kommt mit dem Aufzug von oben.

»Wie geht es deinem Vater? Das muss ja jetzt sehr schmerzhaft für ihn gewesen sein!«

»Was soll ich sagen?«, meint Amos achselzuckend. »Ich kenne ihn nicht so verletzlich. Er ist sonst ein kühler Mensch, ein Techniker, der mit Ziffern und Algorithmen lebt, nicht mit Emotionen. Ich verstehe nicht ganz, was ihn diesmal so stark getroffen hat. Meine verrückten Kinder und ihr Israelwahn sind ja nichts Neues für uns.«

»Ich wusste von all dem gar nichts, mein Opa hat mir nie über das Judentum erzählt«, sagt Galilahi. »Auch nicht was er vor dem Krieg gemacht hat, warum und wo er verhaftet worden ist. Er erzählte immer nur, er sei nach Amerika gekommen, um nichts mehr von dem Blödsinn in Italien, überhaupt vom alten Kontinent wissen zu müssen, und ich habe nie nachgebohrt. Man lernt hier wirklich viel, ich finde das toll.«

Galilahi, Amos, Manolis und Bent stehen mitten in der Halle, dass sie den Kellnern immer wieder im Wege sind, scheint sie nicht zu kümmern.

»Ist das nicht seltsam, nach Hugo ist Leon schon der Zweite, der nach seinem Vortrag wegrennt. Ganz anders als Pharoux. Der ist so kühl und distanziert, als ginge ihn das alles nichts mehr an, der hat sich ein Geschichtchen zurechtgerückt, das nichts mit der Gegenwart zu tun hat. Ein typischer Diplomat eben, total überheblich.«

»Nein«, sagt Bent. »Das ist es nicht. Es ist viel einfacher. Barna und Gutmann sind Juden, die sind rührselig, Pharoux hingegen fühlt vor allem als stolzer Franzose, auch wenn er ebenfalls Jude ist. Im Herzen lehnt er das ganze Judentum ab, glaube ich. Andererseits, wenn er, wie du sagst, nichts mit den Problemen, mit der Befreiungsfeier zu tun haben wollte, hätte er nicht trotz der offiziellen Absage darauf bestanden, herzukommen.«

»Du sprichst wie ein Nichtjude und verstehst nichts«, sagt Amos ärgerlich.

Manolis begreift, dass jetzt ein Themenwechsel angebracht wäre, um die Stimmung zu retten, weil Galilahi, die ihm so gut gefällt, irgendwie nervös scheint – jüdisches Blut, arisches Blut, was ist mit ihrem Anteil an Indianerblut?

»Sind euch die Brillen der alten Herren aufgefallen? Und ihre Gehhilfen, es sieht aus, als wären es bloß Spazierstöcke.«

Verwundert schauen sie sich um. In seiner gewohnten Ecke sitzt der ehemalige Botschafter mit seiner Frau, sie tragen sehr elegante Brillen mit dünnen goldenen Bügeln auf der Nase, die Modelle ähneln einander, unterscheiden sich aber doch auf subtile Weise, zweifellos sehr teure Modelle. Sein Stock ist ihnen schon zuvor aufgefallen. Neben den beiden sitzt Jung, seine große Brille ist sehr einfach, vermutlich billig, sein Stock ist fest und aus einfachem Holz. Nils Jensen trägt eine braune Hornbrille, der ehemalige Boxer Jorgos braucht keinerlei Sehhilfe. Weisz hat eine einfache Drahtbrille auf der Nase.

»Schaut euch den Rosales an dort hinten«, fährt Manolis fort. »Der trägt eine Designerbrille.«

»Dein Vater hat als Einziger neben Jorgos noch gute Augen und braucht keine«, meinte Amos.

»Ach was. Der ist bloß eitel, er trägt Kontaktlinsen. Und habt ihr die Armbanduhren der Herrschaften registriert?« Niemand hat darauf geachtet. »Das ist aber wichtig, Brillen, Stöcke und Uhren weisen sowohl auf den Charakter als auch auf den sozialen Status, die Klassenunterschiede hin. Alle unsere alten Herren, ehemalige arme Häftlinge, sind offensichtlich heute recht wohlhabende Menschen …«

»Na ja, der Zeuge Jehovas kaum …«

Tatsächlich prosten Botschafter Pharoux und der ehemalige Boxer und Sportlehrer soeben Jung zu, wobei ihre Rockärmel hochrutschen. Der Franzose trägt eine goldene Uhr, der Grieche eine sehr große Taucheruhr.

»Fängst du jetzt auch noch wie dein Vater damit an, dass alle Juden reich sind?«

»Erstens hat er das so nicht gesagt, zweitens sind von den hier versammelten ehemaligen Buchenwaldianern fünf keine Juden.«

»Das ist ja noch schlimmer! Hast du gezählt, wie viele Gojim unter uns sind und wie viele Juden …?«

Das Thema ist nicht totzukriegen, aber der Ton bleibt unbeschwert, die längst erwachsenen Männer fühlen sich in dieser Umgebung wieder als Kinder, sind ja als begleitende Kinder oder Enkel ihrer mehr oder weniger altersschwachen Väter oder Großväter angereist, gleichermaßen als Beschützer wie als folgsame Nachkommen. Etwas später stößt auch die Holländerin Anne zu der Runde, die mit Galilahi die jüngste ist. Sie gehen gemeinsam in die Bar, bestellen Champagner und würde sie ein Fremder beobachten, wie sie lachen, einander ins Wort fallen, wie vor allem Manolis und Bent den beiden Mädchen den Hof machen, er käme nicht auf den Gedanken, dass es sich hier um eine Gruppe handelt, die sich da mitten in der schlimmsten Pandemie, an die sich Zeitgenossen erinnern können, in strenger Quarantäne befindet. Boccaccio hätte seine Freude an ihnen gehabt.

Leons Bericht hat Sascha nachdenklich gemacht, sonderbar, grübelt er vor dem Einschlafen, mein eigenes Judentum hat mich nie sonderlich interessiert, das heißt die Religion als solche natürlich, aber nicht mehr als die anderen Religionen, der seltsame Staat Israel schon und das Experiment Kibbuzim, aber China zum Beispiel war doch immer viel spannender als Eretz Israel.

Was würde Freud bei mir entdecken? Damals, in Moskau auf dem Roten Platz war ich im Angesicht des Lenin-Mausoleums, des Kremls und ganz besonders der Basilius-Kathedrale ehrlich ergriffen, aber in Jerusalem vor der Klagemauer nicht. Wieso? Ich könnte es nicht erklären, so fühlt es sich einfach an. Ich bin anscheinend nicht nur ein vaterlandsloser, sondern auch ein rassenloser Geselle. Das hätte Hitler nicht gelten lassen. Mein Pech. Natürlich verstehe ich, dass sich viele Israelis bedrängt fühlen und sich verteidigen wollen, aber wie kann man aus Amerika hingehen, um auf Palästinenser zu schießen? Ich bin nun einmal ein Fan der Palästinenser, der Albaner, der Kurden. Wenn ich Albaner wäre, würde ich wahrscheinlich die Serben lieben. Und wenn ich zu Hitlers Zeiten ein Deutscher gewesen wäre, sicherlich die Juden, mehr als mir das jetzt gelingt. Hoffentlich.

Es ist unwichtig, wer Arier und wer Jude ist, wesentlich ist hingegen, wie viele von uns sind Opfer, wie viele Kämpfer? Das ist nicht so leicht auszurechnen, denn auch Juden haben gekämpft, und wie! Der Exbotschafter zum Beispiel. Châpeau. Und andererseits sind auch Arier Opfer geworden, wie der Zeuge Jehovas. Ist der überhaupt Arier? Jetzt denke ich auch schon in solchen Klischees.

Wieso spüre ich keine Leidenschaft bei uns als Redner? Plötzlich hochkommenden Schmerz, das schon, der amerikanisch-israelische Serbe erträgt es nicht, dass seine Enkelkinder für ihn unbegreifliche Wege gehen, aber das hat nichts oder nur sehr indirekt mit der Shoah zu tun. Und warum hat der Ungar angefangen zu weinen? Über sein eigenes Schicksal? Ich verstehe das nicht. Etwas ist in ihm zerbrochen. Ich meine diese Leidenschaft der Sieger, die wir doch sind, schon weil wir so alt geworden sind. Sind wir alle äußerlich fast so unterkühlt wie Pharoux? Komisch. Keiner von uns nennt ihn mit seinem Vornamen … Sind wahre Helden so wie er?

DER NEUNTE ABEND – DIE BERGPREDIGT

Michael Jung, Jehovas Zeuge, sieht gar nicht aus, wie man sich einen Prediger vorstellt, und es käme auch niemand auf die Idee, dass er sechsundneunzig Jahre alt ist, denn er ist nicht zittrig, seine Bewegungen sind langsam, aber sicher. Er ist etwas altmodisch gekleidet, mit korrekt gebundenem Schlips, einer sehr großen Brille in seinem runden, für einen Greis überraschend glatten Gesicht, schütteren, aber sorgsam gekämmten Haaren in schönem Silberton. Man könnte ihn für einen pensionierten Buchhalter halten, sicher nicht für einen Gastwirt aus der Provinz, was er gewesen ist, und schon gar nicht für einen Helden, der bereit war, für seinen Glauben die schlimmste Folter auszuhalten und den Tod auf sich zu nehmen. Er spricht leise, langsam, etwas zögerlich, als müsste er sich ständig entschuldigen, trotzdem eindringlich. Wenn er seine Stimme manchmal nur um eine winzige Nuance hebt, erzielt er einen Effekt wie ein geübter Redner, der schreit. Ist seine Bescheidenheit Schauspiel? Angelernt? Wahrscheinlich nicht, aber wer weiß das schon. Würde man fragen, wäre seine Antwort, das sei vielleicht so, weil er versuche, im Namen des Herrn zu sprechen.

»Jehovas Zeugen gehen gern von Tür zu Tür, um ein Gespräch über das Wort Gottes anzubieten. Wir läuten ein- oder zweimal, wir würden niemals Sturm läuten, das dürfen wir nicht. Wir wollen niemanden stören oder bedrängen oder gar etwas aufzwingen. Ich bin auch hier in diesem Hotel nicht von Zimmertür zu Zimmertür gegangen, um euch mein Gespräch anzubieten, liebe Brüder und Schwestern. Dabei sind wir doch alle ziemlich allein auf dieser Welt und jetzt ganz besonders, wenn wir nicht die Gewissheit haben, dass Gott bei uns ist. Auch hier. Überall und jederzeit. Es ist nicht anders als sonst auch, selbst wenn uns ein Virus zwingt, uns vom Trubel der Welt abzuwenden.

Ihr habt mich eingeladen zu sprechen. Viele von euch haben bereits gesprochen. Ich habe viel von euch gelernt. So alt man wird, man lernt nie aus. Obwohl ich nicht angeklopft habe, hat es der Herr so gefügt, dass ich eingeladen wurde und ihr mir zuhören wollt. Ich bitte euch inständig, wenn ihr nicht weiter hören wollt, was ich erzähle, gebt mir Zeichen, dass ich aufhöre. Gott hat uns allen die Freiheit gegeben, seine Botschaft zu empfangen oder nicht.

Und hört nicht mir zuliebe zu, weil ihr denkt, das würde mir bei Gott gut angeschrieben oder ihr denkt, ich glaube das. Meine Rettung, meine Erlösung hängt nicht davon ab, ob ich euch dazu bewegen kann, durch meinen schwachen Mund das Wort Gottes zu vernehmen. Unsere Rettung, so auch meine Rettung, ist ein so großes Geschenk, dass es nicht als eine Gegenleistung Gottes für etwas, was wir getan haben oder tun können, gesehen werden kann. Es ist uns ohne Bedingung angeboten. Jedem von euch, so wie mir auch.

Ich möchte euch von einem Juden erzählen, der auf einen Berg in seinem Land stieg, dort, wo sich heute das nördliche Ende des Staates Israel befindet. In der Bibel steht kein Wort über die Gründung eines Staates für Juden, sondern eines Gottesstaates für alle Menschen. Ich habe keine Meinung zu politischen Entwicklungen, aber ich gehorche den staatlichen Autoritäten, denn Gott duldet sie. Das ist die Haltung von Jehovas Zeugen und ich teile sie als einer von ihnen.

Sehr nahe bei diesem Berg befindet sich ein See, dessen Wasserpegel weit unter dem Pegel des Meeres liegt. Auch in dieser Hinsicht ist er einzigartig auf der Welt. Man hört, er sei am Austrocknen. Das ist möglich. Es ist möglich, dass das das Ende der Welt sein wird. Wir glauben, ich glaube, der Weltuntergang ist nahe. Die Bibel sagt ihn voraus. Ist das Virus mit dem schönen Namen Corona auch ein Zeichen des Harmagedon? Es ist möglich, aber unsere Brüder in der Vergangenheit haben sich oft geirrt, als sie den Tag vorauszusagen versuchten, weshalb ich mich hüte zu deuten, was heute geschieht.

Ich möchte nur ein wenig den Ort beschreiben, an dem dieser jüdische Prediger viele Juden versammelt hat, um ihnen etwas zu sagen. Ich will hier von einem unendlich größeren anderen erzählen, der erzählt hat. Das ist doch auch im Sinne des ›Decamerone‹ des großen italienischen Dichters, oder? Es ist eine gute Erzählung, die dort vom Berg kommt, denn sie verspricht allen die Seligkeit, die nach ihr streben, nach ihr dürsten. Nicht nur jenen, die zufällig dort waren und das Versprechen aus seinem eigenen Munde vernommen haben. Wir können sie auch heute hören, wenn wir möchten, und den Segen empfangen. Wer Augen hat zu sehen, der sehe. Wer Ohren hat zu hören, der höre.

Wasser ist Leben. Das sagt uns die Wissenschaft, wir wissen es jedoch auch aus einem inneren Gefühl, das uns Gott gegeben hat. Ihr müsst das jetzt nicht bestätigen, meine Brüder und Schwestern, aber ihr wisst es wohl. Trinkt ein Glas kühles Wasser und ihr werdet verstehen, was ich meine. Wie der Hirsch lechzt nach frischem Wasser, so lechzt meine Seele nach dir, Gott.

Viele Menschen hatten sich am Ufer des Sees versammelt, der Prediger lud sie ein, es sich auf den Hängen des Berges bequem zu machen, um ihn besser hören zu können. An diesem

See hatte er auch seine ersten Jünger gefunden, die dort als Fischer lebten. Es war ein besonderer Tag, denn in der Nacht davor waren ihnen keine Fische ins Netz gegangen und ihre Geschäftspartner waren bereits drauf und dran abzuziehen, da sie keine Ware anzubieten hatten. Der Prediger jedoch, ein gewandter, buchstäblich geschickter Redner, forderte sie auf, noch einmal mit ihren Booten auszufahren und ihre Netze ins Wasser zu werfen, und tatsächlich wurde es ein überaus ertragreicher Fischzug. Dann allerdings folgte sein Ruf, Heim und Arbeit zu verlassen und Menschenfischer zu werden …«

Michael Jung setzt seine Rede nun ganz anders fort, es scheint fast, als versuchte er zu übersetzen, was ihm eingeflüstert wird, als spräche er nur als Vermittler.

»Selig sind, die da geistig arm sind, denn ihrer ist das Himmelreich, begann der Mann auf dem Berg. Keiner verstand ihn. Mag sein, auch heute verstehen wir diese Worte nicht. Wer war seiner Meinung nach geistig so arm, dass er ihm das Himmelreich versprechen konnte? Ich weiß es nicht. Ich denke mein Leben lang darüber nach. Ich kann es euch nicht deuten. Bin ich geistig arm genug, um das Himmelreich zu gewinnen? Oh, ich hoffe es. Die Frage gebe ich weiter, meine Brüder und Schwestern. Wenn ihr wollt, könnt ihr euch selber fragen. Jeder sich selbst.

Und er versprach den Leidenden Trost, den Sanftmütigen das Erdreich, den nach Gerechtigkeit Dürstenden die Labung, den Barmherzigen Barmherzigkeit … ich höre ein Raunen aus eurer Runde. Entschuldigt. Ist mir die Erzählung zur Predigt geraten? Predige ich euch, die ihr gewandter, erfahrener, klüger seid als ich? In der Schublade im Kästchen neben eurem Bett hier im Hotel findet ihr ein Buch, dort könnt ihr weiterlesen, wenn es mir gelungen ist, eure Neugier zu wecken. Man muss dieses Buch immer wieder lesen und wird dabei jedes Mal etwas Neues entdecken, eine direkt an uns gerichtete Botschaft. Es war jedenfalls ein Menschensohn, der dort auf dem Berg in der Nähe des wunderbaren Sees Genezareth zu Menschen gesprochen hat.

Darf ich trotzdem weiterreden, Marko?«

»Wir hören dir gern zu. Aber die meisten von uns kennen das Neue Testament zumindest in groben Zügen. Kannst du uns nicht erzählen, wie es dir in Buchenwald ergangen ist? Du hast doch sicher den violetten Winkel getragen. Davon habe ich gelesen und mein Vater hat mir auch einiges erzählt.«

Jung atmet auf, setzt sich aufrechter und fährt in veränderter, man könnte sagen, einfacherer Tonlage fort.

»Ich habe es gewagt, zu euch über den Menschen auf dem Berg nahe dem See Genezareth zu sprechen, ich, dem es nicht einmal gelungen ist, seinen einzigen Sohn dem Glauben zuzuführen. Das ist nicht seine Schuld, sondern meine. Da sitzt er unter euch, fragt ihn, fragt seine Gattin, meine geliebte Schwiegertochter.

Über meinen Aufenthalt in Buchenwald will ich gern etwas erzählen, wenn ihr es mir abverlangt. Ich hadere nicht mit meinem Schicksal. Sicher, Gott hat uns mit dem violetten Winkel gezeichnet. Ausgezeichnet. Es gab auch unter den SS-Posten gute Menschen. Einer hat versucht mich zu überreden, mich zur Waffe zu melden, ich müsse ja keinen Menschen erschießen. Man könne daneben zielen oder in die Luft. Einfach ungeschickt sein. Auch wenn es uns verboten sei, Menschen zu töten, dann doch gewiss nicht, ein Stück Eisen in der Hand zu halten. Er hat es gut gemeint, aber nicht begriffen, was uns auferlegt war.

Ich war ja noch so schrecklich jung. Ich habe damals nicht viel nachgedacht, nicht gegrübelt, das war vor fast achtzig Jahren, vor fünfundsiebzig Jahren wurden wir schon befreit. Ich hatte schon damals meinen festen Glauben. Nein, ich habe nicht an Gott geglaubt, ich habe von ihm gewusst. Dieses Wissen ist nicht ins Schwanken geraten, das nicht, aber ich sehe heute viel besser, dass Gott einen Teil der Welt dem Satan überlassen hat. Einige Zeit lang habe ich nicht begriffen, warum Gott Satan als vollkommenen Engel erschaffen und ihm gestattet hat, sich gegen die Herrschaft des Guten aufzubäumen, die Welt in seinen Griff zu nehmen. Warum bloß? Endlich ist mir ein Licht aufgegangen, zumindest glaube ich verstanden zu haben, dass ich nicht alles verstehen muss. Nicht alles begreifen kann. Es gibt Gutes und es gibt Böses auf dieser Welt. Ihr seid kluge Leute, ihr nennt das Dualismus. Ich bin nicht gescheit. Ich bin fröhlich. Vielleicht bin doch auch ich gemeint, wenn den geistig Armen das Himmelreich versprochen worden ist.

Peitschenhiebe, Hunger, Steine schleppen, schlimme, hässliche Worte, die haben meinen Körper getroffen, meine Seele nicht. Ich habe damals keine Angst vor dem Tod gehabt, ich war ja noch nicht einmal achtzehn, sterben wäre nur die Erlösung vom Schmerz und hoffentlich der Eingang in die Herrlichkeit gewesen. Danach und seitdem hatte ich viele Gründe, fröhlich zu sein. Berge zu sehen, Wälder, das Korn im Sommer, den Himmel in tausend Nuancen des Blau und des Grau und auch die Finsternis, aus der Blitze herunterzucken. Musik. Gesang. In meinem Wirtshaus wurde oft gesungen. Ich habe mitgesungen, so lange meine Stimme trug. Die Leute haben gesagt, dass ich eine gute Stimme, ein fabelhaftes Gehör habe. Ich habe eine wunderbare Frau getroffen. Das war schon in meinen späteren Jahren. Oh, es war nicht leicht, auf die Begegnung mit so einer zu warten, aber der Hunger nach dem Leib einer Frau war von keiner solchen Gier gezeichnet wie der Hunger nach Brot in der dunklen Einzelzelle in Buchenwald. Dort habe ich gelernt mich zu gedulden. Sie war so lange auf dieser Welt, meine Maria, um mir einen Sohn zu schenken, ja, dort ist er. Apotheker. In jedem Beruf soll man, sollen wir arbeitsam und unter den besten sein. Er ist es, mein David. Meine größte Freude und mein größter Schmerz, weil er nicht mit mir eingehen wird in die Ewigkeit. Vielleicht ist er mir zu spät geschenkt worden. Ich könnte sein Großvater sein. Vielleicht hat ihm ein starker Vater gefehlt, kein Opa, der in seinem Wirtshaus Tag und Nacht herumläuft, freundlich zu seinen Gästen ist, fröhlich, und spätabends todmüde, sosehr er sich auch bemüht, es nicht zu zeigen. Gott ist die Liebe, auch für ihn, für euch, meine Brüder und Schwestern, aber er ist auch Gerechtigkeit und Macht und Weisheit. Und ihr werdet sterben, nur die Auserwählten gewinnen das ewige Leben im Himmel, andere, deren Glaube fest genug ist, das Königreich Gottes auf Erden. Wer nicht an den Herrn glaubt, wird eines Tages endgültig tot sein.

Hier stehe ich, Gott helfe mir, ich konnte nicht anders reden. So etwas Ähnliches hat der Ketzer Luther gesagt, aber so ist es, inständig bitte ich euch, vergebt mir, dass ich nicht so erzählen kann, wie ihr es wahrscheinlich erwartet habt. Ihr wisst, ich habe mich nicht aufgedrängt, ihr habt mir diese Worte abverlangt.

Ach, was ich noch erzählen wollte. Der Mensch, um den sich so viele andere versammelt haben auf dem Berg in der Nähe des geheimnisvollen Sees Genezareth, der hat im Gegensatz zu Moses' Gebot, Auge um Auge und Zahn um Zahn zu vergelten, seinen Jüngern aufgetragen, sie sollten dem Übel nicht widerstreben, sondern jemandem, der sie auf ihre rechte Backe schlägt, noch die andere anbieten. Und er hat gesagt: ›Liebt eure Feinde und bittet für die, die euch verfolgen!‹ Das gilt auch heute, fast zweitausend Jahre, nachdem er gesprochen hat, ganz besonders gilt es für uns hier in Deutschland. Er hat erklärt, es sei nichts Besonderes, freundlich zu seinem Bruder zu sein, das seien auch die Heiden. Die wahre Vollkommenheit sei es erst, wenn es gelinge, die Feinde zu lieben, wie es der Vater im Himmel wünsche. Ich bete, dass unseren Henkern vergeben werden möge. Diesen Auftrag des Herrn kann ich euch nicht weitergeben, aber ihr wolltet wissen, wie es um mich steht.«

Der alte, sehr alte, fast hundertjährige Michael Jung schweigt. Er hat die letzten Sätze nicht besonders hervorgehoben, sie nicht rhetorisch oder im Predigtton vorgetragen, sondern in ganz einfachem Erzählton, als würde noch etwas folgen. Erst als er aufsteht und sich leicht verneigt, beginnt der zunächst zögerliche, dann doch freundlich aufbrausende Applaus und Marko sucht nach richtigen Abschlussworten.

»Du hast von Herzen zu unseren Herzen gesprochen, wir danken dir sehr. Wir haben nur noch zwei potenzielle Redner, Weisz aus Tschechien und Seliger aus Holland, wer von euch möchte?«

»Ich möchte übermorgen, als Letzter sprechen«, erklärt Professor Viktor Weisz energisch, »mir ist dazu etwas eingefallen.«

»Ich bin einverstanden«, beeilt sich Stefan Seliger mit zufriedener Stimme.

»Dann wäre das also verabredet. Die Frau Doktor möchte uns auch etwas sagen.«

»Ja!« Gerda tritt vor. »Vielleicht wird es für Sie eine Überraschung sein, hoffentlich eine angenehme. Nach langen Beratungen haben sich die Ärzte und die Behörde bereit erklärt, Ihnen den Vorschlag zu machen, am Samstag in einem Bus auf den Berg zur Gedenkstätte zu fahren, das ist der Tag der Befreiung, den wir sehr feierlich begehen wollten, auch wenn wir zu keiner großen Versammlung einladen konnten. Sie hätten die Möglichkeit, einen Kranz niederzulegen, einer oder mehrere von Ihnen könnten etwas sagen. Sie würden aber fast allein auf dem Appellplatz stehen, nur die Sicherheitsbehörden wären dabei und einige Kamerateams, allerdings würde es im Fernsehen von einigen Anstalten live übertragen oder mitgeschnitten werden. Sind Sie damit einverstanden?«

»Aber sehr!«, ruft Sascha als Erster. »Nicht wahr, Kameraden?«

Jung ist verschwunden, wahrscheinlich auf sein Zimmer gegangen. Um seinen Sohn David, der nicht besorgt scheint, und seine hübsche, schweigsame junge Frau haben sich Manolis und Galilahi, die bei jeder Gelegenheit zusammenstecken, Amos, Bent und die Holländerin Anne versammelt.

»Ist dein alter Herr immer so pathetisch?«, will Bent wissen.

»Nein. Nicht immer. Manchmal kommt er so in Fahrt, man muss ihn lassen. Ihr könnt euch nicht vorstellen, was er für ein guter, stets fröhlicher Gastwirt war, singend zwischen den Tischen tänzelnd, keinen belästigend, für jeden eine Aufmunterung parat. Erst wenn er mich spät am Abend ins Bett brachte, begann er mit seinem Gott, ich habe mich dann schlafend gestellt und bin tatsächlich bald eingeschlafen, für mich waren es Gutenachtgeschichten.«

»Er ist körperlich unwahrscheinlich fit für sein Alter.«

»Ja, Gott strafe ihn damit, sagt er immer. Ein zu langes Leben sei eine Strafe, denn es verzögere die Ankunft im Himmelreich.«

»Und was wird dein Vater sagen, Anne?«

»Ich ahne es, aber ich verrate nichts. Wir wissen doch alle mehr oder weniger, was unsere Herren Väter gerne erzählen, was ihr Steckenpferd ist.«

»Ist es nicht eine Belastung, aus Holland zu sein und Anne zu heißen?«

»Wie meinst du das, wegen Anne Frank? Nicht wirklich. Die war ein schwer und unglücklich verliebtes fünfzehnjähriges Mädchen und hat in einem schönen Notizbuch, das ihr als Poesiealbum geschenkt worden war, ein Tagebuch geschrieben wie so viele andere Mädel auch. Sie hat auch über die schlechte Ehe ihrer Eltern und natürlich über ihre Sexualität geschrieben, das hat ihr prüder Vater später herausgerissen. Über das Furchtbare in den Lagern hat sie nichts geschrieben, denn das konnte sie ja noch nicht wissen, und trotzdem ist es weltweit das wichtigste Buch über den Holocaust geworden. Das begreife ich nicht, aber wer fragt mich schon. Man hat sie wie so viele andere in einem Lager sterben lassen, aber ihr Papa hat viel Geld mit diesem Heft gemacht. Wegen solcher Typen wie ihm hasst man uns Juden. Die Seiten, die er aus dem Tagebuch rausgerissen hat, hat er vor seinem Tod angeblich einem Mann gegeben, der sie verkaufen sollte, es kam zu einem hässlichen Skandal wie dem mit den jüdischen Boxern, von dem Jorgos erzählt hat …«

»Kinder, wenn ich als Goi so etwas gesagt hätte, wärt ihr alle wütend über mich hergefallen«, bemerkt Manolis.

Der Eingang zum Lager scheint den ehemaligen Häftlingen kleiner, unbedeutender als in der Erinnerung, aber der viereckige Turm über dem Lagertor ist unverkennbar.

»Eins, zwo, drei, vier!«

Keine Befehlsstimme gibt diesmal das Kommando, es ist

ein wohlklingender Bariton, nicht gleichgültig, aber seltsam nichtssagend, denn man schreitet nicht, sondern gleitet irgendwie dem schrumpfenden Eingang entgegen. Sascha geht ohne Schwierigkeit, das wundert ihn. So vieles ist merkwürdig. Die Stimme kommt ihm bekannt vor. Wessen Stimme ist das?

»Ein Lied!«

»Auf der Heide, Heide … Und das heißt, Erika!«

Sascha wird sich übergeben müssen. Jetzt? Vor aller Augen? Die Kolonne aufhalten. Schon liegt er rücklings auf dem Boden. Die Magenröhre empor steigt heißes Blei zum Rachen und droht ihn zu ersticken. Über ihm ein Frauenantlitz. Ist es Frau Doktor Müller? Gerda? Wie lange habe ich kein so liebliches Mädchengesicht aus solcher Nähe gesehen? Warum ist es nicht meine verstorbene Frau, meine einzige, große Liebe? Das Gesicht verwandelt sich jedoch in eine Maske mit langem schwarzem Schnabel, wie sie die Ärzte zur Pestzeit getragen haben, um zu erschrecken und zu warnen, und diese Warnung weckt ihn auf.

Sascha liegt in seinem Hotelbett. So ein realistischer Traum! Was bedeutet er? Vielleicht war der Brechreiz echt. Möglicherweise hat der den Traum verursacht, der Schlaf war so tief, so tief, dass er ihn nicht wecken konnte. Da ist jedoch kein schaler Geschmack in der Mundhöhle. Noch ist es dunkel, aber doch dringt eine helle Nacht durch die Vorhänge.

Sascha steht auf. Ein wenig wackelig. Kein Wunder, nach so einem Traum. Das Wasser tut gut. Mund ausspülen, das Glas austrinken. Zurück ins Bett. Es ist erst fünf Uhr in der Früh. Er muss ausschlafen. Sie wollen ja tatsächlich auf den Berg hinauf. Er wird jetzt tief einschlafen in der Gewissheit, gesund und munter aufzuwachen. Sicher. Hundertprozentig sicher. Zumindest diesmal sehr wahrscheinlich. Diesmal noch. Bitte.

MÜTZEN AB

Der Frühstückssaal des Hotel Elephant füllt sich am Morgen des 11. April früher und schneller als in den letzten Tagen, seit die elf ehemaligen Buchenwaldhäftlinge und ihre Begleitung hier in Isolation sind. Augenscheinlich sind alle aufgeregt. Die Alten, die weniger und mäßiger gegessen haben als sonst, sind die Ersten, die ein wenig zögerlich durch das Eingangstor des Hotels auf den Marktplatz treten.

Eine Polizeikette hat einen weiten Kreis um den Eingang des Hotels gebildet, Mikrofone sind aufgestellt und einige Kamerateams schon bereit. Ein Polizeioffizier salutiert.

»Einer von uns muss sprechen«, sagt Barna. »Ich glaube, du als ehemaliger Botschafter und UNO-Beauftragter bist wie geschaffen dafür, Philippe.«

»Nein, im Gegenteil. Das hier hat nichts mit der UNO zu tun, wir fahren zum Appellplatz hinauf, ins Lager, da steht ›Jedem das Seine‹. Das würde Sascha besser machen.«

»Glaube ich auch.« Igor ist einverstanden. »Der redet und redet, aber wie sein eigener Sohn zu Recht angemerkt hat, man muss ihn bitten, sich kurz zu halten, sonst fallen wir um dort oben, wie früher, als man uns ewig lange abgezählt hat.«

»Bist du bereit?«, fragt Jorgos, der ehemalige Boxer.

»Wenn ihr unbedingt meint …« Das klingt nicht zögernd, sondern als hätte der Serbe es erwartet.

Frau Doktor Meier gesellt sich zu den alten Herren.

»Guten Morgen, wie geht es Ihnen?«

Nacheinander kommen auch die jüngeren Leute aus dem Haus.

»Wie sonderbar, dass da ein einziger Balkon an der Fassade ist«, meint Galilahi, die jetzt endlich in Ruhe das Hotel, in dem sie sich eingesperrt fühlt, von außen betrachten kann. Als sie ankamen und auch am Tag darauf, als sie ihren Großvater bis zum Krankenwagen begleitete, war sie zu aufgeregt. »Und was steht da?«

»Ein Aufruf. ›Alle Menschen sind frei und gleich an Würde und Rechten geboren.‹ Von diesem Balkon hat Hitler zu seinen lieben Weimarern gesprochen. Ziemlich oft«, erklärt Marko. »Er war gerne in diesem Hotel, weiß der Himmel wie oft.«

An dem eingerüsteten Rathaus links sind spezielle Buchenwaldbanner gehisst.

»Wir statt Hitler, das ist doch immerhin ein Fortschritt!«

»Seid still, Leute. Ich glaube, jetzt gibt es wieder ein paar Reden.«

Der Oberbürgermeister begrüßt die anwesenden ehemaligen Häftlinge der Konzentrationslager Buchenwald und Mittelbau-Dora. Der Direktor der Gedenkstätte spricht über den Tag der Befreiung. Ihre Stimmen sind durch die schlechten Lautsprecher verzerrt und schwer zu verstehen. Kork, der früher tat, als verkörpere er die Obrigkeit, steht bescheiden im Hintergrund. Auf Anweisung der Ärztin haben eifrige Kellner unter Patricks Kommando Klappstühle und Decken gebracht und bieten den älteren Herren an, Platz zu nehmen.

Endlich ist man mit dem Gerede fertig, Philippe beginnt als Erster zu klatschen, alle halten höflich mit.

Ein großer Reisebus fährt vor, alle werden gebeten einzusteigen. Die Kolonne ordnet sich. Vorneweg ein Motorradpolizist, es folgen ein Polizeiwagen, der Bus, zwei Rettungswagen, am Ende noch ein Polizeiwagen, über ihnen kreist ein Hubschrauber auf der gesamten Fahrt durch Weimar und den Ettersberg hinauf.

»So wird wohl Reichsjägermeister Göring hinaufgefahren sein, wenn er den kleinen Zoo besuchte, den Lagerkommandant Koch für ihn eingerichtet hat. Die Tiere wurden auf Rechnung der für die Häftlinge vorgesehenen Nahrungsmittel gefüttert …«, erklärt Sascha. »Es gab Paviane, Bären, Adler, andere Raubvögel, ein Freigehege mit Hirschen und anderem Wild, einen Falkenhof im altgermanischen Stil, eine Jagdhalle. Es war sehr vorteilhaft, zum Kommando der Pfleger zu gehören, die bekamen besser zu essen, wenn auch nicht so viel wie die Tiere …«

»Spar dir dein Gerede für oben, wir wollen in Ruhe durch die Fenster schauen!«, ruft jemand.

Der Bus hält vor dem Lagertor. Alle steigen langsam aus. Auch einer der beiden Rettungswagen hält ganz vorne. Ein Rollstuhl wird ausgeladen. Auf ihm sitzt in eine Decke eingewickelt Franco Miculetti, er hebt grüßend die Hand, seine Enkelin schreit auf, rennt zu ihm, hält dann plötzlich inne und schaut den Herrn im weißen Kittel, der neben ihrem Großvater steht, fragend an:

»Darf ich?«

»Ja, aber nicht so stürmisch. Herr Miculetti ist noch schwach und ruhebedürftig, aber er erholt sich ausgezeichnet, er hat darauf bestanden, heraufzukommen, und ein Konsilium hat es nach einigem Zögern gestattet, wir wollen ja keinen Rückfall provozieren.«

»Wie geht es dir?«

»Ich glaube, ich könnte aufstehen, die guten Mediziner sind übervorsichtig, aber das ist ihr Job.«

Francos Stimme klingt normal. Rodrigo Rosales Rosales, den bisher nach dem sechsten Abend, als er so interessant über Ovid sprach, kaum jemand bemerkt hat, obwohl er fast immer, mit seinem Gefährten tuschelnd, in der Lobby anwesend war, sagt plötzlich mit fester Stimme, sozusagen im Befehlston: »Mützen ab!«

Er lüftet seinen schwarzen Hut, klemmt ihn unter den linken Arm, wie Offiziere das mit ihren Mützen tun, zerdrückt ihn dabei wahrscheinlich und geht überraschend stramm für sein Alter durch das geöffnete Eisentor mit der Inschrift »Jedem das Seine« hinein … Wohin hinein? Ins Lager! Sein Begleiter Raphael Diaz, der barhäuptig ist, folgt wortlos.

Pharoux nimmt seine Frau am Arm, zieht auch seinen Hut und folgt ihnen.

»Recht hat er!«, schreit Igor im Kommandoton und reißt sich zackig die Pelzmütze vom Kopf. »Anschließen! Los, los!«

Genauso wie der Spanier imitiert er den Befehlston der SS.

Einer nach dem anderen, in Zweiergruppen oder allein, gehen die ehemaligen Häftlinge und ihre Begleiter durch das Tor, Galilahi schiebt den Rollstuhl mit ihrem Großvater.

»Wir mussten zu fünft in einer Reihe«, flüstert jemand dem Sohn oder dem Enkelkind zu.

Sascha denkt an seinen seltsamen Traum. Jetzt ist es Wirklichkeit, jetzt sind wir wach. Kein Brechreiz, nichts, er ist nicht einmal sonderlich aufgeregt, aber das Gehen fällt ihm tatsächlich leichter als sonst in letzter Zeit.

Der Blick den Hang hinunter. Rechts das Krematorium mit seinem charakteristischen viereckigen Kamin, weiter unten die ehemalige Effektenkammer, ein zwei Stockwerke hohes Gebäude mit rotem Ziegeldach, zurzeit Museum. Und die Erinnerungen, wo welche Baracke stand … Blöcke nannte man sie. Wo waren die Latrinen, die grässlichen? Weit unten links war das sogenannte Kleine Lager.

Das Gewölbe des Himmels ist blau mit wenigen weißen Wolken, aber plötzlich verdunkelt es sich, eine große, sehr finstere Wolke steht direkt über ihnen. Sie hat eine seltsame Form. Ein kalter Wind kommt auf.

»Es wird doch nicht ausgerechnet jetzt regnen!«

Die Älteren, die ehemaligen Häftlinge, frösteln trotz der warmen Mäntel, zu lange sind sie im warmen Hotel ohne Ausgang gewesen. Ohne den Befehl »Mützen auf« abzuwarten, setzen alle ihre Kopfbedeckungen wieder auf.

Sascha zeigt nach oben. Marko sagt leise: »Ich weiß, was du meinst, den Aschenmenschen, von dem du geschrieben hast. Ist er tatsächlich da?« Er meint den Roman über den Aschenmenschen von Buchenwald, der auch als Wolke verkleidet sein Unwesen treiben kann.

Ein Rednerpult ist aufgestellt, mehrere Mikrofone sind bereit. Links in kleiner Entfernung stehen ein Junge und ein Mädchen mit Maskenschutz und einem großen Blumenkranz. Kameras auf allen Seiten. Der Direktor der Gedenkstätte Buchenwald und Mittelbau-Dora mit seinem breitrandigen Hut spricht als Erster. Er heißt die tapferen ehemaligen Häftlinge willkommen, die es sich trotz des hohen Risikos nicht haben nehmen lassen, persönlich als Zeitzeugen an diesem Ort zu erscheinen, begrüßt sie noch einmal auch im Namen des Ministerpräsidenten von Thüringen und des Oberbürgermeisters von Weimar und ganz besonders des Herrn Bundespräsidenten – zum wievieltem Mal? – und ruft alle Menschen guten Willens auf, die Thüringische Erklärung anlässlich des Jahrestags der Befreiung zu unterzeichnen. Vor genau fünfundsiebzig Jahren hätten amerikanische Truppen das Lager befreit, die heldenhaften Insassen jedoch hätten davor schon aus eigenen Kräften die SS verjagt. Er wolle jetzt nicht den ehemaligen Häftlingen die Zeit wegnehmen, sie könnten nicht lange auf diesem ehemaligen Appellplatz stehen, ohne sich an die schrecklichen Zählungen jener Zeit zu erinnern. Er bitte einen von ihnen, das Wort zu ergreifen.

Junge Helfer haben Stühle und Decken gebracht, aber keiner setzt sich, auch Franco steht auf, aber die Mediziner, die ihn betreuen, drücken ihn sanft in seinen Rollstuhl zurück.

Marko stößt seinen Vater in die Rippen und Sascha geht, so aufrecht es ihm gelingt, zum Rednerpult und beginnt.

»Die überlebenden Häftlinge im Stammlager Buchenwald haben am 19. April vor fünfundsiebzig Jahren hier einen Schwur geleistet. Obwohl ich nicht dabei war, fühle ich mich diesem Schwur verpflichtet. Ein wesentlicher Satz des Schwurs lautete: ›Die Vernichtung des Nazismus mit seinen Wurzeln ist unsere Losung. Der Aufbau des Friedens ist unser Ziel.‹

Haben wir diesen Schwur eingehalten? Ich glaube, das haben wir nicht. Bundespräsident Steinmeier hat in Jerusalem gesagt, ich zitiere: ›Ich wünschte sagen zu können, wir Deutschen haben für immer aus der Geschichte gelernt. Aber das kann ich nicht sagen, wenn Hass und Hetze sich ausbreiten.‹ Damit hat Bundespräsident Steinmeier bestätigt, dass weder die Vernichtung des Nazismus noch der Aufbau des Friedens gelungen ist – ich füge hinzu, des Friedens auf der ganzen Welt.

Als er diese Rede vor zweieinhalb Monaten gehalten hat, glaubte ich trotzdem, dass Neonazis hier in Deutschland nie wieder die Macht übernehmen können. Für unvorstellbar kann ich es heute nicht mehr halten. Als ob ich in meinem Heimatland Serbien nicht an Grauen genug hätte, beobachtete ich die Entwicklung hier im Lande, wo das Konzentrationslager Buchenwald stand, mit Besorgnis, mit Schrecken. Es geht ja nicht nur um Thüringen, nicht nur um Deutschland, ich fürchte, es geht um die Idee der parlamentarischen Demokratie und alles ist im Wandel. Alles.

Vor fünfzehn Jahren hat Jorge Semprún im Nationaltheater in Weimar unter anderem gesagt, dass es wohl die letzte Begegnung dieser Art mit Überlebenden sei, und hinzugefügt, ich zitiere: ›Es wird keine unmittelbare Erinnerung mehr geben, kein direktes Zeugnis, kein lebendiges Gedächtnis, das Erlebnis jenes Todes wird zu Ende gegangen sein.‹

Für uns, denen es gelungen ist, auch dieses Jahr der Pandemie zum Trotz herzukommen, ist es wohl der endgültige Abschied von dieser Gedenkstätte. In absehbarer Zeit sicher für alle Zeitzeugen. Meiner Meinung nach kommt es jedoch nicht darauf an, was wir, die man so nennt, denken und wollen, es kommt einzig und allein darauf an, woran sich unsere Enkel- und Urenkelkinder erinnern wollen.

Im Rahmen des Gedenkens an den Holocaust wurde immer wieder betont, wie wichtig es sei, Minderheiten zu schützen. Gemeint waren damit meist Juden. Allmählich begriff man, dass Sinti und Roma, die keinen Rückhalt wie den Staat Israel haben, genauso betroffen waren.

Wieder breitet sich Antisemitismus aus. Allerdings möchte ich betonen, Juden sind nicht die einzige Minderheit, die beschützt werden muss, auch nicht nur die Roma und Sinti. In Israel sind es die Palästinenser. Und hier in Deutschland sind es vor allem die Flüchtlinge. Ich bitte alle, die mich hören, inständig, schenken Sie Ihre Empathie denjenigen, die heute verfolgt werden, fliehen, an Grenzen geschunden werden, in Lagern hungern und darben, im Meer ersaufen. Sagen Sie nicht, das sind andere Umstände, andere Lager, diese Leute haben andere Gründe, vor Gefahren zu fliehen, unlogische, unrealistische Träume von Paradiesen in Deutschland, Schweden, wo auch immer, suchen Sie keine Begründungen, zur Seite zu schauen, mit den Achseln zu zucken, ihr Leid nicht zur Kenntnis zu nehmen.

Buchenwald, Weimar, Auf Wiedersehen wage ich nicht mehr zu sagen. Adieu. Leb wohl. Servus.

Der Tod sei vergessen!
Es lebe das Leben!«

Zustimmendes Nicken. Applaus wäre unpassend. Pharoux reicht Sascha die Hand und schüttelt sie fest, Igor klopft ihm auf die Schulter, Marko flüstert: »Gut gemacht, Papa«, Franco hebt die Hand mit nach oben ausgestrecktem Daumen. Der Direktor der Gedenkstätte verneigt sich leicht in Richtung Sascha, geht wieder zum Rednerpult und bittet zur Kranzniederlegung. Unübersichtlich viele Kränze liegen schon da vor dem Denkmal für die Opfer, aber ein Platz für den besonders großen der Überlebenden ist frei. Die beiden jungen Menschen legen ihn vorsichtig nieder. Als hätten sie die Zeremonie im Voraus verabredet, treten Pharoux und Sascha vor und zupfen die Bänder zurecht, auf denen nur schlicht steht: »Für unsere Kameraden« und »Wir halten uns an unseren Schwur«.

Die Stille, die eintritt, ist sehr laut. Die Wolken haben sich verzogen, keinerlei Drohung oder Warnung von oben, der Himmel ist strahlend blau.

»Das war es!«, sagt Rosales halblaut.

Einer nach dem anderen dreht sich um und alle gehen ganz langsam Richtung Ausgang, nur Michael Jung bleibt für einen Augenblick zurück, kniet nieder, verharrt kurz im Gebet, holt dann die übrigen schnell wieder ein. Noch einmal durch unter der Inschrift »Jedem das Seine«. Hinaus. In die Freiheit.

Franco winkt, lässt sich von seiner Enkelin umarmen und wird in den Krankenwagen gehoben.

»Ich komme bald zu euch!«, ruft er noch, bevor die Wagentür zugemacht wird.

Man steigt schweigend in den Bus. Diaz setzt sich neben Rosales und nimmt seine Hand.

Angeregte Gespräche kommen im Laufe des Nachmittags

nicht mehr in Gang. Alle haben sich in ihre Zimmer zurückgezogen.

DER ZEHNTE ABEND – ZWETSCHKENKNÖDEL IN BERGEN-BELSEN

Stefan Seliger ist ein rundlicher, rotbackiger Mann, dem man seine sechsundachtzig Jahre nicht ansieht. Er trägt bequeme, maßgeschneiderte Anzüge aus gutem Tuch, stets mit Weste und ordentlich gebundener bunter Fliege. Auch seine einfache, aber augenscheinlich teure Brille scheint freundlich zu funkeln. Er spricht ruhig, überzeugend. Mit dieser Stimme hat er erfolgreich jahrzehntelang seine Stoffe verkauft, en gros und en détail.

Marko bittet ihn, sogleich anzufangen.

»Um es vorwegzunehmen, weil ich das so oft gefragt werde. Ja, ich habe Otto Frank gekannt, aber nur aus der Distanz, man hat ihn mir gezeigt und mit meinem Vater war er nicht gerade befreundet, sie hatten als Kaufleute manches gemeinsam, trotzdem vermutlich Konflikte. Amsterdam war keine besonders große Stadt. Ist sie ja auch heute nicht. Anne, seiner Tochter, bin ich in Amsterdam nie begegnet, die war fünf Jahre älter als ich, aber in Bergen-Belsen, dort habe ich sie gesehen. Auch nur aus der Ferne. Ich war im Austauschlager. Da wurden wir besser behandelt, besser ernährt, wir waren dafür vorgesehen, gegen Lastwagen ausgetauscht zu werden. Eichmann hatte im Auftrag Himmlers einen gewissen Joel Brand mit dem Angebot nach Istanbul geschickt, eine Million Juden im Austausch für zehntausend Lastwagen freizulassen. Das wusste ich damals natürlich nicht, keiner von uns hatte auch nur eine blasse Ahnung davon, nur hinübergestarrt, wo es den Leuten und den

Kindern noch viel schlechter ging als uns, das haben wir. Und da hat mir einmal jemand gezeigt, das ist doch die Anne Frank, die ist auch aus Amsterdam, kennst du die? Wir waren nur wenige Niederländer, die meisten dort waren ungarische Juden.

Sonderbar war das Benehmen dreier Mädel bei uns im Austauschlager, die wahrscheinlich etwas älter waren als ich, die auch ständig hinüberschauten und irgendein Spiel damit verbanden. Eine von ihnen hat später ein Buch darüber geschrieben, ›Wetten am Tor‹. Die Mädchen verbrachten die Zeit damit, darauf zu wetten, welche von den elenden Gestalten im großen Lager als nächste umfallen und als Leiche weggeschafft werden würde. Ich glaube, man soll sich auch an Dinge aus dem Lagerleben erinnern, die keine Heldentaten sind. Nicht jeder von uns war ein Held. Ganz bestimmt nicht! Natürlich gab es die auch. Gar nicht wenige. Die haben meine tiefste Hochachtung. Ehrlich. Aber die meisten von uns waren Opfer. Bitte, jeder von euch weiß, was er selbst gemacht hat, wie es ihm ergangen ist. Ich weiß, Philippe, von deinen großen Taten, du bist eine richtige Legende, ich habe gehört, Jorgos und Igor, was ihr erzählt habt. Es ist nicht so, dass ich zu jung dafür war, was eine gute Ausrede wäre, aber kann ich wissen, wie ich mich verhalten hätte, wenn ich zehn Jahre älter gewesen wäre? Oder, Gott behüte, ein Deutscher? Erst ein Pimpf, danach ein braver Hitlerjunge, am Ende ein treuer Kämpfer im Volkssturm, dem der Führer mit zitternder Hand die Wange streichelt? Pfui.

Wie Otto Frank das Tagebuch seiner Tochter verscherbelt hat, das gefiel mir nicht. Und erst recht nicht, was er die Amerikaner aus diesem Tagebuch machen ließ. Hier in der Bibliothek gibt es ein schwarz gebundenes Buch, es heißt ›Verbrechen erinnern‹, herausgegeben hat es unser Buchenwalddirektor. Ich habe es mir gestern Abend aus der Bibliothek geholt, damit ich nichts Falsches sage. Schlagt selber nach. Ich zitiere jetzt nur, was mir besonders aufgefallen ist.

›Die Bühne bereitet für die amerikanische Rezeption des Holocaust wurde mit der Veröffentlichung des Tagebuches unter dem schönfärbenden Titel ›Tagebuch eines jungen Mädchens‹. Die Gemeinschaft der amerikanischen Juden beobachtete, dass die Administration in Washington Westdeutschland als Verbündeten gegen die Kommunisten sah, und wollte nicht stören, nicht zu sehr an Naziverbrechen erinnern, es wurde betont, das sei keine deprimierende Geschichte über ein Ghetto oder eine Schreckenssammlung.‹ Ist sie ja tatsächlich nicht, aber musste das so betont werden? Es kam zu einer ersten Bühnenbearbeitung, die als ›zu jüdisch‹ abgelehnt wurde. Im Buch steht, ›... an den Rand gedrängt wurde nicht nur, dass Anne Frank Jüdin war, sondern auch die Shoah und die Verfolgung des Mädchens und ihrer Familie durch die Nazis ...‹. Otto Frank nahm das alles in Kauf und strich die Tantiemen ein. Ein guter Kaufmann, das war er, er hat das Tagebuch seiner toten Tochter als Ware gesehen und verkauft.

Eine Liebesgeschichte ist dieses Buch ja tatsächlich auch, ich betone auch, eine Liebesgeschichte einer Vierzehnjährigen, aber mehr und wichtiger ist ihre Angst, sind die Jahre unbezwingbarer Angst, die Ungewissheit, und dass sie erst später erfahren hat, wie recht sie mit ihrer Angst gehabt hat.

Meine Enkelin hat auf meinen Vorschlag den Namen Anne bekommen. Ist das dumm? Anne Frank kann ich natürlich nicht auferstehen lassen. Die wäre jetzt einundneunzig und könnte unter uns sein. Die meisten von euch sind älter als sie jetzt wäre, die schon fünfundsiebzig Jahre lang tot ist.

Ich will noch etwas anderes aus Bergen-Belsen erzählen. Es ist nicht meine Geschichte, eine Ärztin hat sie mir erzählt, die auch mich dort im feineren Teil des Lagers behandelt hat. Man brachte ein Kind mit schrecklichen, eiternden Geschwüren zu ihr. Eine Operation war unvermeidlich, aber der kleine Junge würde die Schmerzen nie und nimmer aushalten können, der Schock würde ihn umbringen. Also beschloss sie, einen verzweifelten Versuch zu machen und ihn mit Chloräthyl zu betäuben, das eigentlich nur für lokale Betäubung vorgesehen war. Um eine Vollnarkose durchzuführen, galt es, die Dosis sehr präzise zu bestimmen, nur ein wenig zu viel würde den Patienten umbringen, und es fehlte jede Erfahrung damit. Also ließ sie die Mutter ein Tuch über Mund und Nase des Kindes halten und tropfte das Chloräthyl auf das Tuch. Der Kleine schlief sofort ein, sie operierte die eitrigen Stellen, säuberte sie so schnell sie konnte, legte einen Verband an, schrie dann die Mutter an, sie solle das Tuch wegnehmen und versuchte den Jungen zu wecken. Vergeblich. Er war weg. Die Ärztin war erschüttert, hatte sie ihn umgebracht? Sie rüttelte ihn, ohrfeigte ihn, schrie die Mutter an, die das raue Vorgehen nicht ertrug, da gab es endlich, endlich ein Lebenszeichen, leise murmelte das Kind ›Nicht … Bitte nicht!‹. Der Junge wachte auf, man half ihm, sich auf der Liege aufzurichten, und er sagte vorwurfsvoll: ›Ich habe geträumt, dass ich Zwetschkenknödel esse, und da haben Sie mich aufgeweckt!‹

Der Junge hat das Lager überlebt, auch seine Eltern, sie sind nach Israel ausgewandert, er ist Zahnarzt in Netanya geworden. Viel, viel später hat er den Namen und die Adresse der Ärztin ausfindig gemacht und ihr zweihundert Dollar geschickt, er schrieb, das sei sein Dank für die Lebensrettung. Ihre erste Regung war, das Geld zurückzusenden, ihm zu schreiben, das sei doch nicht nötig, aber sie hat es sich anders überlegt, es war ja gut gemeint, er glaubte, Dank müsse man mit Geld ausdrücken, es hätte ihn beleidigt. Sie hat das Geld einfach dem Roten Kreuz gespendet.

Ich bitte euch, stellt euch das vor, im Konzentrationslager zum Sterben hungrig einzuschlafen, von Zwetschkenknödeln zu träumen und jäh aufgeweckt zu werden, ist das nicht eine schöne, zugleich eine schreckliche, eine schrecklich schöne Lagergeschichte?«

Seliger steht auf, lächelt, verneigt sich erleichtert, als hätte er erfolgreich mehrere Ballen guten Stoffes verkauft, und der verdiente Applaus kann aufbrausen.

»Wieso ist dein Großvater so schlecht auf Otto Frank zu sprechen?«, fragt Galilahi, sie wendet sich direkt an Anne Seliger. »Und du auch.«

»Was weiß ich. Vielleicht ist er ein wenig neidisch. Sein Sohn, mein Papa, hat überlebt, ist dann bei einem Autounfall ums Leben gekommen, als ich sieben war, meine Mutter und ich haben bei Opa gewohnt. Das war eng, wenn ihr versteht, was ich meine. Nicht buchstäblich. Das Haus in Amsterdam mit seinen drei Stockwerken war für uns drei mehr als groß genug. Aber für mich fühlte sich das alles so ... Wie soll ich sagen? ... unfrei an. Ich habe nicht studieren wollen, sonst wäre ich noch jahrelang dortgeblieben. Deshalb entschloss ich mich, Diamantenschleiferin zu werden. Da bekam ich schon im ersten Ausbildungsjahr einen Lohn, der ausreichte, mir eine eigene kleine Wohnung zu leisten.«

»Verdient man gut in dem Job?«, Manolis ist der Neugierige. Anne lacht.

»Nicht so viel, wie manche denken, aber wenn man gut ist ausreichend ...«

»Und du, Peter, pardon, Perun?«

Der Befragte schüttelt unwillig den Kopf.

»Wer lernt oder lehrt, fragt nicht in erster Linie nach dem

Lohn, sondern wo und wie man am besten lernen kann und wo seine Lehre gefragt ist. Willst du wieder über reiche Juden diskutieren? Das ist Unsinn. Für die gläubigen Juden, zu denen ich nicht gehöre, ist beten lernen. Ihr Levantiner seid die schlimmeren Schacherer als die Juden!«

»Was sind Schacherer?« Die Frage bleibt diesmal unbeantwortet, die Diskussion dreht sich weiter um das Tagebuch der Anne Frank und seinen Welterfolg. Perun fängt damit an: »Ein literaturwissenschaftlich bemerkenswerter Fall. Eine unbedarfte, mit kindischer Ambition geschriebene, sicher begabte Pubertätsgeschichte, in der kein Hauch von Holocaust weht, wird zum Wendepunkt der Weltliteratur eines bestimmten Augenblicks und zum Ausgangspunkt der Holocaustliteratur …«

»Meinst du?«, fragt Marko nachdenklich. »So habe ich es bisher nicht gesehen, aber es klingt schlüssig.«

Kaum einer aus der Runde könnte sagen, wann Igor zu den Jungen gestoßen ist, er merkt an: »Auch mehrere russische Mädchen haben interessante Tagebücher geführt, aber außer uns und ganz bestimmt unseren Kollegen vom Inlandsgeheimdienst haben sich nicht viele dafür interessiert …«

»Und ist das Tagebuch der Anne Frank auf Russisch übersetzt worden?«

»Sicher. Ich kann mich erinnern. Aber wenn du wissen willst, wie die Rezeption war, wie hoch die Auflage, muss ich passen.«

Sascha sieht sich noch einmal in der Lobby um, im kleinen Saal, er durchstöbert die Bücher im Bücherschrank, viele schöne Goethe-Ausgaben, und da fällt ihm wieder etwas ein. Schon wieder eine Idee!

DIE SCHRÖTER AUF DER ETTERSBURG

Sascha hat ein großes Notizbuch mitgenommen und findet sofort, was er sucht, Verse aus Goethes fast vergessener Elegie »Auf Miedings Tod«. Johann Martin Mieding war Tischler, aber auch Bühnenbildner:

»Ihr Freunde Platz! Weicht einen kleinen Schritt!
Seht, wer da kommt und festlich näher tritt!«

Und einige Strophen weiter kommt es:

»So häuft sie willig jeden Reiz auf sich,
Und selbst dein Namen ziert, Corona, dich
Sie tritt herbei. Seht sie gefällig stehn!
Nur absichtslos, doch wie mit Absicht schön.«

Sascha zieht seinen Pyjama an und kuschelt sich unter die Bettdecke.

Ja, Corona tritt herbei, absichtslos ist sie gekommen, aber auch die Absicht ist da und gnadenlos. Darüber hätte ich sprechen sollen, den armen Adler in Ruhe lassen, nicht petzen, wenn er diese Gedichte auf Kapos und SS-Männer nicht bekannt machen wollte.

Wenn ich nicht zu beschäftigt gewesen wäre – quatsch, wenn ich nicht zu faul gewesen wäre, wenn ich mich ein wenig angestrengt hätte –, hätte ich mit einer Arbeit über die von der deutschen Germanistik schmählich vernachlässigte Corona Schröter promoviert, der Iphigenie der Uraufführung der Prosavariante des Stückes, das auf der Ettersburg auf dem Ettersberg, so nah vom Konzentrationslager, der heutigen Gedenkstätte, vor zweihundertvierzig Jahren stattgefunden hat. Mieding hat sicher auch dort das Bühnenbild gemacht. Eine Laienaufführung. Goethe selber hat den Orestes gespielt, Herzog Karl August den Pylades, aber für die Titelrolle hat man sich die schöne Corona aus Leipzig geholt. Nicht nur für diese Rolle. Natürlich hat sie auch wie damals üblich die Rolle einer der Maitressen des Herzogs mitübernehmen müssen, aber bestimmt hat der Dichter mitgenascht. Ich lese jedenfalls entsprechende Zeilen der Prosaversion als Anspielung auf diese Ménage à trois.

Zwei Briefe aus Leipzig sind der Auftakt. An Frau von Stein schreibt der Geheimrat: »Noch kann ich nicht von der Schrötern weg. Ein edel Geschöpf in seiner Art …«

Ganz anders an den Herzog, der ja auch sein Freund ist: »Dagegen präserviert mein Äußeres und Inneres der Engel, die Schrötern, von der mich Gott bewahre was zu sagen. Ich bin seit 24 Stunden nicht bei Sinnen, das heißt bei zu vielen Sinnen.«

Wer schwer an Covid-19, auch Corona genannt, erkrankt, ist nicht mehr bei Sinnen. Es gälte, viele Briefe zu analysieren, die Korrespondenz zwischen den drei Figuren – Corona, Goethe, Karl August –, die Aussagen Dritter über sie, über die Frau, die großem Klatsch ausgesetzt war. Vielleicht stimmt es ja gar nicht, aber sie soll in fleischfarbenem Trikot und einem Überwurf durch die Stadt spaziert sein, sodass man sie für nackt halten musste. Gesichert ist, dass sie sich mit Goethe zwar immer seltener, aber noch lange unter vier Augen getroffen hat. Und dass er davon betroffen war. Man ist nun einmal betroffen von Coronen.

Seine »Iphigenie auf Tauris« hat Goethe anfangs nicht besonders ernst genommen, sondern als Spiel mit Corona betrachtet, interessant, dass er frei – sehr frei – nach Euripides keine Tragödie schrieb, sondern ihr ein Happy End verpasste, das irgendwie nicht zur Handlung passt. Nun ja, Corona hat man anfangs nicht ernst genommen. Nur dreimal hat man die Prosaversion gespielt. Erst sieben Jahre später, in Italien, entfernt von der Schröter, von der von Stein, von den politischen Geschäften, hat er sich erinnert, wie stark seine Idee war, und hat die Iphigenie in Verse gegossen. In mächtige Verse, aber die Handlung blieb die gleiche.

Diese Handlung hätte ich so erzählen sollen, wie der Spanier über Ovid gesprochen hat, aber anders herum, modernisierend, denn wo ist Tauris? Wer sind die Taurer? Euripides hat gewiss nicht die kleine dalmatinische Insel Šćedro gemeint, die in der Literatur auch als Tauris erwähnt wird, sondern eher die Krim. Es hat sich herausgestellt, dass das geheimnisvolle Tomoi im heutigen Rumänien liegt, insofern kann Tauris, bitte, die Krim sein. Und dann kann man wunderschön sagen, dass Iphigenie eine Russin in krimtatarischer Gefangenschaft ist und sie die dort gestrandeten Russen hinrichten soll, ihren eigenen Bruder Orestes und seinen Freund Pylades. Thoas ist der Khan, alles könnte stimmen. Einen Haken gibt es allerdings, wer Goethes Dichtung nicht kennt, könnte meine Anspielungen auf den heutigen Konflikt um die Krim nicht verstehen. Nur einer hier, Igor, und als zweiter allenfalls der französische Botschafter würden richtig begreifen, was ich damit sagen will. Für die beiden zahlt es sich nicht aus. Es war schon in Ordnung, von Hans Günther und meinem Adler zu erzählen.

Sascha fällt noch ein, dass gerade jetzt eine junge Frau in Isolation irgendwo hier in Weimar geschwängert werden und eines Tages in neun Monaten ihr Töchterchen Corona taufen könnte.

DER ELFTE ABEND – DER GOLEM

Viktor Weisz ist, wenn man höflich sein will, als hager zu beschreiben, um nicht zu sagen schrecklich mager, als wäre er eben erst aus einem Konzentrationslager befreit worden, nicht vor fünfundsiebzig Jahren. Sein Anzug aus sehr gutem Stoff schlottert an ihm, das beweist, dass er nicht immer so schlank war. Ist er krank? Da er eine sehr energische Art zu sprechen hat, ist das eher unwahrscheinlich. Statt einer Krawatte trägt er um seinen dünnen Hals bunte Seidenschals. Er ist über eins neunzig groß und hat sich deshalb angewöhnt, sich leicht zu beugen, um sich seinen Gesprächspartnern höflich auf möglichst gleicher Augenhöhe zuzuwenden, deshalb steht und geht er ein wenig gebückt. Oder ist es das Rückgrat, das Alter, das ihn beugt? Er spricht mit jedem akzentfrei in dessen Sprache, Deutsch, Englisch, mit Igor Russisch, mit Pharoux Französisch, mit Sascha Serbisch, sogar Ungarisch mit Barna. Wie man hört, kann er auch Altgriechisch, Latein, Hebräisch und Arabisch, aber seine Muttersprache ist sowohl Jiddisch als auch Tschechisch. Als man ihn fragte, ob er auch Farsi und Chinesisch spreche, merkte er keine Ironie, sondern antwortete leider nein, das Leben sei eben nicht lang genug. Merkwürdigerweise sieht ihm sein Sohn einerseits ähnlich, andererseits ist er ganz anders, seine Gesichtszüge sind schön, er ist schlank, aber nicht zu mager und auch etwas kleiner.

An der Art und Weise, wie er beginnt, merkt man, dass Weisz gewohnt ist, dass man ihm zuhört, es klingt gleich wie ein Vortrag. Und wie sich das bei Lesungen und Vorträgen gehört, beginnt er, indem er das Thema nennt.

»Ich werde über den Golem sprechen.

Den Golem hat der Rabbi Löw in Prag, der Stadt, aus der ich komme, aus Lehm geknetet, aber um ihm Leben einzuhauchen, wie Gott es mit Adam gelungen ist, brauchte er die richtigen Buchstaben und Zahlen. Das war ein wenig schwierig und das muss ich erläutern. Wenn es anfangs zu umständlich wird, bitte ich um Vergebung. Und Geduld.

Im für mich interessantesten Kapitel des Buches, das allgemein das Neue Testament genannt wird, heißt es, am Anfang sei das Wort gewesen und Gott sei das Wort, aber so stimmt das gar nicht, denn vor dem Wort gab es den Buchstaben. Vor dem Menschwerden stand der Laut und der wurde mit einem Zeichen gefesselt. Erst mit diesen Zeichen, die man als Laute verstehen und wiedergeben konnte, wurde das Wort gebildet. Aus Worten konnte man Sätze machen und so entstand die Verständigung unter den Menschen. Und erst danach konnte Gott kommen und sich ärgern über diese Geschöpfe.

Lasst euch nicht von meiner Einführung abschrecken, liebe Freunde. Es wird gleich einfach und verständlich werden, wenn wir uns mit den Buchstaben vertraut gemacht haben, gelangen wir schnell nach Buchenwald, nach Bergen-Belsen, nach Theresienstadt und auch in dieses Gasthaus, in dem wir uns heute Abend unterhalten. Was ich hier sage, was ihr von mir hört, kann man leicht aufzeichnen, ohne dafür Worte zu gebrauchen, man sagt meist, man kann es aufschreiben, jedoch auch, was mit moderneren Mitteln festgehalten, dem Vergessen entrissen wird, lässt sich in kleinste Bestandteile auflösen, man braucht nicht einmal mehr das ganze Alphabet dafür. Ich komme später noch einmal darauf, auf die Sprache der Computer. Auf diese ganz kleinen Zeichen, die heutzutage genügen und Buchstaben ersetzen, kann ich mich nicht verlassen, ehrlich gesagt, ich bin zu alt, um das noch zu lernen und zu verstehen, andere können das, sicher die Jüngeren unter euch, ich nun einmal nicht, jedoch bin ich es, der jetzt und hier zu euch spricht, kein anderer. Gleich werde ich erklären, wie ich das meine.

Ich versuche, Worte zu verstehen, Worte als Worte, als Zeichen und Symbole, denn mit ihnen kann man alles machen, was man will. Der Rabbiner und Kabbalist Judah Löw Ben Bezalel hat am 20. des Monats Adar im Jahre 5340, das wäre nach christlicher Zeitrechnung der 17. März 1580, mit Buchstaben aus einem formlosen Klumpen Lehm den Golem geschaffen. Zu Prag hat er das getan und dort habe ich ihn kennengelernt, den Golem. Nicht nur den Rebbe und seine Schöpfung, sondern auch andere Erscheinungen aus dem Nichts, aus Lehm, wie zum Beispiel den Gröfaz, den Heydrich, den Hans Günther, der nicht Adler mit Nachnamen gerufen wurde, und den Adler, der kein Hans Günther sein wollte – oder glaubt ihr, dass das Menschen waren wie ihr und ich? Auch andere außerirdische Gestalten sind in meinem Prag aufgetaucht, wie der Kafka, sein ›Prozess‹ und sein ›Schloss‹.

Ihr wundert euch? Warum nenne ich Ungestalten wie Hitler oder Heydrich Golem?«

Anfangs hat der Vortrag Unruhe im kleinen Saal der Bibliothek verursacht. »Worauf will der hinaus, der glaubt wohl, wir sind seine Studenten und auf seine Benotung angewiesen«, brummt Manolis zu laut. »Was ist Gröfaz?«, flüstert die ungeduldig neugierige Galilahi, Bent erklärt ihr »der größte Führer aller Zeiten«, aber Igor zischt »Ruhe!«. Weisz hört das sicher, lässt sich jedoch nicht stören. Nach und nach beginnt die Runde interessiert hinzuhören, es wird sehr still, alle sind neugierig, was nun kommt. Seinen Tonfall hat Weisz in keinem Augenblick geändert.

Perun, meist Peter genannt, nickt zufrieden. Sein Vater versteht das Zeichen und setzt fort.

»Rabbi Löw hat den Golem als Verteidiger der Juden geschaffen. Warum und wie? Das muss ich noch kurz erklären. Zu jener Zeit, als der hohe Rabbi Löw zu Prag lehrte und betete, behaupteten viele Gojim, er gebrauche für seine Rituale das Blut neugeborener Christenkinder, die er zu diesem Zweck schlachte. Was er tatsächlich schlachtete, waren freilich Lämmchen, deren Fleisch war für den Sederabend notwendig. Weil er die Sorge hatte, dass niemand da wäre, um seine Gemeinde zu verteidigen, wenn diese Vorwürfe zu Angriffen führen sollten, nahm er einen Klumpen Lehm, eine formlose Masse, um einen Verteidiger zu gestalten, so wie der Herr – er sprach das Wort nicht aus, aber betonte, sein Name sei gesegnet – aus ebensolcher Erde Adam geschaffen hatte.

Nun muss ich euch daran erinnern, dass die Juden keine Ziffern kannten. Auch die alten Griechen nicht und die alten Römer, das blieb bis ins Mittelalter hinein so. Zahlen wurden durch Buchstaben wiedergegeben. Mit Buchstaben bezeichnete man Summen, rechnete, maß die Zeit. Die Ziffern, wie wir sie gebrauchen, vielleicht sollte ich sagen, wie wir sie bisher gebraucht haben, haben uns erst die Araber im Mittelalter beigebracht, aber davon hatte der gelehrte Rebbe natürlich keine Ahnung. Ich habe zwar eine blasse Ahnung, dass die Computer nicht mehr zehn Zeichen brauchen, die von null bis neun gehen, um die kompliziertesten Rechnungen anzustellen und keine Buchstaben, um lange Romane oder wissenschaftliche Abhandlungen zu schreiben, sondern mit zwei Zeichen auskommen, Null und Eins, aber das wissen die Jüngeren hier im Saal besser und werden es mir vielleicht einmal genauer begreifbar machen. Meinem Sohn ist es nicht gelungen, mir die Grundlagen beizubringen.

Zurück zu unserem Rebbe und seinem Zeitalter. Es war für geschickte Hände nicht besonders schwer, aus dem Golem, aus dem Formlosen, aus dem Klumpen Lehm, eine menschenähnliche Gestalt zu modellieren, aber wie sollte er ihr Leben einhauchen, wie hatte Gott das mit Adam getan? Ihm selbst, dem Rebben, einem Mensch, war das gewiss nicht möglich, aber dem Herrn, seinem Gott? In seinem Namen musste das gelingen. Mit der richtigen Zahl, mit den richtigen Buchstaben. Zum Beispiel mit der Anrede *Schem ha-Meforasch*, das bedeutet ›der Name‹, genauer, der festgelegte, der bestimmte, der eine einzige Name, wenn man ihn betont genug ausspricht, man weiß ja, wessen unaussprechbarer Name gemeint ist. Mit diesen Worten sprachen die Rabbiner über den Gott, neben dem sie keinen anderen haben durften, dessen Name tabu war. Mit der Multiplikation sechs mal sechs mal sechs und den Buchstaben, die das ausdrückten, kam er zu JHWH, was auch Luther in einem anderen Zusammenhang verwendete, und aus dem Klumpen entstand einer, der lebte und von riesiger Gewalt war und der nur Rabbi Löw gehorchte, der erste Golem.

So manches geschah mit ihm, durch ihn, rund um ihn herum, aber nur ein Ereignis will ich erwähnen: Der gute Rebbe befahl dem Golem, Wasser aus dem Brunnen ins Haus zu bringen, er hatte danach anderes zu tun oder Sorgen um seine Gemeinde, jedenfalls vergaß er, ihm zu befehlen, auch wieder aufzuhören, und so brachte der Golem Wasser um Wasser, bis alles überschwemmt war. So ähnlich wie es bei Goethe mit dem Zauberlehrling passiert. Und es ging schlimm weiter, am Ende wurde der Golem wild, begann um sich zu schlagen, alles, was ihm unter die mächtigen Pranken kam, zu vernichten. Rabbi Löw gelang es lange nicht, sein Geschöpf zu bändigen, es gelang erst, als er den Namen, ihr wisst, welchen ich meine, umgekehrt aussprach, den Golem zum Verschwinden zu bringen.

Fahrt nach Prag, wenn es vorbei ist mit diesem Virus, ich weiß nicht, wer mit welchen Zauberworten meinetwegen dieses Virus geschaffen und von den Fledermäusen auf die Menschen zu deren Vernichtung hat überspringen lassen. Es wird ein Ende finden, alsbald kommt die Zauberformel, die wir heute Impfung nennen, um es zu vernichten. Besucht in Prag die Staronová synagoga, in der Rabbi Löw gewirkt hat, den alten jüdischen Friedhof, wo ihr sein Grab sehen könnt, der Name hat den Nazis nicht gestattet, diese Stätten zu vernichten. Auch den Klumpen Lehm, aus dem der Golem gemacht worden und in den er zurückgezaubert worden ist, wird man euch für ein kleines Trinkgeld gerne zeigen.

Doch wer hat wie und warum jenen Golem geschaffen, der uns hierhergebracht, uns hier versammelt hat?«

Weisz atmet auf, macht wieder eine kleine Pause und lässt den Blick im Saal herumschweifen. Das nützt Francos Enkelin, die nicht viel verstanden hat, um Anne zuzuflüstern: »Du musst mir das später noch einmal erklären, was er da erzählt hat, ich habe nichts verstanden. Findest du nicht, dass sein Kopf wie ein Totenschädel aussieht, nur mit schrecklich stechenden, hinter der Brille versteckten Augen?«

Perun gibt seinem Vater wieder mit einem Nicken das Zeichen, er solle fortfahren und langsam zum Ende kommen. Die beiden verstehen sich auch ohne Worte.

»Beginnen wir mit Hitler. Ihr werdet entsetzt fragen, Hitler soll ein von einem Rabbiner geschaffener guter Geist gewesen sein? Erinnert euch, ihr wisst doch alles. Wer hat ihn zuerst eingesetzt und warum? Natürlich keine jüdischen Geistlichen, sondern westliche Geheimdienste, um den Kampf gegen die Kommunisten zu stärken, aber ihr Zauberlehrling ist seine eigenen Wege gegangen.

Mit dem Versailler Friedensvertrag endete der Weltkrieg Nummer eins, Deutschland musste demobilisieren, durfte nur eine Reichswehr genannte Streitkraft von hunderttausend Mann, dazu fünfzehntausend Marinesoldaten, behalten. Der Gefreite und talentlose Maler Adolf Hitler wusste nicht, was er jetzt tun sollte. Er war Österreicher, besaß keine deutsche Staatsbürgerschaft, also bemühte er sich darum, nicht demobilisiert zu werden. Tatsächlich gelang es ihm, in die Reichswehr übernommen zu werden und so in Deutschland zu bleiben. Jetzt gehörte er zur anonymen, gestaltlosen Masse, die praktisch ein Nichts war, in das man aber hineingreifen konnte, um etwas aus diesem Klumpen zu schaffen. Wie aus einem Klumpen Lehm, Ton, Matsch.

Es traf Hitler in Bayern, wo die kommunistisch angehauchte Räterepublik ausgerufen worden war. Da er gerne viel und nicht ungeschickt redete, wurde er zum Ersatzbataillonsrat der Soldatenräte der Münchner Räterepublik gewählt. Davon hat keiner von euch gehört? Das wundert mich nicht. Das war noch immer nichts als ungestaltete Masse. Als der politische Wind in die entgegengesetzte Richtung blies, merkte es der Gefreite Adolf Hitler sofort. Einen guten Riecher hatte er, das muss man ihm lassen. Also denunzierte er seine bisherigen Genossen beim Standgericht. Man wurde auf ihn aufmerksam, er wurde in die Aufklärungsabteilung der Reichswehr aufgenommen. Starke Hände, die unbemerkt bleiben wollten, begannen aus diesem Klumpen etwas zu formen. Hitler wurde als Spitzel eingesetzt. Seinen Kameraden war er nicht verdächtig.

Er gefiel einem Hauptmann Karl Mayr. Der setzte den Gefreiten Hitler als V-Mann ein. Zu den Aufgaben, die er ihm erteilte, gehörte die Beobachtung einer seltsamen kleinen Gruppe, die sich Deutsche Arbeiterpartei nannte. Aus ihr würde Adolf Hitler seine NSDAP machen.

Ob hinter Mayr der britische Geheimdienst SIS stand, später bekannt als MI6, ist nicht bewiesen. Ich glaube schon, dass es so war, zumindest hätte es so sein können. Von irgendwoher muss Mayr Geld für seine antisowjetische Tätigkeit bekommen haben. Es gibt Historiker, die behaupten, dass die Engländer hinter ihm standen. Das müsste man noch einmal nachrecherchieren. Um es jedoch vorwegzunehmen, dieser Mayr war eigentlich einer von uns. Ja, ja, bitte wundert euch nicht zu sehr. Kein Jude, aber ein in Buchenwald ums Leben gekommener Häftling. Erst war er ein treues Mitglied von Hitlers Partei, später gefiel ihm manches nicht, auch sein Protegé Hitler nicht mehr. Er setzte sich nach Frankreich ab. Als Hitlers Truppen dort einmarschierten, wurde er festgenommen, nach Buchenwald transportiert und dort ist er kurz vor Ende des Krieges im Frühjahr 1945 gestorben. Ob er auf einen Sonderbefehl hin umgebracht worden ist oder an einer Krankheit, vielleicht durch den alliierten Bombenangriff ums Leben kam, weiß ich nicht. Ist für meine Geschichte nicht besonders wichtig. Das ist die nächste Aufgabe, die ich Forschern überlasse.

So wurde Hitler jedenfalls zum Golem. Man hatte ihn als Klumpen aus der Masse, dem Matsch, herausgegriffen, zu einer Figur geformt, die das Abendland gegen den bösen sowjetischen Osten schützen sollte, er jedoch machte sich frei und begann, nach allen Seiten zu schlagen wie der Golem des Rabbi Löw. Wie schwer es war, diese Lehmfigur namens Adolf Hitler zu zerschlagen, ist euch bekannt. Es genügte natürlich nicht, einfach etwas rückwärts zu buchstabieren, die halbe Welt musste erst in Flammen gesetzt werden, um ihn mitzuverbrennen.

Es gibt mehrere solcher Golems, ich nenne noch einen, auch weil er mit meinem Prag zu tun hat – Reinhard Heydrich. Ein einfacher ehemaliger Marineoffizier? Oberleutnant zur See? Sicher war er ›etwas Höheres‹ als der Gefreite, noch dazu aus einer Familie von hoch angesehenen Musikern. Er besaß wohl Erinnerungen an eine behütete Kindheit, wie man das seinerzeit nannte, seine Eltern konnten sich zwei weibliche Bedienstete und einen Butler halten. Einen Fehler hatte ihm diese wohlhabende Familie jedoch mitgegeben, ein problematisches, möglicherweise gefährliches jüdisches Element in seiner Ahnengeschichte. Darüber erzähle ich etwas später ausführlich. Jedenfalls war auch er am Ende des Ersten Weltkriegs ein Teil der undefinierten Masse. Aus edlerem Lehm, einem besseren Material? Aus schönem Ton statt dreckigem Matsch? Mag sein. Wurde aus ihm deshalb ein edlerer und kräftigerer Golem, wenn man ihn richtig formte? Das werden wir gleich erfahren.

Mit seinem Vornamen war er bestimmt zufrieden, getauft war er als Reinhard Tristan Eugen. Zufriedener als beide Hans Günther, von denen hier schon die Rede war, jedoch sich selber hat er gehasst. Sein unbestreitbares Heldentum, seine Todesverachtung war eigentlich selbstmörderisch, er scheint den Tod gesucht zu haben. Seinen eigenen, aber ebenso den Tod von Millionen anderen. Die halbe Welt hätte er am liebsten mit sich in den Abgrund der Abgründe gerissen.

Dieser feine, blonde, groß gewachsene, hübsche Kerl hatte eine lächerliche Fistelstimme, die so gar nicht zu ihm passte. In der Schule nannten sie ihn die Ziege, was er nicht ertrug. Er versuchte also, in eine Uniform zu flüchten, um respektiert zu werden, wurde Kadett, später Offizier der Reichsmarine. Dort lernte er einen Vorgesetzten kennen, der Gefallen an ihm fand, Wilhelm Canaris.

Heydrich verwickelte sich jedoch in Frauengeschichten und wurde deshalb aus der altmodischen, prüden Marine hinausgeschmissen. Er wollte jedoch unbedingt weiter eine schöne Uniform tragen, also trat er der SS bei.

Apropos Uniform, Freunde, was für Pyjamas tragt ihr? Jetzt schaut ihr mich alle verwundert an, fragt euch, ob ich ganz verrückt geworden bin. Bin ich nicht. Hoffe ich jedenfalls. Tragt ihr klassische gestreifte Pyjamas? Womöglich blau-weiß gestreifte, wie die Zebras, in die man uns gekleidet hat? Nein? Nie? Wegen des Traumas, das ihr nicht loswerdet? Ich habe solche gestreiften Schlafanzüge, aber jedes Mal, wenn ich einen solchen anziehe, denke ich an die Lagerkleidung.

Der Heydrich jedenfalls brauchte dringend Uniformen, um seinen Komplex wegen der Ziegenstimme zu überwinden. Es heißt, zu seinem Aufstieg in der SS habe vor allem auch die Frau beigetragen, die er schließlich heiratete, Lina von Osten, die aus einer Nazifamilie stammte. Nebenbei gesagt, Lina Heydrich beantragte nach dem Weltkrieg in der Bundesrepublik eine Rente, die sie als Witwe eines im Kriege gefallenen Generals auch erhielt. Das entsprach der Rechtslage, liebe Freunde, die Bundesrepublik ist, wie wir wissen, ein Rechtsstaat. Zufällig war dieser General wahrscheinlich der größte Kriegsverbrecher aller Zeiten, er ist bloß nie verurteilt worden, weil er schon 1942 von Widerstandskämpfern umgebracht wurde. Er ist also, wenn man so will, im Krieg von Feindeshand gefallen. Etwas Ähnliches haben wir bereits gehört, weder Hans Günter noch Reinhard Heydrich waren Ausnahmefälle.

Nun lasst uns ein wenig an seiner angeblich vierteljüdischen Herkunft kratzen. Noch im Laufe des Ersten Weltkriegs wurde bekannt, sein Vater, Bruno Heydrich, heiße eigentlich Süß. Dagegen erhob Bruno erfolgreich Verleumdungsklage, aber das Gemunkel blieb. Als Hitler neugierig wurde, wie das so mit der Herkunft seines Geheimdienstchefs sei, wurde ihm erklärt, die Verwirrung rühre daher, dass die verwitwete Mutter dieses Bruno einen Juden namens Süß geheiratet habe, was natürlich keinen Einfluss auf Heydrichs arisches Blut haben könne. Eine ähnliche Geschichte kann ich über Görings Stellvertreter, Generalfeldmarschall Erhard Milch erzählen, der erwiesenermaßen Halbjude war. Auch da wollte Hitler Genaueres erfahren und man sagte ihm, Erhard sei gar nicht Sohn des vermeintlichen Vaters, sondern Kind eines Seitensprungs seiner Mutter. Der Führer, dem ja auch nachgesagt wurde, seine arische Herkunft sei keinesfalls hundertprozentig bewiesen, gab sich leicht mit jedem Märchen dieser Art zufrieden, und Göring brüstete sich gar mit der Behauptung: ›Wer Jude ist, bestimme ich.‹ Er erging sich auch sonst gerne in ähnlichen Redensarten, so gab er ein Rätsel auf: ›Was bedeutet HHhH?‹ Und dann lachte er und erklärte: »Himmlers Hirn heißt Heydrich!« Im Ernst aber fügte er anerkennend hinzu: ›Heydrich hat ein teuflisches Gehirn.‹

Ich persönlich möchte liebend gern Heydrich den Ariern überlassen, einen solchen Juden brauchen wir nicht unbedingt.«

Weisz genießt die staunende Aufmerksamkeit, die ihm die Zuhörer jetzt spenden. Das verdankt er der Art seines Vortrags, er hat nichts auswendig gelernt, bedient sich keiner Zettel, braucht keinerlei Gedankenstützen. Es ist tatsächlich, als erzählte er einfach drauflos, ein guter, routinierter Erzähler, da ist keine Spur dieser Langeweile, die so viele Universitätslehrer verbreiten.

Nach einer angemessenen kurzen Pause setzt er fort.

»Aber wie ist aus diesem netten, lebenslustigen Jungen, der sehr gut, fast konzertreif Geige und Klavier spielte, ein Golem geworden? Ist das einem Irrtum zu verdanken?

Lina Heydrichs Familie stellte Reinhard Heinrich Himmler als ehemaligen Nachrichtenoffizier der Marine vor. Formal stimmte das, Heydrich war zum Funkoffizier ausgebildet und der Funkverkehr zwischen den Schiffen wurde Nachrichtendienst genannt – aber es klang ein wenig nach Geheimdienst, auch wenn es überhaupt nichts mit einem zu tun hatte. Was wir heute unter Nachrichtendienst verstehen, hieß damals Aufklärung.

Himmler fragte also, ob Heydrich für die SS einen Nachrichtendienst, jetzt meinte er Geheimdienst, aufbauen könne. Heydrich hatte genug Krimis und Spionageromane aus dem Ersten Weltkrieg gelesen und legte auf der Grundlage dieser Lektüre dem Reichsführer SS einen Plan vor. So wurde der SD als Konkurrenz zur Gestapo und zur militärischen Abwehr gegründet. Heydrich bekam am Ende als Chef des Reichssicherheitshauptdienstes die Kontrollgewalt über alle Geheimdienste. Besser gesagt über fast alle, über den militärischen Geheimdienst unter Canaris, der inzwischen zum Admiral befördert war, nicht. Heydrich und Canaris verkehrten jetzt freundschaftlich miteinander, ritten gemeinsam aus. In Berlin Schlachtensee waren sie Nachbarn, ihre Familien pflegten engen Kontakt.

Tatsächlich hielten die beiden einander jedoch in Schach. Canaris forschte nach der jüdischen Herkunft des jüngeren Kameraden, Heydrich nach Kontakten des Admirals mit Gegnern Hitlers. Das wussten sie natürlich jeweils und deshalb beschützten sie einander, vorerst. Nachdem Heydrich ums Leben gekommen war, wurde es auch um Canaris eng, Hitler ließ ihn am Ende im KZ Flossenbürg buchstäblich erwürgen. So endet es oft mit Geheimdienstchefs, auch Heydrichs Nachfolger Kaltenbrunner wurde gehenkt, so erging es auch den Chefs auf der anderen Seite, Jagoda, Beria, nicht wahr, Igor?«

»So kann man das nicht verallgemeinern!«, ruft der Russe sofort. »Du hast unseren Wladimir Wladimirowitsch Putin vergessen. Und vergessen, dass Hoover alles überlebt hat, im Gegensatz zu seinen Intimfeinden, den Brüdern Kennedy!«

»Da hast du nicht ganz unrecht«, gesteht Weisz ein, »aber ich wollte ohnehin lieber bei der Geschichte unseres Golems bleiben … Heydrich war unendlich fleißig, er konnte gar nicht genug neue Posten ergattern und übernahm überall mit starker Hand die Führung. Sofort nach der Eroberung Polens überreichte er Hitler einen ›Plan der Flurbereinigung Polens‹, er leitete die berüchtigte Wannseekonferenz und verkündete die Richtlinien für die ›Endlösung der Judenfrage‹. Es genügte ihm nicht, Chef des obersten Geheimdienstes zu sein, er ließ sich auch zum Beauftragten für die ›Endlösung‹ ernennen. Formal war er nur stellvertretender Reichsprotektor für Böhmen und Mähren, aber tatsächlich ließ er den Reichsprotektor von Neurath in Krankenurlaub schicken, um nach eigenem Gutdünken schalten und walten zu können. Trotzdem tauchte er fast jede Nacht in Zivil im Berliner Nachtleben unter, wo er sich einmal wütend verriet, als ihn jemand, der ihn nicht erkannt hatte, wegen seiner Fistelstimme verhöhnte: ›Ich bin der Heydrich, ich lasse euch alle ins KZ bringen!‹

Er wollte jedoch unbedingt auch an die Front und trat dafür, obwohl bereits SS-General, in die Luftwaffe ein, machte den Pilotenschein, wurde so nebenbei auch Hauptmann, danach Major der Luftwaffe, nahm an Aufklärungsflügen über England teil, pilotierte selbst Jagdbomber über Norwegen und Holland, und als Hitler persönlich ihm das Fliegen verbot und es offiziell bei der Luftwaffe nicht mehr möglich war, schaffte er sich privat ein Jagdflugzeug Messerschmitt 109 an, flog damit gleich nach dem Angriff auf die Sowjetunion Kampfeinsätze und wurde abgeschossen, als er eine Brücke am Dnestr bombardieren wollte. Er landete mit dem Fallschirm zwischen den Frontlinien, wurde von einer deutschen Einheit herausgezogen, die an das Fliegerkommando meldete: ›Hier ist einer von euch vom Himmel gefallen, er hat wahrscheinlich eine Gehirnerschütterung erlitten, denn er behauptet, Reinhard Heydrich zu sein.‹

Auch weiterhin suchte er ganz augenscheinlich den Tod, regelmäßig fuhr er in einem offenen Mercedes mit dem Kennzeichen ›SS-3‹ von seinem Landsitz nach Prag. Auf dem Weg gab es eine Haarnadelkurve, die man nur im Schritttempo passieren konnte. Ein ›teuflisches Gehirn‹ musste das Risiko erkennen, das darin lag. Er wusste, dass diese Fahrten ohne Polizeieskorte, ohne jede Gefahrenanalyse, eine Einladung für Attentäter waren, und doch machte er es ihnen leicht, ihn im Mai 1942 zu töten, schon so früh im Krieg dieses feindliche Genie auszuschalten. Der Tod hatte den erst Achtunddreißigjährigen erwischt. Der britische Geheimdienst und seine tschechischen Agenten haben in diesem Fall die Rolle des hohen Rabbiners Löw übernommen, um in einem Vorort von Prag, der Stadt, in der der erste Golem aus einem Klumpen Lehm zum Erdenleben erwacht war, diesen Golem, der so viel Unheil angerichtet hatte, auszuschalten. Der britische Auslandsgeheimdienst in der Rolle des Rabbi Löw? Warum nicht? Wer vermag die Wege des Herrn, gesegnet sei Sein Name, zu verstehen?«

War das ironisch gemeint oder ein Anfall von aufflackernder Religiosität? Nach einer Atempause fährt Professor Weisz fort:

»Hitler beklagte Heydrichs Leichtsinn. Er begriff also nicht, dass es kein Leichtsinn war, sondern die bewusste Herausforderung des Gevatters Tod.

Aus einem Klumpen Lehm war die Gestalt dieses musizierenden Abenteurers geformt worden. Der kultivierte Hüne hatte nicht die leiseste Ähnlichkeit mit primitiven Figuren wie dem Gefreiten Hitler, dem abergläubischen Landwirt Himmler, dem verkrüppelten Germanisten Goebbels oder dem Morphinisten Göring. Ein Gegenentwurf hätte er sein können, hätte er vielleicht werden sollen, er wurde aber der böseste Judenmörder aller Zeiten. Ein Golem.

Das, liebe Freunde, ist die Geschichte, die ich zu unseren kleinen Abendveranstaltungen beitragen konnte. Wir haben einander Geschichten erzählt, wie wir es uns vorgenommen haben, keineswegs nur über Buchenwald, dessen Befreiung vor fünfundsiebzig Jahren der Anlass unserer Anwesenheit ist, trotzdem würde ich jetzt, wenn ich Stimme und Gehör hätte, am liebsten singen, wie es in mir klingt und, davon bin ich überzeugt, in euch allen: Oh Buchenwald, ich kann dich nicht vergessen, weil du mein Schicksal bist!«

Erst nach einer kleinen Pause setzt der Applaus ein, denn die versammelten Gäste waren nicht sicher, ob das wirklich das Ende des Vortrags war oder wieder nur eine geschickt eingefügte Pause. Marko bedankt sich routiniert, wobei es ihm immer noch schwerfällt, die älteren Herrschaften zu duzen.

Noch hat er seinen Kommentar nicht beendet, als sich Sascha zu Wort meldet: »Ich hätte da einige kleine Vorschläge. Patrick würde ich bitten, uns am Ende dieses Abends das Buchenwaldlied vorspielen zu lassen. Das ist sicher auf YouTube oder sonst wo zu finden. Außerdem möchte ich Viktor bitten, weil er schon am Mikrofon sitzt, einige Worte zum Abschluss unseres Decamerones zu sagen. Und ich denke, es wäre gut, wenn wir einen Sprecher unter uns wählen würden, denn für die nächsten Tage wird man einen Vertreter unserer Gruppe brauchen. Man muss sehen, wie es mit uns weitergeht …«

»Das kann doch dein Sohn, der Marko, ganz gut machen«,

wirft Igor ein. »Oder du selbst, du preschst doch immer als Erster vor.«

»Ich komme keineswegs infrage«, sagt Marko. »Das muss einer von euch Buchenwaldianern sein, kein Begleiter.«

»Da ich, wie du sagtest, Sascha, schon am Mikrofon sitze«, erklärt Viktor Weisz, »unterbreite ich einen Vorschlag. Meiner Meinung nach wäre der beste Sprecher in unser aller Namen Philippe Pharoux. Er ist einer der an Jahren Ältesten unter uns, aber körperlich und geistig rüstig, noch wichtiger ist jedoch, er hat eine große internationale, diplomatische Erfahrung …« Alle klopfen auf ihre Tischplatten, einige klatschen sogar. Weisz setzt einfach fort: »Philippe, nimmst du die Wahl an?«

Pharoux steht lächelnd auf: »Da müsst ihr aber erst abstimmen, Kameraden!«

»Also gut, Leute, bitte um ein Handzeichen der Zustimmung!«

Alle Anwesenden heben die Hände.

»Einstimmig! Ich wiederhole die Frage, Philippe.«

»Ich nehme die Wahl an!«

Marko steht auf und macht eine einladende Handbewegung: »Dann komm doch bitte her …«

BORDELLE IN KONZENTRATIONSLAGERN

Pharoux drückt seiner Frau rasch die Hand und tauscht mit Marko den Platz: »Danke für euer Vertrauen, Kameraden. Ja, wir müssen jetzt sehen, wie es weitergeht ... Ich bemerke gerade, dass die Frau Doktor ihren Arm gehoben hat, bitte, Frau Doktor!«

»Vielen Dank, Herr Botschafter. Ich will schon seit einiger Zeit eine wichtige Nachricht übermitteln. Herrn Franco Miculetti geht es mittlerweile so gut, dass er sich mit dem Ärzteteam darauf einigen konnte, morgen Nachmittag hierher ins Hotel gebracht zu werden. Er weiß ja von Ihren Abendveranstaltungen und möchte auch etwas beitragen. Als zwölfter ...«

Spontaner Applaus braust auf. Pharoux wartet ab, bis es wieder still wird.

»Wunderbar. Dann verschieben wir das Buchenwaldlied und den Abschied von diesen Abenden auf morgen, wenn ihr einverstanden seid.

Etwas anderes. Meine Gattin hat mich gebeten, noch auf ein Thema einzugehen, das nicht nur wir hier vernachlässigt haben, sondern das überhaupt im Diskurs über die Konzentrationslager, über den SS-Staat, wie Kogon es unübertrefflich genannt hat, verdrängt worden ist. Sie hat es eigentlich härter ausgedrückt, sie fragte, ob ich mich nicht schämte, mit euch allen, Kameraden, so einen Machismus an den Tag zu legen. Was ich meine? Das Thema Frauen in den Konzentrationslagern. Noch konkreter: Frauen in Buchenwald ...«

Der Franzose muss einhalten, weil sich allgemeines Rumoren ausbreitet, mehrere Zuhörer beginnen leise Dialoge. Routiniert hebt er nach zwei oder drei Minuten die Stimme und verschafft sich sofort wieder Gehör.

»Ich will euch keinen Vortrag halten. Bitte, fallt mir gerne ins Wort. Reden wir darüber, weil andere darüber meist lieber schweigen. Soviel ich weiß, wird ausdrücklich darauf bestanden, dass das Thema bei Lagerführungen nicht erwähnt werden soll ...«

Natürlich ist es Igor, der als Erster Einwände hat: »In Buchenwald hat es doch keine Frauen gegeben, du meinst Ravensbrück, das war nicht unser Thema.«

»Ja und nein, Genosse. Es waren Frauen aus Ravensbrück, die am 16. Juli 1943 nach Buchenwald gebracht worden sind. Sechzehn Frauen im Alter zwischen zwanzig und fünfunddreißig. Und sie wurden in eine extra für sie hergerichtete Baracke gebracht, die sich zwischen dem Revier und dem Kleinen Lager befand. In der Sprache der SS wurde diese Einrichtung Sonderbau genannt. Es war ein Bordell. Wusstest du das nicht?«

Igor schweigt kleinlaut. Es gibt also Dinge, von denen er keine Ahnung hat. Murmeln im kleinen Saal. Einige der alten Buchenwaldianer nicken traurig, die meisten, vor allem die Jungen, ziehen entsetzte Grimassen.

»Himmler hatte befohlen, in allen größeren Konzentrationslagern Bordelle einzurichten und den Besuch für Funktionshäftlinge und als Prämie für besonders tüchtige Arbeitsleistung zu ermöglichen. Diese Arbeit sollten nur deutsche Frauen freiwillig leisten. Für Himmler war das eben Arbeit. Für Juden und Russen stand diese Begünstigung nicht zur Verfügung. Für die SS war der Besuch dieser Freudenhäuser ebenfalls streng verboten, die sollten gefälligst die Soldatenbordelle in den Städten frequentieren.«

Das Publikum ist jetzt sehr aufmerksam geworden.

»Das größte Frauenlager war Ravensbrück. Dort konnten sich die Kommandanten der Lager die Sexarbeiterinnen aussuchen. In erster Linie sollten es Berufsprostituierte sein, die wegen dieser Tätigkeit eingesperrt waren, aber auch alle anderen Trägerinnen des schwarzen Winkels, in den Augen der Nazis Asoziale. Mit der Freiwilligkeit war das so eine Sache. Den Frauen wurde bessere Verpflegung versprochen und die Freilassung nach sechs Monaten.

Eine Anekdote wird in mehreren Arbeiten zu diesem Thema erwähnt. Der Kommandant von Ravensbrück wundert sich bei einer bestimmten jungen Frau darüber, dass sie ausgewählt worden ist: ›Dieses Gerippe wollen Sie haben?‹ Die Antwort lautete ›Die füttern wir schon zurecht‹.

In den ersten Jahren nach dem Krieg wurde darüber berichtet. Eugen Kogon erwähnt Lagerbordelle, Primo Levi schrieb darüber. Ich zitiere: ›Der Wert der Prämienscheine auf dem Schwarzmarkt steigt, wenn neue Frauen kommen.‹ Dank dieser Notiz erfahren wir also, dass die SS nicht genau darauf achtete, wem der Bordellbesuch zustand, es wurde bloß der entsprechende Gutschein kontrolliert. Dass es einen Tauschmarkt in den Lagern gab, wisst ihr alle, vor allem Zigaretten für Brot. Also auch für Sex. In Buchenwald kostete der Bordellbesuch zwei Mark, zwanzig Zigaretten drei Mark. Für diese zwei Mark konnte man fünfzehn Minuten in einem der Extrazimmer mit einer der armen Frauen verbringen, erlaubt war nur die Missionarsstellung, der SS-Mann konnte durch ein Guckloch zuschauen, kontrollieren. Die Frauen mussten bis zu acht Männer pro Abend empfangen, danach sollten sie sich reinigen und erhielten vom Lagerarzt Injektionen, die Schwangerschaften verhindern sollten. Wenn eine trotzdem schwanger wurde, wurde sie nach Auschwitz zur ›Sonderbehandlung‹ geschickt. Überall waren es die SS-Lagerärzte, die für die Bordelle zuständig waren.

Ab den fünfziger Jahren wurde das Thema tabuisiert. In der DDR passte es nicht zur Legende, dass die Häftlinge alle Widerstandskämpfer gewesen sind, im Westen nicht zum Imperativ, das Leiden hochzuklagen, was sollte das für ein Schrecken gewesen sein, wenn man sich zu Frauen legen konnte?

Ja, Freunde, Genossen, wer von uns konnte sich dieses Vergnügen leisten? Wer hatte überhaupt Kraft genug, wer konnte sich vorstellen, eine Erektion zu bekommen? Wer war nicht impotent? Nun, ihr wisst ja, Kapos, Lagerälteste, auch Köche, ausgewählte, gute Handwerker, die für die Lagerleitungen arbeiteten, die den roten Winkel trugen, Politische also auch. Eine Ruhmesgeschichte ist das nicht.

Noch etwas möchte ich erzählen. Im Sonderbau in Buchenwald ist eine Frau gestorben, aber keine der Zwangsprostituierten, sondern eine Prinzessin. Eine echte Prinzessin, die Tochter des italienischen Königs, Principessa Mafalda di Savoia. Mafalda galt als Ehrenhäftling und war in einer Sonderbaracke für Prominente untergebracht. Die Königstochter war mit einem Deutschen, Prinz Philipp von Hessen, verheiratet. Der hatte die Nazis unterstützt, war Parteimitglied, sogar Träger des goldenen Parteiabzeichens, einige Zeit lang diente er als Verbindungsmann zwischen Hitler und Mussolini. Dann wurde er jedoch verdächtigt, gemeinsam mit der Königsfamilie am Sturz des Duce beteiligt gewesen zu sein. Sie wurden in Rom verhaftet und in verschiedene Lager gebracht. Mafalda war zum Beispiel in Gesellschaft des französischen Politikers Leon Blum, des ehemaligen mehrfachen Premierministers Frankreichs,

Kurt Schuschniggs, der als Bundeskanzler Österreichs Hitler die Macht übergeben hatte müssen, und ähnlicher Prominenz. Langweile ich euch, Leute?«

»Nein, nein!«, rief man. »Mach nur so weiter!«

»Gut. Am 24. August 1944 wurde ein Werk unmittelbar neben dem Lager bombardiert, irrtümlich traf eine Brandbombe den Splittergraben, in den sich Mafalda mit anderen Häftlingen in Sicherheit gebracht hatte, sie wurde verschüttet, aber einer ihrer Arme ragte aus der Erde heraus und verbrannte. Man grub sie aus, aber wohin mit ihr? Frauen gab es nur im Sonderbau, also wurde sie dorthin gebracht, ihr Arm amputiert, sie starb nach fünf Tagen. Diese verwöhnte Frau, bis vor Kurzem stolz auf ihren Adel, war die Tochter eines Königs, eines Familienfreunds des Führers, und musste erleben, wie ihr eigener Arm verbrannte, starb danach elend unter Huren. Einen tieferen Fall hat kein Mann in Buchenwald erlitten. Das wollte ich erzählen, sie ist die einzige Frau, die in unserem Lager gestorben ist.

Die Lagerleitung war absolut dagegen, dass in der Gedenkstätte irgendeine Einzelperson besonders herausgehoben wurde, aber es gab solchen außenpolitischen Druck aus Italien, dass die Demokratisch-monarchische Union an einer Wand des Krematoriums für sie eine Gedenktafel anbringen konnte.

So. Und jetzt komme ich auf den Punkt, Leute! Es sind uns mindestens siebzehn Namen von Frauen bekannt, die nach dem Krieg über ihre Leiden in diesen Sonderbauen berichtet haben. Um es gleich zu sagen – eine Entschädigung wie wir alle haben sie nie bekommen. Manche von uns empfanden ihre Folter sogar als Zusammenarbeit mit der Lagerleitung. Aber ich frage euch, ist wenigstens ein einziger Name eines der Männer bekannt, die diese Prämien bekamen, in den Puff gingen?«

Es ist sehr still geworden. Pharoux setzt fort: »Es muss ja nicht unbedingt ehrenrührig sein. Vielleicht wollte jemand nur mit jemandem sprechen, wieder eine Frauenstimme hören. Vielleicht dachte einer, er würde jetzt sterben, also noch einmal, noch ein einziges Mal.

Wie gesagt, in vielen Lagern gab es Bordelle. Über eines will ich noch besonders erzählen, über Monowitz, über Auschwitz III. An diesem Lager waren auch große deutsche Wirtschaftsunternehmen beteiligt, die waren sehr interessiert daran, dass die Häftlinge gute Arbeit leisteten, also haben sie auch zur Qualität des Puffs beigetragen. Es war tatsächlich etwas Besonderes. Die kleinen Zimmer waren schön eingerichtet, es gab Wein, Parfüm. Der Rapportführer war ein gutmütiger, älterer SS-Mann, er ließ sich von den Frauen ›Papi‹ nennen, führte sie spazieren. Allerdings war ihr Dienst auch teurer als in Buchenwald, ein Besuch kostete fünf Mark.

Über Monowitz haben wir ja schon gesprochen, über die Boxkämpfe dort. Jorgos hat uns einiges darüber erzählt. Er hat unter anderem auch gesagt, er habe für Lagerverhältnisse dort eine gute Zeit gehabt. Er hat nicht erwähnt, dass man für Siege im Ring nicht nur gutes Essen bekommen hat, sondern auch die Möglichkeit, den dortigen Sonderbau zu besuchen. Das stimmt doch, Jorgos?«

Der Grieche steht auf, brav wie ein Schüler, den der Klassenlehrer aufgerufen hat. Er muss die vielen Blicke aushalten, die jetzt auf ihn gerichtet sind. Sascha regt sich auf und ruft: »Das ist nicht schön, Philippe. Wir sollten einander nicht anklagen!«

»Ich klage niemanden an. Ich will nur eine Ungerechtigkeit ansprechen, nämlich dass auch wir hier die erbärmliche Lage der Frauen verschweigen. Semprún hat übrigens auch über das

Lagerbordell in unserem Buchenwald geschrieben, er hat die armen Frauen ›filles du bordel‹ genannt. Als er die Hierarchie beschrieb, an deren Spitze immer die Reichsdeutschen unter den Häftlingen waren, beschreibt er ihre Fressorgien und das Privileg, den Sonderbau zu besuchen. Namen nennt er auch nicht. Also, Jorgos, willst du aus deiner Erfahrung einen Beitrag leisten?«

»Ja …«, sagt der ehemalige Boxer. »In Monowitz waren Deutsche und Polinnen im Sonderbau. Und, ja, ich bin einmal hingegangen. Ich habe gefürchtet, dass ich sterben werde, ohne je mit einer Frau geschlafen zu haben. Hast du ja selber angenommen. So war es tatsächlich. Meinem Sohn habe ich das auch noch nie erzählt. Es war für mich das erste Mal. Ich hab es der Frau gesagt. Sie war sehr zärtlich. Sehr … Ihren Namen werde ich euch nicht sagen. Genügt das von mir?«

Applaus. Hochrot im Gesicht setzt sich der stämmige alte Mann und Pharoux sagt: »Ich danke dir, lieber Freund und Genosse, wir alle danken dir. Es ist gut, dass du diesen Beitrag geleistet hast. Und es ist an der Zeit, die Namen der Männer zu erfahren, die, aus welchen Gründen auch immer, in einem der Lagerbordelle waren. Es ist ein winziges Kapitel über den SS-Staat, aber es sollte nicht verschwiegen werden. Es gehört zur so oft beschworenen und selten zu findenden ganzen Wahrheit. Dieses Kapitel ist weitgehend verborgen geblieben, wenig wurde aufgearbeitet, das Wenige versteckt, eine Liste aller Bordellgänger wurde nie erstellt. Im wichtigen Buch des Professor Niethammer werden zwar einzelne Aussagen über das Bordell veröffentlicht, aber keine Namen genannt. In den Untersuchungen der KPD vom April 1945 sind Parteimitglieder, die in Buchenwald Funktionshäftlinge waren, erfasst, die wegen ›Bordellbesuch‹, wie es dort offiziell heißt, aus der Partei ausgeschlossen worden sind.

Ich stelle euch, der Weltöffentlichkeit, aber auch mir selbst die Frage, ist es gerecht, dass man die Namen von Frauen kennt, die zur Prostitution gezwungen wurden, aber keine Namen der Männer, die sie freiwillig unter den Augen der SS missbraucht haben? Solche Aufdeckungen wären Schlagzeilen in den Medien. Viele Menschen würden denken, ach, das war also gar nicht so schlimm dort. Es wäre ein gefundenes Fressen für die Ultrarechten, die Lagerleugner. Man würde nicht den Vergleich anstellen, dass in den Lagern Millionen von Menschen, auch Frauen und Kinder, ermordet, zu Tode gefoltert, als Unmenschen behandelt wurden, hingegen vielleicht einige Häftlinge, vielleicht zwei, drei Dutzend in der lebensbedrohenden Situation, in der sie waren, die ethischen Begriffe des normalen Lebens vergessen oder beiseitegeschoben haben. Welchen Teil der Wahrheit darf man aus vermeintlich guten Gründen verschweigen? Und wenn man dieser Meinung ist, wie lange wird sie bestehen?«

Tiefe Stille. Niemand mochte sich äußern. Der erfahrene Diplomat setzt mit veränderter Stimme fort.

»Überlegt. Wir sind alt genug, um stündlich an den Tod zu denken. Wir dürfen, wir können, wir müssen alles aussprechen, was uns auf dem Herzen liegt. Dann haben wir weniger Angst zu sterben, sehen wir das einfach als letzte Aufgabe, die noch zu bewältigen ist. Also bis morgen mit dem Genossen Franco!«

Wie es schon Gewohnheit geworden ist, verteilen sich die Gäste gruppenweise in der Lobby, den Salons, der Bar, es kommen jedoch kaum rege Gespräche auf. Zu sehr ist jeder mit dem eben Gehörten beschäftigt.

Gut, dass morgen noch ein Abendgespräch stattfinden wird, überlegt Sascha, dieser Italiener wird uns berichten können, wie es ist, wenn man im hohen Alter dieses Virus und die künstliche Beatmung überlebt. Er war sehr nahe am Tod. Vor fünfundsiebzig Jahren waren wir alle, als Häftlinge, als Nummern und nicht als Menschen, täglich, stündlich dem Sterben sehr, sehr nahe wie er vor einigen Tagen, aber das ist so lange her. Darüber hat jeder von uns so oft als Zeitzeuge gesprochen, nach den richtigen Worten gesucht, um es dem Publikum zu erklären, dass es sich gar nicht mehr wie eine persönliche Erinnerung angefühlt hat. Das alles ist nicht mit mir, meinem jetzigen Ich, geschehen, sondern mit einem Ich, das ein anderer war. Was man erzählt, hat die wahre Erinnerung verdrängt. Sie ist immer unklarer geworden, hat sich von der Todesangst in Phrasendrescherei verwandelt. Was ist wahr, wirklich wahr?

Bald diskutieren die kleinen Gruppen die ethische Frage der Bordelle in den Lagern. Wie stehen sie dazu? Heute? Hätten sie sie besucht, wenn sie die Möglichkeit gehabt hätten? Jeder der alten Herren hat wohl seine eigenen Erfahrungen mit der Sexualität gemacht. Später, im zivilen, im normalem Leben. Aber die moralische Dimension? Soll man dieses Thema wirklich öffentlich machen? Wem nützt, wem schadet das? Was ist nützlich außer der Wahrheit? Selbst wenn man präzise feststellt, dieses oder jenes sei die Wahrheit – bleibt nicht trotzdem ein Zweifel? Professor Weisz meint leicht resignativ zu Barna, Pharoux und Igor: »Dubito ergo sum!«

»Ich zweifle, also bin ich«, übersetzt der Franzose reflexartig nachdenklich.

»Jawohl! Molodjez!«, sagt Igor. »Ich verstehe, was du meinst. Aber ich behaupte, man muss an etwas glauben, glauben wollen, Leute, die Zweifel beiseiteschieben, die neue Welt mit aufbauen, fröhlich sein, sonst wird man noch verrückter, als wir ohnehin schon sind. Man muss aufhören, über den Tod zu reden. Der erledigt sich schon von selbst. Einer hat hier schon richtig gesagt: Es lebe das Leben!«

Sascha hätte nur zu gerne ebenfalls etwas Neues und Weises hinzugefügt, aber es fällt ihm ausnahmsweise nichts ein, erst oben im Zimmer, im Bett, erinnert er sich, wie oft er im Lager auf den Pritschen oder dem Stroh vor dem erschöpften Einschlafen ebenfalls gedacht hat: Ich werde sterben, ohne je mit einer Frau geschlafen zu haben, wie das der griechische Boxer erzählt hat. Natürlich hatte er keine Ahnung gehabt, dass man im Lager … Er hat nie über die Prominenten in den Lagern nachgedacht, nicht versucht, sich in ihre Rolle einzuleben, sie also auch nicht beneidet, obwohl er ja einige gekannt hat, von ihnen beschützt wurde, vom Lagerarzt und Kapo in Niederorschel, von Adler, seinem Freund, der war ja am Ende als Lagerschreiber auch »prominent«. Allerdings, Adler in einem Puff kann er sich nicht vorstellen, nie. Aber der Dr. Odic? Warum nicht? Er war sicher ein Lebemann. Soll er Pharoux morgen früh direkt fragen, ob er … Oder wie er heute darüber denkt?

Einige Jahre nach dem Krieg, als junger Journalist, ist er in Hamburg zum ersten Mal in einem Stripteaselokal gewesen. Er besaß nur spärliches Tagegeld von der Redaktion, hatte eine billige Karte erstanden und sah aus der Ferne nicht viel: Die mageren nackten Frauen erregten ihn nicht. Danach war er durch die Herbertstraße spaziert. Hatte überlegt. Gezaudert. Wie würde er so eine Frau ansprechen? Was kostete so ein Besuch? Er schämte sich. Konnte es nicht. Dabei war er nicht mehr unschuldig. Was für ein lächerlicher Begriff. Als wäre Beischlaf schuldhaft. Sünde. Vom Standpunkt mancher Kirchen ja, wenn er nicht der Zeugung dient, aber die Formulierung verwenden ja auch Leute, die nichts mit Religion am Hut haben. Worauf will ich hinaus? Schon wieder stieben meine Gedanken davon, verflechten sich.

Quatsch. Drei Ehen hatte ich, Kinder, Enkelkinder, Urenkel, ein normales, ein gutes Leben. Ja, auch in sexueller Hinsicht. Ich kann also ruhig einschlafen. Moment! Da war ja noch die Frage, ob ich oben auf dem Ettersberg im Winter 1944 auf 45, wäre ich »prominent« genug gewesen und hätte ich die Möglichkeit gehabt … Hätte ich? Der erste Gedanke: Ja, natürlich. Der zweite: Wahrscheinlich hätte ich mich genauso geschämt wie später in der Herbertstraße. Dort oben erst recht. Oben bedeutet oben auf dem Ettersberg. Im Lager. Ich war ja noch unschuldig. Stimmt. Damals tatsächlich und in jeder Hinsicht.

Frühstück. Es ist doch irgendwie wie im Urlaub, am zehnten Tag. An der See oder in den Bergen. Die Hotelgäste kennen einander bereits gut, ganz gut oder zumindest oberflächlich, jeder hat seinen gewohnten Tisch oder gesellt sich zu jemand anderem. Anderen nickt man nur freundlich zu. Alle hier Anwesenden sind mehr oder weniger wohlhabend, können sich solche Ablenkungen vom Alltag leisten, einmal, vielleicht zweimal im Jahr. Vielleicht hat nur Jung solche Annehmlichkeiten nie genützt. Die Buchenwaldianer, die ja seit Langem Rentner sind, formulieren immer noch, dass sie ihre Ferien nutzen, obwohl sie doch jederzeit im Jahr irgendwohin können und es die Unterscheidung von Urlaub und der übrigen Zeit in ihrem Leben nicht mehr gibt. Aber alle lieben die Unterbrechung des Alltags, lieben es, mit Kindern und Enkeln an Stränden zu hocken oder auf Bergeshöhen Tee oder Schnaps zu trinken. Früher hat man Ansichtskarten verschickt, die kamen oft erst an, wenn man selbst wieder an seiner eigenen Haustür stand. Jetzt ist es einfacher, Gott sei Dank, per Skype oder WhatsApp hat man zuletzt gestern Abend oder heute Morgen die Seinen kontaktiert, mit ihnen gesprochen oder sie auch gesehen, wenn auch nur auf dem Bildschirm, und erfahren, wie es zu Hause in Frankreich oder Holland, Dänemark, Griechenland, Ungarn, Tschechien, Serbien und in Chicago mit Covid-19 steht. Überall ein wenig anders, aber die Sorgen gleichen einander. Sich nach dem Befinden des anderen zu erkundigen, ist keine hohle Phrase mehr, die man ausspricht, ohne eine andere Antwort zu erwarten als ein schlichtes »gut«, es ist echte Sorge. Regelmäßig kommt die Frage: »Wann kommst du endlich wieder nach Hause?«

Vor fünfundsiebzig Jahre war die bohrende Frage in Buchenwald: Wann kommt die Befreiung? Werde ich sie erleben? Heute ist es bloß: Wann kann ich weg aus diesem schönen, langweiligen Hotel? Wann bin ich frei? Das werde ich erleben, das hofft jeder, obwohl vermutlich zumindest unbewusst jeder der Buchenwaldianer mit der Idee angereist ist, hier mit alten Kameraden, also »kameradschaftlich«, zu sterben. Befreiung? Freiheit? Heute ist es für alle hier einfach, wieder nach Hause zu fahren. Ein billiger Freiheitswunsch. Er wird gewiss in Erfüllung gehen. Früher oder später. Unnötig, mit Sokrates zu spekulieren, frei sein könne man, indem man mit Vernunft das Richtige wählt. Quatsch. Zu einem Flugplatz gefahren zu werden und in den großen Vogel einzusteigen, darum geht es.

»Ja, schwarzen Tee, bitte, und Rührei mit Speck, heute Morgen …«

»An den Cholesterinspiegel denken, Opa!«

»Das mache ich, wenn wir wieder zu Hause sind …«

Ähnliche Gespräche an jedem Frühstückstisch.

Dann setzen einige die Masken auf und gehen spazieren. Die Weimarer erkennen sie als Gäste, weil sie die Täfelchen mit ihrem Namen am Mantel geheftet tragen. Das Mittagessen ist wie in jedem Urlaubshotel. Aber das Warten, Warten, Warten auf die »Befreiung«.

Als Franco Miculetti am frühen Nachmittag in einem Rollstuhl aus dem Krankenwagen ausgeladen und von einem Pfleger in Begleitung eines jungen Arztes in die Hotelhalle gefahren wird, sind nur die Ärztin und seine Enkelin da, er lässt sich von Galilahi umarmen und erklärt mit normaler Stimme: »Jetzt will ich aufstehen und mich bewegen wie ein genesener alter Mensch, ja?«

Er lässt sich vom Pfleger aufhelfen und blickt sich dann frei stehend um:

»Na ja, ganz sicher, dass ich das hier noch einmal sehen werde, war ich nicht …« Freundlich schüttelt er die Hand des jungen Arztes von seinem Arm ab. »Lieber Herr Doktor Linke, so heißen Sie doch, mein Freund und Helfer, ich möchte Ihnen jetzt herzlich danken und wenn ich Auf Wiedersehen sage, hoffe ich sehr, dass das nicht wegen Ihrer beruflichen Kompetenz geschehen wird …«

»Sie fühlen sich jetzt wohl, Herr Miculetti. Auch an der Art, wie Sie stehen und sprechen, kann man feststellen, dass Sie so weit fit sind. Ich muss Sie trotzdem warnen, Ihren Körper nicht zu überfordern, Sie sind rekonvaleszent, ein Rückfall ist nie auszuschließen. Sie haben die Pneumonie angesichts Ihres hohen Alters glücklicherweise überraschend schnell und gut überstanden. Meist brauchen die Patienten drei Wochen für das, was Ihr Organismus in zehn Tagen überstanden hat. Deshalb müssen wir vorsichtig bleiben. Frau Kollegin …«

»Ja«, sagt Gerda.

»Es kommt auf Sie an. Und auf Sie, Fräulein Wilson. Bestärken Sie Ihren Großvater nicht in seiner Absicht, gleich einen Spaziergang zu machen.«

»Der hat jetzt mir zu gehorchen, nicht mehr ich ihm«, sagt die fröhliche junge Frau. »Wenn wir uns noch unterhalten wollen, sollten wir uns setzen.«

»Einverstanden. Wir sind auf keinem Lagerappell …«

Franco, Galilahi und die Ärztin setzen sich. Der Doktor, der den Italiener begleitet hat, überreicht ein Dossier und seine Visitenkarte.

»Bei dem kleinsten Problem bitte anrufen, Kollegin, wie gesagt, wir haben gar keine Erfahrung mit einem vergleichbaren Fall. Zweimal täglich ein kompletter Check und die Ergebnisse bitte sofort an uns mailen.«

»Selbstverständlich …«

Ein Kellner eilt herbei, bringt Orangensaft, Knabberwerk, bietet Champagner an, dieses Angebot wird jedoch dankend abgelehnt.

»Ich möchte noch etwas sagen …« Franco hat die Hand gehoben. »Ich würde gern Plasma spenden …«

»Das wird nicht möglich sein. Tut mir leid, Ihr Angebot ehrt Sie, aber in Ihrem Alter können Sie kein Blut mehr spenden, Plasma schon gar nicht. Sie können anderen Kranken auf andere Weise helfen, lassen Sie sich beobachten, nehmen Sie sich die Zeit für Untersuchungen. Von Ihrem Beispiel, von dem überraschend starken Abwehrmechanismus, den Sie entwickelt haben, möglicherweise dank genetischer Besonderheiten, lassen sich vielleicht interessante Erkenntnisse ableiten. Als geschulter Chemielaborant werden Sie das verstehen. Übrigens, wohin werden Sie zurückkehren, wenn die Quarantäne für Sie aufgehoben wird, das kann ja jeden Tag geschehen? Nach Phoenix? Es wäre sehr wichtig, dass Sie sich auch dort sofort mit einer guten Klinik in Verbindung setzen, die weiterhin Ihren Gesundheitszustand beobachten kann.«

Franco zieht die Augenbrauen hoch und denkt einen Augenblick nach: »Dass ich mich weiterhin zur Verfügung stelle, ist selbstverständlich, aber ich wohne nicht in Phoenix, sondern in Gallup.«

»Wo bitte?«

»Gallup ist eine Kleinstadt in New Mexico mit kaum zweiundzwanzigtausend Einwohnern. Es liegt sehr schön auf einer Meereshöhe von fast zweitausend Metern am Rande des Reservats der Navajo und der Hopi.«

»Gibt es dort ein gutes Krankenhaus?«

»Es gibt das Indian Medical Center. Ziemlich bescheiden. Ob die für die Corona-Infektion ausgerüstet sind, weiß ich nicht. Vielleicht inzwischen schon. Die Indianer wohnen ziemlich bedrängt in kleinen Hütten, verdienen etwa ein Drittel von dem, was Durchschnittsamerikaner einstecken. Da kann die Infektion wüten, wie sie will.«

»Bitte kümmern Sie sich zu Hause um diese medizinische Begleitung. Das kann für die Forschung weltweit interessant sein.«

»Mache ich, Herr Doktor. Indianerehrenwort!«

»Bevor Sie abfliegen, fahren wir Sie noch einmal zu uns zur Enduntersuchung.«

Sie trinken ihren Saft aus. Der Arzt und sein Begleiter, der neugierig zugehört hat, verabschieden sich endlich. Franco steht auf, stützt sich dabei auf die Lehne des Sessels. Ganz so einfach, wie er möchte, geht es doch noch nicht. Leider.

»Ich begleite Sie hinauf«, sagt Gerda Meier. »Und würde es gutheißen, wenn Ihre Enkelin in Ihrem Zimmer schliefe.«

»Wenn sie das aushält. Ich schnarche. Zumindest hat meine Frau immer darüber geklagt. Ich glaube nicht, dass das notwendig ist, aber wenn du dazu bereit bist, Galilahi, freue ich mich, dann haben wir noch mehr Zeit, uns richtig auszusprechen und uns besser kennenzulernen …«

Alle sind richtig neugierig auf Francos Bericht. Neben den bisherigen Teilnehmern der Abende wie Frau Doktor und Patrick sind diesmal auch Herr Kork, einige Herren, die sich als Professoren der Klinik vorstellen, die ihn behandelt haben, der Polizeipräsident von Weimar und noch einige weitere Zuhörer gekommen. Man beschließt, die Veranstaltung in die Lobby zu verlegen, damit genug Abstand zu den neu Hinzugekommenen, die natürlich Masken tragen, eingehalten werden kann. Sessel und Stühle werden aufgestellt. Pharoux und Marko haben sich verständigt, dass der junge Serbe in die Veranstaltung einführen und sie moderieren soll, so wie die vorigen elf Abendgespräche.

Endlich hat sich alles geordnet und erwartungsvolle Stille tritt ein. Franco Miculetti und Marko setzen sich an einen Tisch mit Mikrofonen.

DER ZWÖLFTE ABEND – COSA NOSTRA UND INDIANERRESERVAT

Franco tritt aus dem Hintergrund auf, er stützt sich auf einen eleganten Bambusspazierstock, man merkt, dass er diese Gehhilfe nicht gewohnt ist, sie ungeschickt benützt. Marko will ihn am Arm stützen, was er vehement ablehnt. Sein Gesicht ist eingefallen, der dunkle Zweireiher, den er angezogen hat, schlottert an ihm, würde aber auch sonst für den Rahmen overdressed wirken, nur der Exbotschafter erscheint hier fast jeden Abend in einem neuen Anzug. Francos Stimme erinnert überhaupt nicht an die soeben überstandene schwere Krankheit, allerdings streut er immer wieder kurze Pausen in seinen Vortrag ein, um Luft zu holen.

»Man hat mir die Abschrift eurer bisherigen Gespräche vorgestern gegeben, liebe Freunde, ihr werdet jedoch verstehen, dass ich nur ein wenig darin geblättert habe. Meine Enkelin und einige von euch haben mir geraten, einfach nur zu erzählen, wie es mir in der Klinik gegangen ist und etwas aus meinem Leben. Etwas anderes könnte ich ohnehin nicht.

Ich stamme aus einem Dorf nahe Palermo, ich bin Sizilianer. Als Kind kannte ich keinen Erwachsenen, der nicht Mitglied der Ehrenwerten Gesellschaft und unserer Sache verpflichtet war, keinen Jüngling oder Knaben, der es nicht werden wollte. Ihr wisst, wovon ich spreche, die Ehrenwerte Gesellschaft nennt man gemeinhin die Cosa Nostra. Oder die Mafia. So einfach ist das zwar nicht, aber meinetwegen … Mein Vater war ein Experte für jede Art von Rauschgift, besonders jedoch für Opiate, Mohn, Heroin. Man ließ ihn die Produkte prüfen, an ihrem Vertrieb war er nicht direkt beteiligt. Wie er sich sein Wissen angeeignet hat, weiß ich nicht. Er war wohl ein Naturtalent. Schon als kleines Kind durfte ich in seinem Labor mit anpacken, so wie die Mädchen ihren Müttern halfen, das Essen zuzubereiten. Papa wusste jedoch, dass seine Aufgabe immer komplexer werden würde, also schickte er mich nach Neapel, wo ich als Lehrling im Labor einer großen Apotheke mit Chemikalien umzugehen lernte. Für mich stand außer Zweifel, dass der Apotheker mit unserer Ehrenwerten Gesellschaft in Verbindung stand. Er stellte mir eine Dachkammer seines Hauses zur Verfügung und verköstigte mich. Ich hatte nach der Gesellenprüfung keine andere Vorstellung, als nach Sizilien zurückzugehen. Meine Familie hatte inzwischen ein schönes Haus in einem Dorf erworben, das fast schon ein Vorort Palermos war.

Das ist meine Herkunft. Als man mich hier vorne im Elephanten gepackt und in den Rettungswagen verfrachtet hat, dachte ich: Das war es also. Ich bin der Erste, ihr werdet einer nach dem anderen nachkommen und wir werden hier sterben. Das war ja unsere Grundidee. Oder nicht? Hier gemeinsam zur Ehre unserer längst toten, vor allem der ermordeten Kameraden zu sterben, ein Zeichen zu setzen, ein Fanal, Leute, einen Todesruf, den die Welt hören müsste. Anfangs war ich also bereit aufzugeben, aber als ich zu ersticken drohte, als mich ein Hustenanfall nach dem anderen erschütterte, ich nach Luft rang, begann ich mich zu wehren. Nein, bitte noch nicht! Dann verlor ich das Bewusstsein. Als ich mit der Sauerstoffmaske auf dem Rücken liegend aufwachte, man mir sagte, ich sei auf dem Wege der Besserung und ich nichts tun konnte, als zu liegen und Kraft zu sammeln, da hatte ich Zeit nachzudenken, über mich, meine Kindheit und Jugend. Und über die Frage, was mir eigentlich etwas bedeutet im Leben. Oder bedeutet hat, denn so oder so ist es sicher bald zu Ende.

Ich bin im faschistischen Italien geboren und aufgewachsen. Lange kannte ich nichts anderes. Dieses Regime war für mich eine Selbstverständlichkeit wie die Cosa Nostra. Dass der Faschismus und unsere Ehrenwerte Gesellschaft Todfeinde waren, erfuhr ich erst, als ich als geprüfter Apothekergeselle wieder nach Hause kam. Das und vieles anderes …

Mein Vater behandelte mich schlechter als der Apotheker. Ich musste ihm jedes Mal die Hand küssen. Auch allen männlichen Besuchern, den Uomini d'Onore. Als ich einmal fragte, warum das so war, hieß es, wenn ich mich bewährte, würde man mich eines Tages in die Gesellschaft aufnehmen, dann würde man auch mir die Hand küssen. Das sei die Ordnung auf dieser Welt. Ich war das älteste Kind, nach mir folgten fünf Schwestern.

Aber ich lernte auch etwas anderes. Die Herstellung und das Vermarkten von Rauschgift war keineswegs der wichtigste Beschäftigungszweig unserer Ehrenwerten Gesellschaft. Die Eintreibung von Schutzgeldern war wichtiger. Wir beschützten in Sizilien die Großgrundbesitzer vor den armen, darbenden Landarbeitern. In mir wuchs Wut darüber und sie suchte eine Möglichkeit, sich auszutoben. Wenn ich heute über meine damalige Situation nachdenke, ist mir klar, ich hatte die Wahl, entweder Faschist oder Kommunist zu werden, Hauptsache etwas gegen meinen Vater.

Ich brauchte die Zustimmung meines Vaters, um im Zentrum von Palermo ein eigenes Zimmer zu mieten und dort in einer Apotheke zu arbeiten. Ob er dafür die Erlaubnis der Ehrenwerten Gesellschaft eingeholt hat, weiß ich nicht. Wahrscheinlich nicht formal, aber er wird sich mit dem Don beraten haben, was auf das Gleiche hinauskommt.

Diese Einleitung für das Wesentlichere, was ich erzählen will, ist notwendig, ich halte sie möglichst kurz, aber ich habe ohnehin nicht den Eindruck, euch zu langweilen. Der Konflikt zwischen dem faschistischen Regime und der Cosa Nostra war unvermeidbar. Mussolini wollte alles kontrollieren, die Mafia nichts von dem, was sie kontrollierte, hergeben. Als ich geboren wurde, war Mussolini schon lange an der Macht. Als Kind und heranwachsender junger Mann kannte ich nichts anderes als die Regierungs- und Verwaltungsmacht einerseits und die Ordnung in meiner engeren Heimat andererseits und ich hasste beides, Cosa Nostra und Faschismus, ohne genau zu wissen, was es anderes auf der Welt gab, aber ahnend, dass es etwas geben musste. Natürlich durchschaute ich die Lage damals nicht. Die Großgrundbesitzer brauchten den Schutz der Mafia, sympathisierten jedoch gleichzeitig mit Mussolini. Als der Abessinienkrieg ausbrach, zeigte sich, dass die Sizilianer keineswegs patriotisch gesinnt waren. Mein Vater war natürlich ›unabkömmlich‹, dafür sorgte Don Calò, eigentlich Calogero Vizzini, unser Bürgermeister, aber andere mussten sich der Einberufung durch Desertion entziehen. Die Ehrenwerte Gesellschaft schützte sie, fand Verstecke, verteilte falsche Papiere. Erst als Mussolini gestürzt wurde, horchte ich auf, und als die Amerikaner auf unserer Insel landeten, fühlte ich mich stark und erwachsen genug, um endlich ein Ziel für meine Wut zu finden. Diese Wut, die mich zu ersticken drohte, weil ich mich nicht austoben konnte. Mein Papa hatte nichts dagegen, ganz im Gegenteil, denn mit den ersten Amerikanern kamen nicht nur einige wenige Brüder, sondern auch der große Pate Lucky Luciano, der in Sizilien nahe des Dorfs Corleone geboren war. Ja, ja, das ist alles so, das wurde nicht für die berühmten Filme erfunden, Coppola und Puzo haben von der Realität abgeschrieben.

Die schweren Kämpfe, bis die Insel Mitte August 1944 erobert war, will ich nicht einmal andeutungsweise beschreiben, denn ich habe ja selbst erst lange nach dem Krieg darüber gelesen, obwohl ich als Sechzehnjähriger mitten drinsteckte. Ich lief einfach mit einer kanadischen Einheit mit. Wir überholten geschlagene deutsche Einheiten, liefen dabei auch an toten Feinden vorbei, so konnte ich einfach einer Leiche Gewehr und Munition abnehmen. Die Soldaten lachten, ließen mich gewähren, auch schießen, wenn sie schossen. Ich wurde so meine Wut los. Was soll ich sagen? Ich habe mich herrlich gefühlt. Herrlich erwachsen. Die Kanadier bemutterten mich, beschützten mich. Einmal nachts wollte ich etwas auf eigene Faust unternehmen, tja und, was soll ich sagen, ich fiel einer deutschen Patrouille in die Hände. Der Oberfeldwebel wollte mich gleich erschießen, aber zu meinem Glück kam ein Hauptmann vorbei, ein älterer Mann, der sagte, Exekutionen seien nicht die Aufgabe seiner Einheit, ich sei noch ein halbes Kind, man solle mich zum Divisionsstab schicken. Dort beschloss der General, dass er auch nicht über mein Schicksal entscheiden wollte. Man schickte mich also mit einem Transport von der gemeinsamen Front abgefallener Italiener, die als Kriegsgefangene behandelt wurden, nach Deutschland, und weil man feststellte, dass ich kein regulärer Soldat gewesen war, endete mein Kriegsspiel hier oben auf dem Ettersberg.

In der Schreibstube gab ich wahrheitsgemäß an, dass ich Laborant in einer Großapotheke war. Ein Häftling in einer irgendwie gut und sauber scheinenden Zebrahäftlingsuniform, die wie maßgeschneidert schien, winkte mich zu sich, stellte sich vor, Domenico Ciufoli. Ich sei also aus Sizilien, ob ich denn Mitglied der Cosa Nostra sei? Nein, sagte ich, im Gegenteil, ich hasse sie, weil ich meinen Vater hasse, ich wollte alles werden, was gegen sie war, Faschist oder Kommunist, und ich erzählte ihm, wie ich mit den Kanadiern mitgelaufen war. Natürlich sagte er es mir nicht, aber später erfuhr ich, dass er das italienische Mitglied des internationalen Lagerkomitees war. Ich gefiel ihm. Er hielt seine Hand über mich und ich wurde der Küche zugeteilt. Der Winter 1944 war schrecklich, aber in der Küche warm. Nicht einmal zum Appell mussten wir antreten, wir wurden am Arbeitsplatz gezählt. Ich war zwar sehr mager, aber jung, stark, gesund. Domenico und andere erwarteten von mir, dass ich aus den Kräutern, die wir bekamen, medizinische Mischungen machte. Was ich damit sagen will: Ich bin relativ gut, was heißt relativ, ich bin gut durch das Lagerleben gekommen, aber ich bekam mit, was rundherum passierte, wie gefoltert, gemordet wurde. Wieso habe ich so ein Glück gehabt? Habe ich es verdient? Sollte ich Gott danken? Oder Domenico? ›Also was ist, Faschist oder Kommunist?‹, fragte er mich, weil er zufrieden mit mir war. ›Natürlich Kommunist, wenn ihr mich nehmt …‹ Sie nahmen mich. Er wurde später Parlamentsabgeordneter. Mich hat er in einem großen Labor in Rom untergebracht, es war davon die Rede, dass ich die Reifeprüfung nachholen und Pharmazie studieren sollte. Erst hoffte ich, wir würden jetzt das neue, schöne Leben aufbauen, aber dann kamen die Enttäuschungen, eine nach der anderen. Ich erfuhr vieles über Stalins Schreckensherrschaft. Das konnte doch nicht unser Ideal sein. Meines jedenfalls nicht. Ich sah, dass sich die italienische Kommunistische Partei nicht anders benahm als die Bürgerlichen, dass sie für mich unerklärliche Koalitionen einging und es fertigbrachte, trotzdem Moskau treu zu sein. Ziemlich treu. Ich hatte mein Einkommen, eine kleine Wohnung, aber wieder stieg Wut in mir auf. Um sie zu bekämpfen, habe ich alles Mögliche durcheinander gelesen, Englisch und Deutsch gelernt, ich hatte ja mein Auskommen, ich hatte viel Zeit … Ach ja, und ich bin nie wieder nach

Sizilien gefahren, ich habe mich nicht um meine Familie kümmern wollen, um sicherzugehen, dass auch sie mich in Ruhe lässt. Und sie hat auch nie nachgeprüft, ob ich überlebt habe. Ziemlich lange nicht. Ich habe es so nicht einmal erfahren, als mein Vater starb. Er und seine Welt sollten für mich gestorben sein …«

»Und die Liebe, Kollege? Du warst jung, hast dein Einkommen gehabt und bist Italiener!« Wer hat diesen Zwischenruf gemacht? Natürlich David, der Enkel des Zeugen Jehovas, der ist ja auch Apotheker.

»Das echte ›Decamerone‹, das von Boccaccio, habe ich damals auch gelesen, junger Freund, aber das Vergnügen, euch mit Liebesgeschichten zu unterhalten, kannst du vergessen. Nicht dafür sind wir fünfundsiebzig Jahre nach der Befreiung hierhergekommen. Gut, gut, du nicht, du hast nur deinen Großvater begleiten müssen. Um es wieder abzukürzen: Eines Tages suchten mich zwei gut gekleidete Herren auf, sie waren aus Sizilien, wussten alles über mich, meinen Vater, und teilten mir mit, dass er gestorben sei. Es sei nicht schlimm, dass ich in der KP sei, die Gesellschaft stelle ja auch Parlamentsabgeordnete, ich müsse auch nicht gleich Mitglied werden, erst werde man mich prüfen, erst einmal solle ich bloß gewisse Chemikalien für sie besorgen: ›Wir haben einen ziemlich langen Arm, Franco, das weißt du doch …‹

Den Plan hatte ich schon länger gehabt, aber jetzt war es endgültig. Etwas Erspartes hatte ich ja. Ich kaufte ein Flugticket nach New York.

Als ich jedoch dort angekommen war und ein Zimmer, das ich als eine Art Zuflucht empfand, gefunden hatte, erfasste mich statt des Tatendrangs und der Wut auf dieses verfluchte

Europa, auf seine Konzentrationslager, auf die Verbürgerlichung der italienischen und wahrscheinlich auch aller anderen kommunistischen Parteien, auf Sizilien und die Cosa Nostra, Verzweiflung. Angst. Eine erstickende Angst. Paranoia? Als junger Kerl war ich ein Gefühlsmensch. Mein Trotz gegen den Vater, die Ehrenwerte Gesellschaft, der Griff zur Waffe, mein Versuch, an den Kämpfen teilzunehmen, das alles war kindisch gewesen. Erst jetzt war ich ein Mann – und zum Angstbündel geworden. Wohin war ich geflohen? Die Mafia war doch in New York stärker als in Corleone. In Buchenwald, in der Küche, hatte ich die Angst verdrängt, obwohl ich natürlich sah, wie willkürlich selbst die Kapos, aber erst recht jeder Häftling hier abgelöst wurde, verschwand. Aus mit ihnen. Aber dort konnte ich ohnehin nichts tun. Ich war ein winziger Teil des großen Geschehens. Also brauchte ich keine Angst zu haben. Aber in dieser ersten Nacht in New York hatte ich Angst, als könnten Abgesandte in ihren Nadelstreifanzügen mit in die Stirn gezogenen Hüten jeden Augenblick an meiner Tür klopfen.

Später begriff ich freilich, wie dumm, wie krank diese Angst war. Eine späte Folge der nicht gefühlten Todesangst im Konzentrationslager. Wie blöd zu glauben, dass man ausgerechnet mich suchen würde, sicher dachte niemand in Sizilien an mich. Aber in meiner Panik zählte ich schon am nächsten Morgen mein Geld, fuhr zum Flughafen. Wohin sollte es gehen? Ich überprüfte, wann die nächsten Abflüge geplant waren. Phoenix? Wo war Phoenix? Da war auch eine große Landkarte der Vereinigten Staaten. Phoenix war weit im Südwesten. Weit genug. Der Vogel Phönix war ein Symbol für die Wiederauferstehung oder so etwas. So viel hatte ich mir gemerkt von dem, was ich in Rom in jenen Nächten gelernt habe, als ich noch an den Kommunismus glaubte. Alles Mögliche habe ich mir damals zusammengelesen. Wiedergeboren werden? Das gefiel mir. Es beruhigte mich. Ich kaufte ein Ticket nach Phoenix, Arizona. Danach blieb mir nicht mehr viel Geld übrig.

Leute, Genossen, ich habe ja schon angemerkt, dass ich die Abschriften von euren Abenden nur überflogen habe. Falle ich aus der Reihe? Langweile ich euch? Soll ich einfach aufhören?«

Marko schweift mit dem Blick durch den kleinen Saal. Überall nur aufmerksame, interessierte Gesichter.

»Nein, Franco, nein. Ich glaube im Namen aller zu sprechen, dass wir gerne zuhören. Bitte, fahre fort.«

Allgemeines Klopfen auf die Tischplatten bestätigt seine Meinung.

»Schön. Danke. Also bin ich in diesem unbekannten Phoenix angekommen und war so erschöpft, dass ich in das erstbeste Hotel ging, obwohl es natürlich für meine Verhältnisse viel zu teuer war. Als ich aufwachte, musste ich erst überlegen, wo ich war und was ich hier wollte. Dann genehmigte ich mir ein ausgiebiges Frühstück, flanierte durch die Straßen und hoffte, mir würde etwas einfallen. Vor einer großen Apotheke blieb ich stehen. Und dann sammelte ich all meinen Mut und ging hinein. ›Ich möchte mit dem Boss sprechen!‹ Die junge Dame im weißen Kittel sah mich an. ›Einen Moment, bitte.‹ Von hinten kam ein klein gewachsener, weißhaariger älterer Herr. ›Was kann ich für Sie tun?‹ Ich wusste, jetzt kommt es darauf an: ›Ich brauche einen Job. Ich bin diplomierter Chemielaborant und Apotheker …‹

Der Mann warf mich nicht gleich hinaus, sondern musterte mich.

›Woher kommen Sie?‹

›Ich bin Italiener.‹

›Italienisch kann ich nicht und Sie sprechen schlecht und undeutlich Englisch. Können Sie Französisch? Oder noch besser, Deutsch?‹

Was war dieser Mensch? Es gab zwei Möglichkeiten. Entweder war er ein ehemaliger SS-Mann, der den Weg über den Vatikan genommen hatte, um vor der Strafe zu fliehen. Viele waren so nach Südamerika gelangt, das wusste ich, warum nicht auch einer in diese wüste Gegend der USA? Oder er war Jude und hatte sich rechtzeitig gerettet. Was sollte ich sagen. Wenn er Nazi war, konnte er mir auch nicht mehr antun, als mich rauszuschmeißen. Also blieb ich bei der Wahrheit.

›Ich kann Deutsch. Ich war Häftling des deutschen Konzentrationslagers Buchenwald, falls Sie davon gehört haben …‹

›Habe ich‹, unterbrach er mich. ›Können Sie das beweisen?‹

›Das kann ich. Ich habe die amerikanische Bestätigung im Original bei mir. Die Amerikaner haben Buchenwald befreit. Und über meine berufliche Laufbahn …‹

›,Und warum sind Sie hierhergekommen?‹

›Das ist etwas kompliziert. Ich war in der Kommunistischen Partei, aber alles an ihr hat mich enttäuscht …‹

›Lassen Sie uns nach hinten gehen.‹

In einem luftigen, großen Büro ließ er mich auf einem Ledersessel Platz nehmen, bestellte Kaffee, dazu einen wunderbaren, eiskalten Obstsaft, und prüfte aufmerksam meine Papiere. Ich hatte sofort das Gefühl, irgendwie sei ich angekommen. Aus dem brennendem Nest der krankhaften Angst dem Himmel entgegengeflogen, wie der Vogel Phönix. In die Stadt Phoenix, Arizona, in den Vereinigten Staaten von Amerika.

Der alte Apotheker studierte langsam meine Dokumente. Dann sah er mich prüfend mit stechenden Augen an.

›Sind Sie Jude?‹

Er ist also einer, dachte ich mir. Sollte ich versuchen, ihm etwas vorzulügen? Man beginnt keinen neuen Abschnitt seines Lebens mit einer Lüge, außerdem wusste ich zu wenig von jüdischen Sitten, Gebräuchen.

›Nein. Uritaliener. Sizilianer. Ich habe versucht, gegen den Nazifaschismus zu kämpfen, habe es aber zu dumm angestellt …‹ Er hörte mir aufmerksam zu, sehr aufmerksam. ›Erst im Lager wurde ich zum Kommunisten. Aber später hat mich alles angewidert. Mir schien, wir hätten mit dem Kampf nichts erreicht. Zumindest zu wenig …‹

›Und wieso sind Sie ausgerechnet hier gelandet?‹

›Ich weiß nicht, ob Sie verstehen, was es bedeutet, Sizilianer zu sein. An der Ostküste hatte ich Angst, die Mafia würde mich ansprechen, weil mein Vater … Und dann bin ich aufs Geratewohl hergeflogen. Interessiert Sie das überhaupt, Herr …‹

›Levy mein Name, mit Ypsilon. Ja, es interessiert mich …‹

Ich erzählte ihm wahrheitsgemäß meine Lebensgeschichte. Er hätte mein Vater sein können. Vielleicht sogar mein Großvater. Einmal kam die junge Apothekerin nach kurzem Anklopfen ins Büro und flüsterte dem Alten etwas ins Ohr, aber er schüttelte den Kopf und bat, uns nicht mehr zu unterbrechen. Als ich einhielt, fragte er mich, ob ich Geld hätte. Nicht viel, antwortete ich. Und dann sagte er, er habe möglicherweise eine Idee. Ob ich bereit sei, in einem Indianerreservat zu arbeiten? Da ich schwieg, fragte er, ob ich wisse, was das sei. Ich hatte davon gehört, dass es so etwas gab, aber eigentlich hatte ich keine Vorstellung. Schön, meinte er, dann lade er mich zu einem kleinen Mittagessen ein, dabei würde er mir in Ruhe erklären, was wir versuchen könnten. Hungrig war ich ohnehin.

Etwa dreihundert Meilen nordwestlich von Phoenix befinde sich die Hauptstadt des Reservats, der Navajo Nation Reservation Window Rock, erklärte er mir beim Essen. Dort gebe es einen Ableger des Fort Defiance Indian Hospitals. Man sei ständig auf der Suche nach Ärzten, Laboranten und Apothekern die nicht nur den Leuten im Städtchen, sondern auch in den kleinen Ambulanzen der Siedlungen helfen wollten. Wenige erklärten sich dazu bereit. Das Reservat lag größtenteils auf dem Colorado Plateau tausendfünfhundert bis zweitausend Meter über dem Meeresspiegel, die Bezahlung war relativ bescheiden, aber fix. Die Lebenshaltungskosten für einen Weißen waren zwar nicht hoch, aber die Umstände nicht besonders verlockend. Junge Indianer, denen es gelänge zu studieren, auch Ärzte, kehrten meist nicht zurück in das Reservat, sondern sahen sich nach besseren Möglichkeiten anderswo um.

›Nun?‹, blickte er mich an.

›Verstehe ich, dass das auch eine sehr humane Aufgabe wäre?‹

›Ja, sicher.‹

›Dann ist das für mich das Richtige. Ich war ja Kommunist, um Menschen zu helfen, Herr Levy …‹

›Sie müssen aber für drei Jahre unterschreiben!‹

Ich unterschrieb für drei, bin jedoch mehr als fünfzig Jahre lang dort geblieben, habe eine tüchtige Frau geheiratet, Kinder, Enkelkinder aufwachsen gesehen … Übrigens, das indianische Wort für Frau, Squaw, darf nicht mehr verwendet werden, es gilt neuerdings als Schimpfwort, wie etwa Neger. Das halte ich für total überzogen, nicht wahr, Galilahi?«

Die Enkelin, die mehr das Publikum beobachtet hat als ihren Großvater, scheint erleichtert, etwas sagen zu können: »Nein, Euer Ehren, Mister Opa, Sir, ich lehne das Wort auf Englisch auch ab. In der Sprache der Diné oder anderer Indianersprachen ist es in Ordnung, aber auf Englisch: Nein. Wir wollen genauso genannt werden wie Engländerinnen, Norwegerinnen oder meinetwegen Deutsche. Lady, zum Beispiel …«

Man lacht.

»Bitte,«, sagt Franco. »Geschieht mir recht. Dabei spreche ich besser Diné als sie. Diese alte Sprache stirbt langsam aus. Im Zweiten Weltkrieg war sie noch sehr wichtig. Das wisst ihr nicht? Im Pazifikraum hat die amerikanische Armee bevorzugt Navajos als Funker eingesetzt. Die Japaner, die die Funksprüche abfingen, glaubten, sie benützten einen Geheimcode, den sie nicht knacken konnten, aber es war einfach ihre alte Sprache … Viele dieser Funker wurden hoch dekoriert, blieben auch nach dem Krieg in der Armee oder nahmen gute Posten im Luftverkehr, auf Flughäfen an, verteilten sich im ganzen Land, Teile ihrer Familien zogen nach, die bestgeschulten Navajos zogen weg. Aber im Reservat blieben etwa hundertfünfundsiebzigtausend Menschen, insgesamt nennen sich nach der letzten Volkszählung zweihundertsiebenundachtzigtausend amerikanische Staatsbürger Diné, das heißt Navajos, wobei die Voraussetzung dafür ist, dass sie auch die Sprache sprechen, und die verschwindet außerhalb des Reservats. Ich werde hier für uns stets Reservat sagen, obwohl ein dortiger Bewohner stets Navajo Nation, Staat der Navajos, sagen würde, auch sage ich Navajo, obwohl er auf Diné bestehen würde … Ja, Galilahi? Sie will etwas sagen, darf sie, Marko?«

»Selbstverständlich, nicht war, Leute?«, sagt Marko als Moderator. »Es ist doch erfreulich, wenn sich Gespräche entwickeln, bitte, Galilahi.«

Das Mädchen steht brav wie eine Schülerin auf und beginnt mit frischer Stimme: »Ihr habt mich gehänselt, weil ich immer wieder Fragen stelle. Ich will halt wissen, was ist, wenn ich etwas nicht verstehe. Ich habe seit meiner Kindheit ständig Fragen gestellt und bin in der Schule den Lehrern auf die Nerven gegangen, weil ich, statt auf ihre Fragen zu antworten, immer gebeten habe, erst einmal meine Neugier zu befriedigen. So habe ich immer wieder nach meiner Herkunft gefragt, nach unseren alten Sitten, nach unserer wunderbaren, einzigartigen Sprache, und ich beherrsche sie viel besser als meine Eltern. Es gibt viele in meiner Generation, die so denken wie ich. Und auch handeln. Nicht sehr viele, nicht genug, aber immerhin.«

Nachdem sie sich gesetzt hat, fragt Marko, ob noch jemand eine Frage oder einen Diskussionsbeitrag habe. Da das nicht der Fall ist, wendet er sich an Franco:

»Bitte, fahre fort.«

»Apotheker Levy gab mir das Zimmer eines seiner erwachsenen Söhne, der als Arzt in Las Vegas eine gut gehende Praxis hatte. Levy war Witwer, seine fünf Kinder waren im ganzen Land verstreut und kamen nur zu Thanksgiving zusammen, typisch Amerika. Vorerst wollte er von mir nichts dafür haben, obwohl seine Haushälterin mir jeden Tag das Frühstück brachte. Er lieh mir sogar Geld, damit ich einen alten Jeep kaufen konnte, und so fuhr ich nach zwei Tagen nach Window Rock, man hatte mich eingeladen, mich dort vorzustellen.

Window Rock, die Hauptstadt des Navajo-Staats, ist eine Ansammlung von hübschen Häusern im südamerikanischen Stil. Dreitausend Einwohner. Die Stadt liegt auf einer Höhe von über zweitausend Metern über dem Meeresspiegel, das ist bei uns schon ein hübsches Ziel für Bergsteiger, die Luft ist dünn und trocken, man atmet anders als ›unten‹, am Anfang sogar mühsam. Ansonsten ist das Klima ähnlich wie hier in Thüringen, warme, selten heiße Sommer, kalte, eisige Winter. Ich meldete mich im achteckigen Gebäude der Regierung bei einer Dame im Büro des Navajo Family Health Resource und unterschrieb meinen Vertrag für drei Jahre, ohne ihn genau zu studieren. Erfreut bemerkte ich, dass neben dem Gehalt auch ein Hotelzimmer mit Frühstück gesichert war. Danach ging ich zur Navajo Family Health Resource Poliklinik, wo mich ein alter Doktor empfing, ein, wie er mir gleich erklärte, früherer Militärarzt bei der Luftwaffe. Er bestellte einen seltsamen Tee und hieß mich willkommen. Ich solle ihn einfach Charlie nennen, sein richtiger Name sei etwas kompliziert, nämlich Chavatangawunua, das bedeute Kurzer Regenbogen, das Militär habe ihn auf Charles Tanga vereinfacht, so stehe es nun in seinen Dokumenten. Er erklärte mir, wie wichtig es sei, dass ich hauptsächlich hier im Reservat lebte und nur selten auch in der Stadt, meine Aufgabe lägen in den Siedlungen. Man sei hier einigermaßen versorgt, es gebe ein Kaufhaus und sechs ordentliche Restaurants. Erst einmal solle ich mir das kleine Labor anschauen und feststellen, ob es an etwas Entscheidendem mangle. Die Benzinkosten für meine Fahrten würden mir erstattet. Jetzt solle ich aber ins Hotel gehen und mich ausruhen. Zum Abendessen sei ich herzlich bei ihm zu Hause eingeladen, dann hätte ich Gelegenheit, ein wenig über mich und mein Leben zu erzählen, das werde auch seine Frau erfreuen, die sich hier doch sehr langweile. In dieser sogenannten Stadt sei alles nahe. Er gab mir für alle Fälle doch auch einen grob gezeichneten und vervielfältigten Stadtplan: ›Einen offiziellen, gedruckten gibt es nicht.‹

Das Village Inn Hotel erwies sich als durchschnittliche amerikanische Provinzgaststätte, große Zimmer, angenehmer Swimmingpool. Ich konnte meinen kleinen Koffer auspacken, hinuntergehen, um etwas zu essen, und den Nachmittag zufrieden durchschlafen. Es war mir gelungen, nicht gleich mit dem Grübeln zu beginnen, was aus mir jetzt hier werden sollte, weit weg von allem, was ich gekannt hatte, was ich nicht mehr mochte, was ich verlassen hatte. Ich war siebenundzwanzig.

Ich will aber natürlich nicht meinen gesamten Lebensweg nach der Befreiung aus Buchenwald beschreiben, das hat keiner von euch getan. Aber meine Geschichte über die Navajos möchte ich doch noch kurz erzählen, den großen Indianerstamm, der seit sehr langer Zeit sesshaft ist und sich dadurch von den viel bekannteren nomadisierenden Apachen unterscheidet. Kriegerisch waren sie wie Kain und Abel, die einen mussten ihr Rindvieh, ihre Schafe und Pferde, ihre Ernte vor den anderen, den wilden Reitern aus dem verwandten Stamm, vor Raub und Diebstahl verteidigen. Mit Erfolg. Und später, chancenlos, vor den weißen Eindringlingen.

Als Italiener bin ich geboren, aber könnte ich nachträglich wählen, was ich gerne wäre, dann wäre das ohne jeden Zweifel ein Navajo. Der Begriff, mit dem sie ihre Sprache bezeichnen, Diné, bedeutet auch einfach Volk.

Im Hause des Doktors Chavatangawunua – keine Angst, ich werde ihn im Folgendem Charlie nennen, wie es ohnehin sein Wunsch war –, beim altem Charlie lernte ich Herrn Tahoma kennen, der Name bedeutet Wasserrand, einen der berühmten Funker im Pazifikkrieg. Er war jetzt Leiter des Window Rock Airport, aber auch Besitzer zweier kleiner Flugzeuge, die er als Lufttaxis vermietete, lizenzierter Fluglehrer, ein wichtiger Mitbürger also. Ich lernte auch seine Ehefrau und seine Nichte Aponi kennen, dieser Indianername bedeutet Schmetterling, man nannte sie jedoch Alice, sie studierte Medizin. Kichere nicht, Galilahi! Du kennst die Geschichte, aber die anderen hier in der Runde nicht!«

»Ich kann nicht anders, Opa. Bitte, verschone die Leute doch mit Indianernamen. Keiner hat bisher so viel Privates erzählt.«

Marko ärgert sich: »Auch wenn es dir vielleicht nicht so vorkommt, für uns alle ist das etwas ganz Neues und wir hören mit großem Interesse zu!«

»Nun ja«, Franco setzt lächelnd seine Geschichte fort. »Der Schmetterling wird Galilahis Großmutter werden, meine einzige, geliebte Frau, die vor mehr als zehn Jahren von dieser Welt fortgeflattert ist.

Eine dicke, stille Wirtschafterin tischte die reichhaltigen Speisen auf und setzte sich dann selbst an den Tisch, aß mit, was zeigte, dass sie nicht nur Personal, sondern auch Teil der Abendgesellschaft war. Man redete durcheinander, sprach reichlich Tequila und Bier zu, verfiel immer wieder in die Sprache Diné, besann sich dann auf mich, der Schmetterling übersetzte oder man wechselte wieder ins Englische. Ich hatte das Gefühl, ich sei angekommen. Wo? Das wusste ich noch nicht, aber angekommen. Erst jetzt hatte ich Sizilien richtig verlassen. Italien. Europa. Die Konzentrationslager des SS-Staats. War das möglich?

Der Schmetterling schlug vor, mir das Reservat auf einer Reise zu zeigen. Ich musste ja erst einmal begreifen, wo und wie ich gebraucht wurde, was ich für meine Arbeit benötigte, und ich hatte noch gar keinen Plan dafür. Den Menschen helfen, ja, aber wie? Der Staat der Navajo ist viermal größer als Thüringen, aber Thüringen hat viermal mehr Einwohner. Tahoma machte mich und den alten Doktor darauf aufmerksam, dass Geld überhaupt kein Problem sei. Man habe die von der Regierung Arizonas für das Gesundheitswesen des Reservats vorgesehene Summe jahrelang nicht abgerufen, da habe sich sicher einiges angehäuft. Natürlich musste man alle gewünschten Anschaffungen begründen und auch entsprechend abrechnen, das war für Doktor Charlie zu kompliziert gewesen. Zunächst empfahl man mir, einen großen, starken Geländewagen zu kaufen, unbedingt mit eingebautem Kühlschrank, eventuell mit Anhänger, auf dem ich ein mobiles Labor transportieren könnte. Hier in Wind Rock sollte ich mir ein Wohnhaus kaufen, pro forma mit Labor.

Die Hälfte der Einwohner des Reservats lebte in achtundachtzig Minisiedlungen unter der Armutsgrenze und wohnte in Hogans, das sind für Touristenaugen exotische fensterlose Hütten, in deren Mitte eine Feuerstelle ist, darüber ein Loch im Dach, sodass der Rauch abziehen und die kalte Nachtluft eindringen kann. Eng waren sie und ohne fließendes Wasser, ohne Toiletten. Die wohlhabenderen Navajos, die mit handgearbeiteten Teppichen, Silberschmuck oder Töpferei anständig verdienten, ließen sich Hogan-ähliche, runde Häuser mit einem Rauchfang in der Mitte bauen. Die Navajos hatten einen eigenen Gouverneur, eine eigene Gerichtsbarkeit und Polizei. Diese Institutionen ernährten ihre Angestellten gut, es gab im Reservat auch Erdöl-, Erdgas- und Kohlevorkommen sowie Holz. Aber die Reicheren bildeten eine unbeliebte Minderheit, die fast so lebte wie Durchschnittsamerikaner. Die Mehrheit verdiente ein Drittel des Durchschnittseinkommens der anderen US-Amerikaner. Viele litten an Diabetes, Bluthochdruck, Fettsucht, Alkoholismus und Suchterkrankungen.

Wir fuhren also in meinem Jeep los, Aponi und ich. Die junge Medizinerin hatte mir geraten, mich überall zuerst den Medizinmännern vorzustellen, die seien wichtiger als die Stammeshäuptlinge, und sie klärte mich auf, was das für Leute waren. Der Begriff Medizinmann beruhe auf einem Irrtum der ersten weißen Eroberer. In allen Indianersprachen bezeichnete man sie als Medewinin, als Übermittler. Sie waren vor allem Vermittler des Übersinnlichen, der Götter- und Geisterwelt, der Toten, sie waren zugleich Priester, Wahrsager, Psychologen, Heiratsvermittler, aber unter anderem auch Heiler von Krankheiten und Gebrechen. Sie kannten sich sehr gut in der Naturmedizin aus, benützten Heilpflanzen, ordneten auch Aderlass, Schwitzbäder und Massagen an. Diese Anwendungen begleiteten sie mit Gesängen und Tänzen, die oft in Trancezustände führten, durchaus auch mithilfe von Rauschmitteln. Das sei psychologisch hilfreich, es unterstütze die

Behandlung. Natürlich gebe es gute und angesehene Medizinmänner, aber auch Faulpelze und Scharlatane unter ihnen. Wie bei den weißen Ärzten übrigens auch. Schließlich ließen sich auch gläubige Katholiken mit allen Mitteln der modernen Medizin behandeln und sähen keinen Widerspruch darin, dies sicherheitshalber durch Gebete, das Anzünden von Kerzen und Wallfahrten zu ergänzen. Was sei der Unterschied? Aberglaube sei oft nützlich.

Das machte mich nachdenklich und half mir, den richtigen Zugang zu finden. Aponi – mein Schmetterling – stellte mich auf Diné vor und entschuldigte mich, noch könne ich ›unsere Sprache‹ nicht, lerne sie jedoch eifrig. Meist verstanden die Medizinmänner mein Englisch gut, wenn nötig übersetzte die junge Frau. Ohne sie hätte ich nichts erreichen können. Ich erklärte, ich sei bereit zu lernen, und, soweit es erlaubt sei, an den Gebräuchen und Ritualen teilzunehmen. Wenn es der Heilung eines körperlichen Leidens helfen konnte, würde ich allerdings gerne meine Mittel und Untersuchungsmethoden anbieten. Zum Beispiel aus Urin und Blut mehr über Körper und Seele zu erfahren. Diese Darstellung leuchtete den weisen Männer meistens ein.

Dank der angesparten Mittel konnte ich unser Labor gut ausstatten. Einer der Medizinmänner war besonders an den Möglichkeiten der Blutspende und der Bluttransfusion interessiert. Als ich ihn auf die Blutsbrüderschaft Winnetous und Old Shatterhands bei Karl May ansprach, winkte er ab, so etwas sei bei den Navajos unbekannt. Aber dass Heilungen mit fremdem Blut möglich waren, leuchtete ihm ein. Er hatte nichts dagegen, dass wir das bei seinen Leuten gegebenenfalls durchführten, er bestand aber darauf, etwaige Transfusionen durch spezielle Rituale zu begleiten. Solange die medizinischen Erfordernisse davon nicht beeinträchtigt wurden, sprach unserer

Meinung nach nichts dagegen. Wir waren ein relativ erfahrener Laborant und eine Medizinstudentin im sechsten Semester. Wir hatten es häufig mit Patienten zu tun, die bei Verletzungen viel Blut verloren hatten und auf die Blutspenden angewiesen waren. Wir führten also regelmäßig Transfusionen durch, und bald war die Studentin meine Gattin und promovierte Ärztin. Die Erfahrung zeigte uns, dass weniger als drei Prozent der Indianer im Südwesten der Staaten die Blutgruppe A haben, alle anderen die Blutgruppe Null, Blutgruppe B kommt bei ihnen nicht vor. Eine entsprechende Publikation brachte mir wissenschaftlichen Lorbeer.

Alles lief von Anfang an sehr gut. Bald beherrschte ich Diné, ich war ja noch jung, mein Kopf war frei. Ich wurde für die Siedlungen ein fahrender Apotheker und medizinischer Ratgeber. Bald konnte ich mir für die Arbeit ein großes rotes Auto leisten und ein weiteres privates. Ich machte den Flugschein und steuerte eigenhändig gemietete Flugzeuge, wenn ich nach Phoenix oder sogar auf Kurzurlaub nach Las Vegas oder an den Pazifik musste. Ich heiratete die junge Frau Doktor Alice Tahoma, auch Aponi genannt, der Schmetterling. Der Gouverneur des Staates der Navajo war ihr Trauzeuge, meiner Charlie, der Herr Doktor Chavatangawunua. Apotheker Levy aus Phoenix ließen wir als unseren Ehrengast mit dem Flugzeug abholen. Den beiden alten Herren Levy und Charlie hatte ich mein neues Leben zu verdanken.

Und damit, Kameraden, begannen die nächsten vier Jahrzehnte meines langen Lebens. Ich darf sagen, meine Frau als Ärztin, ich als Apotheker und Chemielaborant waren nützlich im Staat der Navajos. Später konnte ich eine schöne Wohnung in Phoenix erwerben und etliche Analysen über die gesundheitliche Situation im Lande der Navajos publizieren, die mir Ehrendiplome und gute Honorare einbrachten.

Nicht alles hat sich in den Jahren meines Wirkens wirklich verbessert. Ganz aktuell etwa gab es, als meine Enkelin und ich zu unserem Treffen in Weimar abreisten, im Staate der Navajos dreitausend bestätigte Covid-19-Infektionen und etwa hundert Todesfälle. Bei bloß hundertfünfundsiebzigtausend Einwohnern ist das ziemlich viel, aber es ist kein Wunder, wenn man bedenkt, wie beengt die Menschen dort wohnen, meistens ohne fließendes Wasser, und wie viele von ihnen Vorerkrankungen hatten. Ich fürchte, es wird dort noch schlimmer werden, schlimmer als es in den Staaten ohnehin ist.

Mit den Jahren zogen Aponi und ich uns mehr und mehr aus der Arbeit im Reservat zurück, wir lebten überwiegend in Gallup, dort ist es schön, teils jedoch auch in Phoenix. Wie in Amerika üblich verstreuten sich unsere Kinder, die unterschiedliche Berufe ergriffen hatten, in alle Winde. Sie schämten sich ihrer halben Indianerherkunft bestimmt nicht, aber die eigene Sprache lernten sie nicht, sie verschwindet wie das Jiddisch bei den Juden, wie die Urvariante des Aramäischen, in dem Jesus gepredigt hat. In letzter Zeit gibt es wieder Bestrebungen junger Leute, wie meiner Enkelin, sie zu retten, aber wahrscheinlich ist es zu spät. Stellt euch vor, sogar an der Lomonossow-Universität in Moskau wird Diné angeboten.«

Franco ist ein guter Erzähler, die Dialoge interpretiert er fast wie ein Schauspieler, je länger der Vortrag dauert, umso besser scheint es ihm zu gehen. Trotzdem sind die meisten Anwesenden besorgt, schließlich war der Greis ja gerade noch schwer krank. Vor allem die Ärztin beobachtet ihn aufmerksam, wie auf der Lauer, ob sie ihm beispringen müsse, aber der Dreiundneunzigjährige ist in Fahrt und zeigt keine Schwäche mehr.

»Wie aber hat mich Buchenwald eingeholt, am anderen Ende der Welt gefunden und wieder nach Weimar zitiert? Vor zehn Jahren war ich zerstreut und tief traurig zur Gedenkfeier gekommen, habe auf nichts geachtet. Einige Monate zuvor war mein Schmetterling in die Welt ihrer Ahnen entflattert. Wir waren beide Atheisten, aber ich habe der Tradition entsprechend im Beisein eines Medewin, wenn auch ohne großes Ritual, ihre Asche auf einem Hügel verstreut. Vielleicht hat er seine Zeremonie nachgeholt, als wir bereits weg waren. Diese Leute sind meist praktisch und vorurteilslos. Ich war frei. Auf die traurigst mögliche Art und Weise frei. Frei sein ist allein sein. Und so war ich vor fünf Jahren wieder hier, und jetzt bin ich, wie gesagt, eigentlich gekommen, um hier zu sterben. Auf Anhieb ist es mir nicht gelungen, aber …

Ich bin müde und danke euch für eure Aufmerksamkeit.«

Franco sackt merkbar in sich zusammen. Seine Enkelin und die Ärztin eilen zu ihm, helfen ihm aufzustehen, dann braust der Applaus auf und Marko dankt Franco sehr, erklärt den Abend für beendet und fügt schnell hinzu: »Wir haben für morgen nichts mehr vor … Vorläufig. Deshalb möchte ich Viktor bitten, für heute Abend und damit für all die Abende und die kleinen Geschichten einige Abschlussworte zu finden, Bitte, mein Freund.«

»Moment!«, sagt Rodrigo. Sein Einwand kommt überraschend, weil er und sein Freund Raphael sonst so unauffällig sind. »Ich möchte noch etwas hinzufügen. Franco hat mich auf einige Gedanken gebracht, die ich unbedingt loswerden muss. Ich habe mich geschämt, während er sprach. Er hat mich gelehrt, demütiger zu sein. Indirekt. Inwiefern? Er hat von einer ganz anderen Welt erzählt als jener, in der wir leben. Dort bei den Navajos weiß vermutlich keiner etwas von Buchenwald, außer dem alten Levy, der Jude ist und sich wie Franco dorthin verirrt hat. Wir aber führen uns auf, als ob wir die Welt wären. Wir zwölf.

Sascha hat mit dem Decamerone begonnen, um uns und sich die Zeit zu vertreiben. Schön. Dann hat Philippe nett erzählt. Ich habe mich ganz blöd angestellt, um mit meiner lateinischen Bildung zu prahlen. Und so weiter. Aber, Kameraden, warum wurden wir eingeladen? Was war bis vor fünfundsiebzig Jahren oben auf dem Berg? Und in Auschwitz, in Dachau, soll ich aufzählen? An wie viele Millionen haben wir zu denken? Könnten nicht die meisten von ihnen etwas erzählen? Für sie war ihr jeweiliges Leben interessant, nicht die Mär vom Golem, nicht die Gedichte von Adler, nicht die Errungenschaften des russischen oder des israelischen Geheimdienstes. Nicht genug haben wir ihrer aller gedacht, ihrer aller! All dieser Toten, der Kämpfer unter ihnen und der Opfer. Ja, ich schäme mich, und ihr? Jung hat wenigstens an seinen Gott gedacht.

Wie komme ich nach den Indianergeschichten darauf? Weil ich wieder einmal mit der Nase darauf gestoßen worden bin, wie wenig ich weiß. Den ›Lederstrumpf‹ habe ich gelesen, natürlich. Aber was weiß ich von der Welt? Wie viele interessante Geschichten können die Flüchtlinge erzählen, die in aller Welt aufgebrochen sind, vertrieben aus Höllen, Paradiese suchend? Wie viele interessante Geschichten hätten die auf Lager? Und die elend Ersoffenen? Und wenn die Kinder aufwachsen könnten, die ans Leben kommen, nur um einige Monate hindurch langsam in den Armen ihrer Mütter an Hunger zu sterben. In Afrika. Es ist unsinnig, nur so zu reden, zu reden, zu reden, wie ich es jetzt tue, wie ihr alle es getan habt. Aber ich weiß nicht, was ich mehr tun kann, außer dieses Leid zu beklagen. Mit Jung niederknien und rufen, Herr, Herr, ist dir nichts Gescheiteres eingefallen, als die Menschheit leiden zu lassen?

Nun denn, lasst uns einen guten Happen zu uns nehmen und Champagner trinken, Kameraden und Genossen, Prost!«

Alle schweigen betreten, klopfen dann zustimmend auf die Tischplatten. Marko bittet verzweifelt: »Philippe, bitte übernimm. Du bist zum Speaker gewählt. Das hier kann ich nicht mehr moderieren.«

Der Franzose nickt, tauscht mit Marko den Platz und beginnt gelassen: »Rodrigo spricht selten, sagt aber immer das Richtige, so auch oben auf dem Berg, als es ihm eingefallen ist, uns mit dem Kommando ›Mützen ab!‹ daran zu erinnern, wo wir sind und wo wir waren, so auch jetzt mit dem richtigen Begriff – Demut. Das Wort ist auch früher schon gefallen. Danke. Das spricht uns alle an und ruft unser Gewissen auf. Jetzt aber schlage ich vor, dass wir nicht an der Weltverbesserung verzweifeln, sondern in aller Demut der Idee huldigen, die uns hier und jetzt und aus einem konkreten Anlass zusammengeführt hat. Professor Weisz ist bestimmt wortgewandt genug zu versuchen, etwas zum Abschluss unserer Abendveranstaltungen zu sagen.«

SUCHE NACH EINEM SCHLUSSWORT

Weisz ist augenscheinlich vorbereitet, kommt zum Tisch mit dem Mikrofon und beginnt ansatzlos: »Was wir in Buchenwald erlebt, überlebt haben, woran unsere Kameraden gestorben, wie sie ermordet worden sind, durch den Kamin gejagt, gehängt, erschossen, totgeschlagen, totgefoltert wurden, wie wir bis zum Umfallen arbeiten mussten, gepeitscht wurden, zu Experimenten missbraucht, erniedrigt, mit welcher unbeschreiblichen Angst wir dem nächsten Tag, der nächsten Minute entgegenfieberten, brauchten wir einander hier, wo wir unter uns sind, nicht zu erzählen. Wir wissen das. Wir wissen es nur zu gut. Ich glaube, das meinte Rodrigo. Niemand muss uns daran erinnern. Wir haben einander zwölf Abende lang mit unterschiedlichen Geschichten unterhalten. Wir wollten uns unterhalten zum Jahrestag unserer Befreiung. Im Wort Unterhaltung steckt Haltung. Wir haben Haltung bewiesen. Haben wir etwas verschwiegen, verschleiert oder entschleiert? Trost gesucht, Trost gefunden? Nur die Zeit vertrödelt? Oder einander geholfen, sie zu überwinden? Etwas voneinander gelernt? Sicher ist eines, unser freies Leben hat sich hier verkürzt. Mit jeder friedlich verlebten, satten Minute, wo auch immer auf der Welt wir uns befinden, sind wir dem Tod eine Minute näher gekommen. Genauso wie im Lager, damals …

Wichtig ist, Kameraden, dass wir uns die Frage stellen, wer wir sind. Wir, zwölf ehemalige Häftlinge und Trotzköpfe, die entgegen allen Warnungen, trotz der Ausladung, hergekommen sind und sich aufgedrängt haben. Wir sind nicht charakteristisch, wir haben kein Recht, im Namen der Millionen zu sprechen, die in den Lagern waren. Wir sind zwölf wohlhabende Menschen, in unseren jeweiligen Heimatländern angesehene Bürger. Nur für uns können wir sprechen. Ja, Demut soll das treffende Wort für unsere Haltung sein. Das ist meine Meinung.

Ein Schlusswort kann ich nicht sprechen. Könnte es überhaupt jemand? Sascha hat gut daran getan, oben auf dem Berg den Buchenwaldschwur zu erwähnen, die Frage zu stellen, ob wir uns an ihn gehalten haben. Das Urteil über uns wird die Geschichte fällen. Wer ist zuständig für die Geschichte? Die Professoren? Solche Jammergestalten wie ich und mein Sohn, die vor allem eines können, ›so tun als ob …‹, um nichts Konkretes zu sagen. Dichter können das besser. Brecht bat die Nachgeborenen, die der finsteren Zeiten entronnen sein werden: Gedenkt unser mit Nachsicht.

Geschichte schreiben angeblich die Sieger! Wer sind hier die Sieger? Vielleicht wir, weil wir am Leben geblieben sind? Also doch wir?

Ich sehe, Patrick ist zurückgekommen und nickt. Es kann also das Buchenwaldlied gespielt werden, einverstanden, Kameraden?«

Alle im Saal stehen auf. Als das Lied zu Ende ist, bittet Pharoux:

»Lasst uns eine Minute lang schweigend unserer verstorbenen Kameraden gedenken!«

Nach der absoluten Stille sagt der ehemalige Botschafter: »Möge Ihnen jede Ehre zuteilwerden und die ewige Ruhe! Bitte, setzen wir uns, die Frau Doktor will uns etwas sagen und unser junger Freund Patrick ebenfalls.«

Irgendwie frisch, sorgfältig geschminkt, ruhiger wirkend als noch an den Tagen zuvor, erklärt die Ärztin ihrerseits die aktuelle Situation: »Liebe Gäste der Stadt Weimar und Thüringens. Ich möchte immer wieder daran erinnern, vom Standpunkt der Medizin aus betonen, niemand auf der Welt weiß genug über dieses Virus. Nach dem aktuellen Stand, aufgrund der Erfahrung mit vergangenen Epidemien und den bisherigen Forschungen, sind Sie alle, dank der Untersuchungen, die wir durchführen konnten, wir wagen das festzustellen, gesund und höchstwahrscheinlich gegen diese Ansteckung resistent. Trotzdem empfehle ich, die vierzehntägige Quarantäne nach der negativen Testung weiter einzuhalten. Die begann für sie mit dem 10. April, Sie werden daher gebeten, noch mindestens vier Tage, also bis zum 24., hier im Hotel zu bleiben und sich für die ärztlichen Untersuchungen zur Verfügung zu stellen. Es ist ein weltweit einzigartiger Fall, das eine miteinander verbundene Gruppe von vierundzwanzig Personen ohne sichtlichen Grund mit einer einzigen Ausnahme resistent war oder geworden ist. Von den zwölf eingeladenen Gästen ist nur einer an dieser Infektion erkrankt, von den jüngeren Menschen aus ihrer Begleitung keiner, obwohl Fräulein Wilson sehr direkten Kontakt mit ihrem glücklicherweise genesenen Großvater hatte, den das Virus erwischt hat.

Jedenfalls werden alle, die hier im Hotel aus- und eingehen, auch weiterhin Schutzmasken tragen. Falls Sie für Spaziergänge das Hotel verlassen, bilden Sie bitte keine größeren Gruppen und tragen Sie weiterhin Schutzmasken, die Sie an der Rezeption erhalten. Tun Sie das aus Solidarität mit den Bürgern Weimars, obwohl Sie wahrscheinlich keine zum Selbstschutz brauchen und auch niemanden anstecken können.

Fräulein Wilson hat mich gefragt, ob ihr Großvater, Herr Miculetti, nicht hierher in das Hotel überstellt werden könnte, sie würde für ihn sorgen, und sie hat mich gebeten, unseren Standpunkt dazu öffentlich zu erläutern, weil es Sie sicher interessiere. Herr Miculetti, Sie haben mir gestattet, Ihre gesundheitliche Situation vor Ihren Kameraden offen anzusprechen. Nun, wie alle hier wissen, waren Sie zur Feier des fünfundsiebzigsten Jahrestags der Befreiung Buchenwalds auf dem Gelände der Gedenkstätte im Rollstuhl dabei. Im Anschluss daran hatten Sie leichtes Fieber. Zum Glück stellte sich heraus, dass es nur eine kleine Erkältung war, aber es ist doch ein deutliches Zeichen dafür, dass Ihr Immunsystem noch sehr geschwächt ist. Heute Abend konnten Sie nicht nur wieder bei uns sein, sondern auch diese bemerkenswerte Rede halten. Ich denke, wir können Ihren Wunsch erfüllen und Sie für die restlichen Tage wieder hier im Hotel aufnehmen. Sie sind jetzt gesundheitlich wieder stabil, aber es bleibt Vorsicht geboten, wir sollten nichts riskieren.

Wir werden Ihnen allen, liebe Damen und Herren, übrigens bei Ihrer Abreise ein Dossier mitgeben, das dokumentiert, welche Untersuchungen an Ihnen durchgeführt wurden und das bestätigt, dass Sie gesund und resistent gegen diesen Erreger sind.

Ich stehe Ihnen natürlich auch weiterhin Tag und Nacht zur Verfügung …«

Als Sprecher, eigentlich also Vorsitzender, erteilt Pharoux Patrick das Wort.

»Ich habe die Ehre, Ihnen im Namen des Herrn Ministerpräsidenten, des Herrn Oberbürgermeisters und des Herrn Direktors der Gedenkstätte Buchenwald und Mittelbau-Dora zu Ihrem erstaunlich guten Gesundheitszustand zu gratulieren und Sie zu einem Mittagessen morgen um dreizehn Uhr hier im Hotelrestaurant einzuladen. Die Herrschaften entschuldigen sich im Voraus, dass sie nur per Videolink teilnehmen werden können.

Wie Sie sicher wissen, sind alle Grenzen Deutschlands noch geschlossen. Niemand kann heute sagen, wann Sie wieder in Ihre Heimat zurückreisen können. Bis dahin sind Sie herzlich eingeladen, hier im Hotel zu bleiben, selbstverständlich als unsere Gäste.

Wir empfehlen Ihnen, sich mit den Botschaften Ihrer Länder in Verbindung zu setzen, um die Möglichkeiten Ihrer Heimreise nach Ablauf der Quarantäne zu prüfen. Das werden wir von der Gedenkstätte aus ebenfalls tun. Vielleicht gibt es Rückholaktionen für andere Staatsbürger Ihrer Länder, die Sie nutzen können, wir sorgen jedenfalls gerne für den Transfer zum Flughafen oder zu einem anderen Ort, von dem aus Sie nach Hause gelangen. Ich danke Ihnen für Ihre Aufmerksamkeit.«

»Ich danke dir im Namen von uns allen, Patrick, und, bitte, übermittle unseren Dank dem Herrn Ministerpräsidenten, dem Herrn Oberbürgermeister und dem Herrn Direktor. Lach nicht so verschmitzt, Igor, ihr wolltet einen Diplomaten, so einer wie ich hält sich an das Protokoll. Dich würde ich gerne in Gesellschaft von aktiven Generälen in Russland sehen!

Noch eine Erläuterung zu dem, was Patrick gesagt hat. Das bedeutet im Klartext, dass wir Gäste für die Grundversorgung sind, Extras wie unseren Wein, unseren Cognac, Whiskey, Champagner haben wir natürlich aus eigener Tasche zu bezahlen. Wir waren für acht Tage eingeladen, danach ausgeladen, allerdings haben wir uns wieder selbst eingeladen. Die acht Tage, für die die ursprüngliche Einladung galt, sind längst vorbei. Wenn einer von uns im Augenblick nicht über die Mittel für die Erfüllung bescheidener Wünsche verfügt, wende er sich vertraulich an mich, wir werden sicher eine Lösung finden.

Möchte noch jemand etwas sagen? Wenn nicht: Es waren aufregende Tage. Ich wünsche euch allen Gute Nacht.«

In der Lobby, der Bar und den Salons stehen oder sitzen wie jeden Abend kleine Gruppen nur kurz zusammen und unterhalten sich ziemlich leise.

Um Igor versammeln sich die jungen Leute, er bestellt für jeden Wodka auf seine Rechnung, bedauert, dass es nur schwedischen Absolut gibt, der sei zwar ein relativ ordentlicher Schnaps, er hätte ihnen jedoch lieber Perzowka angeboten, um zu sehen, wie sie das vertragen würden.

Manolis mischt sich ein, er habe schon chinesischen Maotai getrunken, der sei sechzig Prozent stark.

Marko sagt seinem Vater, er sei froh, dass er seine Aufgabe los sei, Sascha lobt, er habe alles sehr gut gemacht.

Das Ehepaar Pharoux setzt sich in seine gewohnte Ecke, bleibt an diesem Abend jedoch allein, der ehemalige Botschafter bestellt sich einen Martell XO. Seine Frau, die Ballerina und Choreografin, nippt an ihrem Cointreau und stichelt: »Du kannst es einfach nicht lassen.«

»Wenn die Trompeten erschallen, trabt das Zirkuspferd in die Manege, und wenn es noch so alt und gebrechlich ist«, rechtfertigt sich Pharoux fröhlich.

Alle fragen sich: Wie geht es weiter? Zu Hause warten die Familien, die Kinder beziehungsweise Enkel, ihre Frauen oder Begleiterinnen haben sich für eine Woche Urlaub genommen, die ist längst vorbei. Ihre Arbeitgeber und Kollegen sind ungeduldig geworden, mailen: »Du gönnst dir schöne Tage in einem Luxushotel, das geht zu weit …«

»Wozu bist du überhaupt dorthin gefahren?«

Corona ist an vielem schuld. Natürlich nicht die Schröter.

ABSCHIED

Freude, schöner Götterfunken, Tochter aus Elysium, wir betreten feuertrunken, Himmlische, dein Heiligtum! Das kann durchaus mit dem Buchenwaldschwur in Verbindung gebracht werden: Alle Menschen werden Brüder! Und mit der Menschenrechtserklärung: Alle Menschen sind frei und gleich an Würde und Rechten geboren. Und noch einmal der Buchenwaldschwur: Der Aufbau einer neuen Welt des Friedens und der Freiheit ist unser Ziel. Gute Worte. Bleibende Worte und Werte fließen in würdevolle Reden ein. Solche Reden halten auch der Ministerpräsident und der Gedenkstättendirektor, bevor das feierliche gemeinsame Mittagessen aufgetischt wird und man mit Champagner anstößt. Der Chefkoch hat sich Mühe gegeben, mit einer unvergesslichen Mahlzeit zu glänzen, den Jüngeren, den Begleitern der Ehrengäste, schmeckt es mäßig, die Portionen des mehrgängigen Menüs sind auf großen Tellern ziemlich klein, es wird leise gemeckert, Manolis meint, eine Thüringer Bratwurst wäre ihm lieber gewesen, die Alten stochern nur zerstreut auf ihren Tellern herum, alle sind in Gedanken schon ganz wo anders.

Die zwölf im Hotel Elephant zu Weimar auf die Rückfahrt in ihre Heimat wartenden ehemaligen Buchenwaldhäftlinge, die hartnäckig und sich des Risikos bewusst mit ihrer Begleitung im Schlepptau angereist sind und jetzt schon die zweite Woche hier verbringen müssen, haben fünfundsiebzig Jahre der Freiheit hinter sich, ein anständig langes Leben. Sie haben nicht mehr viel vor sich. In Ungewissheit warten sie, wie sie nach Hause gelangen können.

In einer riesengroßen Ungewissheit sind sie auch vor fünfundsiebzig Jahren gewesen, hatten nicht einmal eine Ahnung, wie es gelingen sollte, dieses Nachhausekommen. Einfach nach Hause fahren? Wo war für sie damals ein Zuhause? Es gab keine ordentlichen Verkehrsverbindungen. Aber viele, sehr viele wussten nicht einmal, wo dieses Zuhausesein sein wollte, sollte, durfte, und wenn einer es wusste, glaubte, ein Zuhause besessen zu haben, wusste er nicht, ob es noch das war, was es gewesen war, ob es noch dort war, wo es einst gewesen war. Ob es überhaupt noch existierte. Und wer auf ihn wartete. Sehnsuchtsvoll wartete? Ob überhaupt noch jemand wartete? Ob überhaupt noch jemand lebte? Oder jede Hoffnung auf ein Wiedersehen längst aufgegeben hatte? In der Heimat, in der Heimat, da gibt's ein Wiederwiederwiedersehn, brüllten die Soldaten, die SS-Leute mehr als dass sie es sangen, als sie noch mehr oder weniger siegesgewiss waren oder so taten, so tun mussten, als wären sie es.

Nach dem ersten Hochgefühl, echtem Siegesbewusstsein, traf die befreiten Häftlinge all diese Ungewissheit mit voller Wucht. Man erfuhr von Hitlers Selbstmord, endlich unterzeichneten die Deutschen die Kapitulation, dann jedoch, nach dem inneren Aufschrei »... ich bin am Leben geblieben«, begann das Zaudern. Neue Sorgen. Ängste bis zur Verzweiflung. War das jetzt die Freiheit? Die Lagerwelt, von Eugen Kogon SS-Staat genannt, war Leben und Überleben gewesen. Und jetzt? Was jetzt?

Jetzt, im Jahr 2020, ist es anders. Natürlich ganz anders. Unvergleichbar. Warum vergleicht man trotzdem das Damals und das Jetzt, wenn das doch nicht möglich ist? Es ist möglich. Es ist notwendig. Es muss geschehen. Es geht vor allem um die zwölf Buchenwaldianer, die einander Geschichtchen erzählt haben. Was wird nun mit dem Rest des Lebens? Gibt es noch

Aufgaben oder nur das Warten auf den nächsten Schritt? Den wird man bald machen müssen. Das ist unausweichlich. Also wird man auch zu Hause warten, warten, warten. Worauf? Sagt es doch, sprecht es aus, seid nicht feig: auf den Tod. Anders steht es um ihre Begleiter, die Ehefrauen, Kinder oder Enkel, die hier nur ein exotisches Erlebnis zu überstehen hatten. Auch für sie jedoch beginnt das unangenehme, bald sogar wütende Warten auf die Rückkehr.

Oh ja, sie wissen heute sehr wohl, wo sie zu Hause sind und wer auf sie wartet, man hat ja mehrmals jeden Tag telefoniert, sich per Skype gesehen, getröstet, Witze gemacht. In Erwartung des Jahrestags der Befreiung sind sie alle angespannt gewesen, die Erzählabende haben Unterhaltung und Abwechslung gebracht, dem Hierverweilen im Hotel Elephant in Weimar einen Sinn gegeben, in Gedanken ist man wieder vor dem Abgrund der unmittelbaren Todesgefahr gestanden. Auch das ist jetzt ausgestanden. Nun wartet der Alltag.

Gewiss, erwarten muss man den Tod. Das ist jetzt, mehr noch als im SS-Staat, ein täglicher, ein stündlicher Gedanke. Für die Alten der eigene Tod, den haben sie ständig im Sinn. Die Jungen haben Begräbnisse im Hinterkopf, die sie werden ausrichten müssen, aber sie können es verdrängen.

Makabre Kombinationen tauchen aus dem Unbewussten auf, wäre es nicht ein ordentlicher Paukenschlag gewesen, wenn sie doch alle hier am Virus mit dem schönen Namen gestorben wären? Zwölf ehemalige Buchenwaldianer, uralte Greise, die letzten sogenannten Zeitzeugen, kommen, um fünfundsiebzig Jahre der Befreiung zu feiern, und sterben gemeinsam. Sie werden hier eingeäschert, in einer gemeinsamen Urne Seit an Seit in der Ettersberger Erde versenkt. Ihre jungen Begleiter, ihre Kinder oder Enkel, ihre lieben Gattinnen erkranken gar nicht oder überleben geheilt. Dieses Virus heißt SARS-CoV-2, wird Corona genannt, so wie die schöne Iphigenie der Uraufführung in der Ettersburg auf dem Ettersberg, die Geliebte Karl Augusts, die vermutlich auch Goethes Bettgefährtin war.

Himmel, ist Covid-19 ein Golem?

Vor fünfundsiebzig Jahren war man jung, jung, jung! Damals hatte man ein Leben vor sich. Jetzt war man alt, sehr alt. Wehmütig erinnert man sich an so vieles, so vieles. Es liegt eine Lust darin, sich dieser Art von Wehmut hinzugeben. Die Kinder und Enkel verstehen das nicht. Selbstverständlich können sie es nicht verstehen. Sollen sie auch gar nicht.

Eine neue Kameradschaftsgruppe hat sich in den Gemeinschaftsräumen und dem schönen Garten des Hotels Elephant gebildet. Es sind Freundschaften entstanden, eine Art Zärtlichkeit, wie sie unter sehr alten Menschen, wenn auch selten, möglich ist, eine respektvolle gegenseitige Hochachtung, jedoch auch nur mit Mühe zu unterdrückende Antipathien. Man denkt jetzt wieder mehr an die Heimatländer, an Frankreich, Serbien, Israel, die USA, Dänemark, Griechenland, Ungarn, Tschechien, die Niederlande und dass man dort mit demselben Virus kämpft, so wie man bis zum Sieg gegen das Virus des Nazifaschismus vor fünfundsiebzig Jahren auch überall gekämpft hat, deshalb kann man Politik nicht verdrängen. Keiner von ihnen ist mit seinem Vaterland ganz zufrieden, vielleicht haben nur der dänische Expolizist und der deutsche Zeuge Jehovas nichts gegen ihre Regierungen. Keiner ist so verzweifelt wie Leon: »Ich habe drei Pässe, könnte drei Länder Vaterland nennen, und kann gar nicht sagen, welches der Regime mir am widerwärtigsten ist, das serbische mit Vučić, das israelische mit Netanyahu oder das amerikanische mit Trump. Und in allen drei Staaten habe ich theoretisch das Wahlrecht und damit theoretisch die Möglichkeit, die Lage zu verändern, mitzugestalten, aber es nützt nichts, ich bleibe überall in der Minderheit.«

Den Gästen ist also erlaubt worden, das Hotel, möglichst nicht in größeren Gruppen, idealerweise zu zweit für Spaziergänge zu verlassen, aber was soll man den ganzen Tag machen? Die Fassade von Goethes Haus auf dem Frauenplan, das Goethe-Schiller-Denkmal auf dem Theaterplatz bewundern, durch alte Gassen schlendern? Schön ist es im Park an der Ilm, denn der Frühling lässt sich von keinen Viren beeindrucken, es scheint fast im Gegenteil, als atmete die Natur auf, dank der zurückgegangenen Luftverschmutzung, die vom Homo sapiens ausgeht. Es drohen Langeweile und Alkohol. Jüngere sind immer ungeduldig, jetzt sind es auch die Alten, weil ihnen etwas vom noch kurzen Rest des Lebens gestohlen wird. Was? Was würden sie zu Hause anderes machen als hier in ihren bequemen Hotelzimmern? Es ist die Freiheit! Sind sie vor fünfundsiebzig Jahren befreit worden? Was macht man mit seiner Freiheit? Fünfundsiebzig Jahre Freiheit. Kann man frei sein, wie Robinson Crusoe leben? Dessen Freiheit hörte jedoch ebenfalls auf, als Freitag als Sklave eintraf. Zusammenleben in welcher Form auch immer ist stets Freiheitsberaubung der Einzelperson, die nur sich allein heilig ist.

Solchen Blödsinn, dem man in Gedanken nicht entgehen kann, muss man loswerden. »Wer immer strebend sich bemüht, den können wir erlösen«, hat der bekannteste Weimarer als alter Mann, wohl zum eigenen Trost, gedichtet, bemüht hatte er sich ja redlich. War man nach der Befreiung aus dem SS-Staat erlöst? Hatte man sich nicht redlich genug bemüht, zu gehorchen, zu malochen, um Schlägen oder dem Tod zu entgehen?

Eines Tages wird die Befreiung auch hundert Jahre zurückliegen. Gewiss, aber wird es dann jemanden geben, der das feiern will? Wie wird Deutschland in einem Vierteljahrhundert sein? Darf man so optimistisch sein, wie man es, von heute aus gesehen, vor einem Dreivierteljahrhundert gewesen ist? Wird man in fünfundzwanzig Jahren hierher einladen? Wen? Die zweite, die dritte Generation? Die heute etwa fünfzig Jahre alten Kinder, die Begleiter werden dann immer noch viel jünger sein als die Buchenwaldianer jetzt. Galilahi und Anne werden immer noch junge Frauen sein. Vielleicht verheiratet. Vielleicht mit eigenen Kindern. Die wären die wievielte Generation? Noch erinnern sie sich an ihre Zeitzeugen-Großväter, könnten über sie berichten. Patrick? Wird er in Weimar bleiben, vielleicht zur Hundertjahrfeier Direktor der Gedenkstätte sein? Die Ärztin, dann wahrscheinlich schon Frau Professor? Die Urenkelin des gehenkten Kriegsverbrechers? Oder wird man niemanden einladen. Nihil. Nichts Besonderes mehr veranstalten. Fast nichts. Einige kurze Texte in den Medien, eine gescheite Abhandlung in einer Fachzeitschrift. Alles kann man sich vorstellen. Die Gedanken sind frei.

Ohne sich verabredet zu haben, kommen die Gäste auch weiterhin nachmittags um fünf im Bibliothekszimmer zusammen. Ohne weitere Abstimmung hat Pharoux den informellen Vorsitz übernommen, er leitet Gespräche, erteilt jenen das Wort, die glauben, etwas zu sagen zu haben, schlichtet Streit, der mitunter aufbrodelt.

Man hat sich geeinigt, nicht mehr über das Lager und die Befreiung zu reden, das will man für die Auftritte als Zeitzeugen sparen, falls das überhaupt noch jemand wird hören wollen. Und keineswegs will man politisieren, über die Lage in den Heimatländern sprechen, das gehört zu den Aufgaben zu Hause (zu Hause!), dort ist es staatsbürgerliche Pflicht, an der Gestaltung des Landes teilzunehmen, soweit man das noch will und die Kraft dafür hat.

Ein Thema drängt sich in diesem Zusammenhang dann aber doch auf. Wie stellt man sich ein ideales Land vor? Das eigene ist es nicht, aber wie sollte es sein? Auf der Grundlage des Buchenwaldschwurs, der Allgemeinen Erklärung der Menschenrechte oder von Schillers »Ode an die Freude«? Ein schönes Thema, eine gute Beschäftigung, um nicht jeden Augenblick an die Heimat und die Lieben zu Hause zu denken und daran, wann man endlich wegkommt von hier, Buchenwald Ade sagen wird. Alle, auch die Begleiter, nehmen an der Diskussion teil. So entsteht das Bild eines Landes der Zukunft, einer Insel der Seligen, und es bleiben Zeit und Fantasie genug, einander das Elysium in allen Einzelheiten auszumalen und zu beschreiben.

Endlich zu Hause angekommen wird vorerst keiner diesen Raum der Glückseligkeit vorfinden, leider noch nicht. Die Menschen, die jetzt aus Weimar heimkehren, sicher nicht mehr in ihrem Leben. Aber man ist ja frei sich vorzustellen, was man will, was einem die Tagträume schenken. In Gedanken ist es möglich, überall zu sein, alles zu erschaffen: Dass die Gedanken frei sind, hat man einst in Buchenwald gelernt und diesmal die Lektion wiederholt.